听琴随笔

孙翼 著

上海三联书店

为孙翼题《听琴随笔》

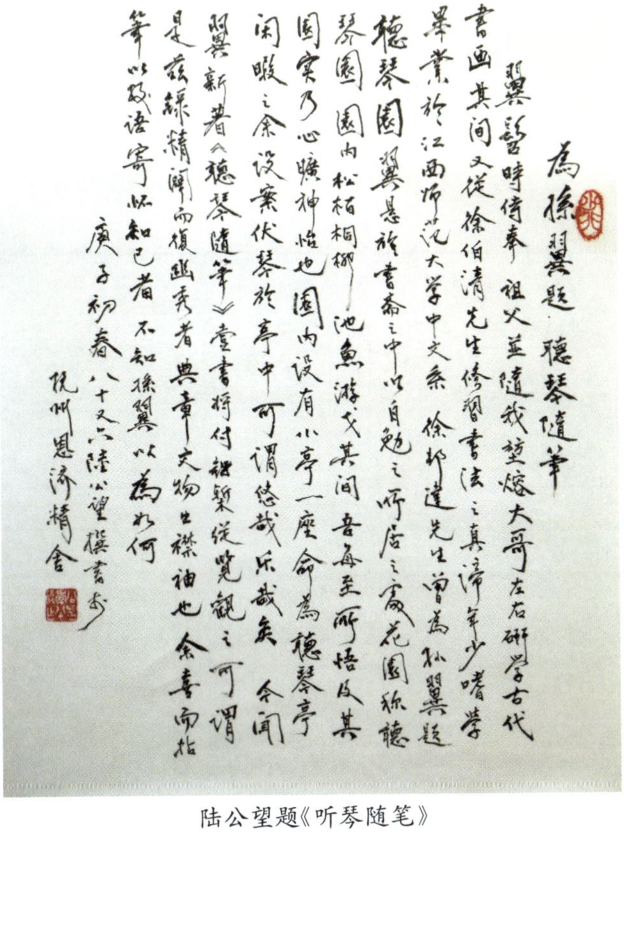

陆公望题《听琴随笔》

翼髫时侍奉祖父，并随我堃熔（镕）大哥左右研学古代书画。其间，又从徐伯清先生修习书法之真谛，年少嗜学。毕业于江西师范大学中文系。徐邦达先生曾为孙翼题“听琴园”。翼悬于书斋之中，以自勉之。所居之处花园，称“听琴园”，园内松柏桐柳，池鱼游弋其间。吾每至所悟及，其园实乃心旷神怡也！园内设有小亭一座，命为“听琴亭”。闲暇之余，设案伏琴于亭中，可谓悠哉、乐哉矣！

今闻，翼新著《听琴随笔》一书将付铅椠。纵览观之，可谓是：“兹录精辟而复幽秀者，典章文物出襟袖也！”余喜而拈笔，以数语寄怀知己者，不知孙翼以为如何？

庚子初春　八十又六　陆公望撰书于杭州恩济精舍

为《听琴随笔》题《超然图》

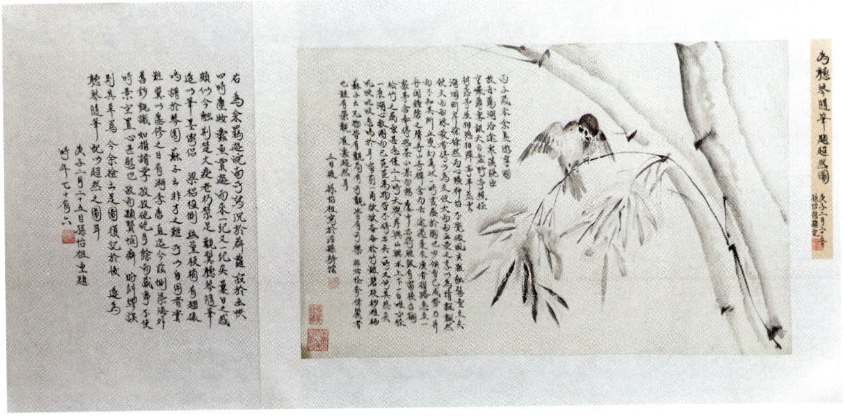

超然图

右　为余羁游皖南所写，沉于薜萝，寂于函帙，四时尘妆，蠹鱼赏游而来，一纪又一纪矣！曩日之感，颇似今触。荆楚大疫，老朽禁足，观翼《听琴随笔》，遂以笔墨俦侣。

梁梠楹侧，幽篁枝梢，有翅振鸣，谱于琴园。苏子云：“非才之难，所以自用者实难。”翼以廛修之目，有溯李唐，直迄今兹，侧染海外，旧抄甄识，如指诸掌，孜孜矻矻月余而蒇事，不使时景空置，心甚慰也。

故而颙贤悯癖，盼纠缪误，则其幸焉！今余检出是图，复记于后，遂为《听琴随笔》配以《超然》之图耳！

庚子二月二十五日　孙怡祖重题时年七十有六

自 序

己亥二月十五，春分日，暴雨突袭，如注而泻。余疾趋而归，未及防，踬于地。俄而，右膝热胀，乃至竟日。越翌日，肿痛难耐，竟不能立。复数日，诊为“关节腔积液”，以取液为疗，遂卧而养之。

卧榻多以书为伴，读书少有笔离手。如此枕席缃帙月余，梳旧日疑结，理今时所获，遂得小文数篇，为穷耳目之胜，以自适消遣耳。

时光荏苒，转瞬岁末。祖母以期颐之许，授余嗣翰。伏奉之中，有手抄《画筌》、《画跋》合册，纸札致精，可许玩味。

《画筌》，与刊之《画筌》，虽呈小异，然参稽此《画筌》底本，必不晚于“馀舫”耳。《画跋》论及诸家，宗法分明，如指上螺，亦可谓绳墨规布，峛岃赋折。其笔墨语规，思评论迹，与《南田画跋》同出一辙，且多存未见之录。绝非洗涤心源，独立物表，具古今只眼者不足与此，非钻仰者而不能为也。堪为现存《南田画跋》之遗补无疑。

《画筌》、《画跋》皆用“馀舫随笔”笺。然“馀舫者”谓谁？不可考也。按王又曾《题馀舫》，大抵出雍耳；又《画跋》自云：故人张浦山……亦契岁次。据而推之，“馀舫者”存于雍乾，揭橥二者翕然之界。其流传，亦可征信于王鸣盛、吴锡麒、李柯溪等辈之递藏也。故而，《画筌》盖为笪重光著，“馀舫”为之抄本。《画跋》则系恽格所著之《南田画跋》抄本，馀舫主人聊以自用也。然就存序席次而言，此馀舫本《画跋》抑或皆早于目前已知《南田画跋》。

此二篇虽不甚佳，然亦得啖蔗之味，且多有孤珍之处。于是乎，寿以贞珉之心，日就月将。恐观者不明，作《〈画筌〉〈画跋〉馀舫本初探》一篇，置于前，以事铅椠。后又忧于纤弱而版稀，有负剞劂，遂念收事止。忽一夕，思之再三，此状岂非噎矢欤？索性取旧年之残稿数篇，收辛卯小文唐寅《风尘三侠图》、理丁酉杂稿《双碑记》，又乞得家君近年所览清宫如意资料，增裁整集。所得者，凡小记十篇耳。

余之所记，甄采之料，务不失其型典。以随笔小文，仰取俯拾，糅团凑合，无有顾及。诚非芸签缥带之属，所以区区记其终始者，又“听琴”于楹阶，遂命为“听琴随笔”。半顷琅玕，一间草堂，吾意中所有，愿与赏心共之。

孙翼　书于听琴园

庚子二月二十五日

目录

清宫乾隆时期的如意收藏

如意起源于我们日常生活中，俗称“不求人”，实为搔背工具。最早的如意，柄端作手指之形，以示手所不能至，搔之可如心意，故称“如意”。

据故宫博物院的研究资料和清《事物异名录》的考证，“‘如意’……端部作手指之形的古之爪杖。”[1]我国古代有“搔杖”，今叫“痒痒挠”；又有记事于上的笏，亦称“朝笏”、“手板”，自汉晋以来，成为帝王将相手中权力的象征。如意则兼两者之意。后来，其形态发生分化，一支保留实用功能，在民间流传；另一支强调吉祥之意，向陈设珍玩演化。从故宫实物资料及清《事物异名录》可知，“笏”则为“如意”之异名别称。古诗中常将“如意”称之“握君”、“执友”、“谈柄”，均由古代的笏和搔杖演变而来。经过漫长的历史演变，这种工具渐渐超越了实用功能，成为装饰之物。

按文震亨《长物志》称：“如意，古人用以指挥向往，或防不测，故炼铁为之……”[2]此中“指挥”一词，有着统领及权力的蕴意，也是“如意”在政治层面的代名词，具有“如意”和“权力”的双重含义。《清仁宗实录》嘉庆四年（1799）正月甲戌记载：“朕于乾隆六十年（1795）九月初三日，蒙皇考册封皇太子，尚未宣布谕旨，而和珅于初二日即在朕前先递如意。漏泄机密，居然以拥戴为功，其大罪……”[3]此中如意所表达的蕴意，可谓不言而喻。《清高宗御制诗集》五集卷十九《咏白玉如意》载：“如意之名不见于六经，盖始自内典，而胜制自六朝耳。”[4]至明、清时，以灵芝为造型的如意头，被赋予吉祥驱邪的涵义，逐渐成为了承载祈福、禳安美好意愿的贵重珍玩。

由于如意有独特的吉祥寓意，在清宫中，受到了历代君主的青睐。其中，又以乾隆帝为最。清人《弘历采芝图像轴》，所绘乾隆二十三四岁时画像，右手执灵芝如意，左手轻扶梅花鹿。可见弘历在宝庆王时代，对如意就非常钟爱。据统计，乾隆后期，收藏各种材质如意近四千柄。材质有玉、嵌玉、竹、木、珊瑚、松石、金、铜、镀金、水晶、珐琅、蜜蜡、象牙、陶瓷等多种材料制成。形式也发生了变化，多由灵芝金锁头的结构造型演变而来。但是，都围绕着吉祥为主题的形制和图案，如“百事如意”、“一统万年”、“年年有余”、“太平有象”等等，以示吉祥安康和颐神养性。

如意尾部一般会钻有小孔，用来拴挂穗丝及穗子。数据显示，乾隆对拴挂如意的穗丝及穗子也十分讲究。什么样等级如意，配什么形制的穗丝，都有严格要求。通常穗丝带由蚕丝编结而成，其颜色也因不同等级而相异。黄色为最高等级，形制有单穗单回头、双穗双回头等形式。在穗丝上穿以珊瑚、白玉、松石等制成穗子。穗子也有严格等级区分，采用什么穗子及穗丝带，时常都会由乾隆亲自下旨，由造办处拴穗、换穗。档案显示，乾隆三十五年至三十九年（1770—1774）系造办处皮裁作，经办此项作业；乾隆四十年至六十年（1775—1795）则由灯裁作经办。

如意在清宫中，被广泛陈设于各个殿阁间。其中，典藏级别最高的是乾清宫、宁寿宫、颐和园万寿山、圆明园。收藏如意数量较多的地方，则在盘山和热河。宫中如遇到庆典、寿庆等重大活动，如意则是必不可少的吉祥物象。为了迎合乾隆喜好，朝廷的高级官吏会向皇帝进贡如意，并且列在进贡清单的首页首件。一些特殊仪式中，譬如公主出嫁、皇帝会见外国重要使臣时，也会馈赠“如意”。或常在新年正月，乾隆会对少数民族首领，如达赖喇嘛和班禅额尔德尼等，各赐象征民族团结的如意一柄。

近年来，我的父亲大人，受友人对《秦良玉与〈石头记〉初探》一书建议，从而得到启发，查阅了《清宫内务府造办处档案总汇》（以下简称《总汇》）[5]及《清高宗御制诗集》（以下简称《御制诗集》）[6]两部典籍的相关资料，发现其中录有大量有关“如意”的各类信息，感触颇深。现将家父所查阅之清宫乾隆时期典藏“如意”的信息资料，整理录述，汇总如下。

一、乾隆初期，清宫典藏如意的状况

《总汇》数据显示，乾隆之前，历朝君主对如意都有独特的喜好。因此在乾隆初年，清宫遗藏中已经有一定数量的如意。

例如：《总汇》第7册，页9，“乾隆二年(1737)九月二十日，将白玉万年太平如意一件……呈览”。

奉旨：“将白玉如意上，流云做透的，其万字上飘带着磨去……”

“二十九日……太监毛团，交青玉如意一件。”

《总汇》第7册，页14，传旨：“此如意玉情材料还好，做法不好，尔等酌量改。钦此。”

乾隆三年(1738)二月，“二十日，催总白世秀来说，总管刘沧洲首领开其里交白玉如意三件……”

传着：“圆明园乌赫里达孙三格，领去转交园内总管。记此。”

乾隆六年(1741)三月，“二十九日……交珊瑚如意一件，水晶如意一件，蜜蜡如意一件，茜绿芽如意一件，沉香如意一件，檀香如意一件，玛瑙如意一件，鹤顶红如意一件，金星玻璃如意一件……”

《总汇》第10册，页287，传旨：“送往圆明园交进。钦此。”

从乾隆元年至乾隆十年(1736—1745)间，根据《总汇》整理相关如意信息，共出现有一百二十五柄。从整理《御制诗集》中发现，乾隆一生，曾题咏各类如意诗共六十九首。其中第一首诗，系乾隆十七年壬申(1752)《赋得如意》诗。《御制诗集》卷三十四，页 19，其诗曰：“文房紫芝式，制合古而纯。幻已传秦代，挥惟盛晋人。何须贵犀玉，雅足尚檀筠。四座花天落，于斯有底因。”

从上述数据可见，乾隆初期，清宫虽存有一定数量的如意，但存量规模还是相对较小。这是因为乾隆初期，和阗玉原料还是非常稀缺的。其时和阗准噶尔部落在叶尔羌等地正在闹分裂。此时的造办处，处于巧妇难为无米之炊的境地。

乾隆六年(1741)，十二月二十五日，弘历令造办处，将收贮的各色玉块呈览。当时，司库白世秀将各色玉石十块，并碎玉六十六块，[7]进交太监高玉等予乾隆呈览。弘历只看中白玉一块，让别人认看，其余玉石仍旧持出。足见当时大块玉石原料是非常稀缺的。

乾隆初年，一柄质量上乘的玉如意，在宫廷中是极其贵重的。从乾隆《赋得如意》诗可见，弘历认为如意的材料，不一定都要用当时价值十分昂贵的犀角、玉石来制作，而用檀木、竹制成的如意，也足可成为一件文房雅玩。这也从侧面反映出，特别耗料的大件玉器，尤其是器形硕大的独根玉如意，在乾隆初年是极其罕见的。所以在当时清宫中，想要新制一柄质量上乘的独根玉如意，几乎是不现实的事情。因此乾隆将他的注意力，集中到了那些通过“搜藏”而来，或者前朝遗留下来的独根玉如意上。这样便出现了《御制诗集》中，咏如意的第二首诗，即作于乾隆十九年(1754)新正的《玉如意》。其诗曰：“竹化分真幻，铜函阅古今。清谈常在手，乐志每如心。击处珊瑚碎，挂来萝薜深。握君曾得号，禅德亦留吟。贞素标琼质，指挥延藻襟。休征愿时若，讵为宝球琳。”[8]乾隆此首御制诗中，所咏之“玉如意”，便是《秦良玉与〈石头记〉初探》一书中，所记述的“石头”。

第三首为：乾隆二十年(1755)作《咏如意》。

“心澄何所事，腕动尽相随。雅合谈元执，那堪临阵麾。檀称香是体，玉以德为仪。有愿皆能遂，余心惧在兹。”

第四首为：乾隆二十一年(1756)作《竹如意》。

第五首为：乾隆二十二年(1757)作《木根如意》。

《御制诗集》初集中，并未发现有咏“如意”的诗出现。《御制诗集》二集中，也只有上述五首咏如意之诗。由此可窥，乾隆二十年前，清宫虽然存有一些玉如意，但存量不多。由于竹、木材料较为易得，所以清宫此段时期，以库藏此类器物的如意为主。

二、如意的制作

在乾隆初年，玉石原料来源非常困难，原因是和阗(1959年改名：和田。以下用田。)准噶尔部落在叶尔羌等地搞分裂，造办处形成了巧妇难为无米之炊的境地。当时，清宫遗藏的大件玉器也同样非常稀缺，但弘历嗜古成癖，热心于玩弄古玉，并尽力搜集贮藏。他还积极提倡做假古玉。乾隆初年，苏州织造也已有了自己的玉作，时有精品上呈。

杨伯达先生在《故宫博物院院刊》1982 年第 1 期所刊《清代宫廷玉器》一文中，介绍了清代玉器的收集及加工的主要情况，此处摘要如下：

玉石原料的供应来源一直要到乾隆二十年至二十五年（1755—1760），清军在新疆人民的支援下，平定了分裂祖国统一大业的军事叛乱，玉材原料及运输通道才得以打通。之后玉石源源不断地运入了内地和清宫，为清宫在乾隆二十五年之后的宫廷玉器的大量制作提供了原料供应的坚实基础。此后，清宫便大量制作各类玉器。众所周知，弘历是我国历史上最著名的“玉痴”君主，故体现在乾隆朝宫廷玉器的制作方面，无论是在制作工艺和形式上可谓推陈出新，非常精湛。在这一时期制作了大量的陈设器皿、佩饰、神像、册宝、祭器、文玩及镶嵌、文玩类的各种精美玉器。由于当时有技术高超玉匠的技术支持，在乾隆中后期所制作的玉器中，工艺水平达到了前所未有的巅峰水平。而这些技艺高超的玉匠主要集中在苏州专诸巷，苏州织造为造办处如意馆提供了人数众多的著名玉匠；此外扬州、江宁两地还向地区分派任务，动用各地织造力量为宫廷制作玉器。当时为宫廷直接控制的玉作有十余处之多，除了宫内造办处玉作如意馆，为宫廷加工玉器的有苏州织造、两淮盐政、长芦盐政。另江宁、杭州等地也曾为宫廷制作玉器，特别是乾隆二十四年（1759）新疆地区的动乱平定后，玉料便大量进入内地，此时宫廷玉器的年产量，最高可以达到二百件以上。“与此同时，每年宫廷要进行大量的赏赐，对象是：有对王族内部的赏赐，也有对大臣的赏赐，还有对其他民族首领的赏赐。”[9]

经过对《御制诗集》和《总汇》的阅读发现，乾隆对“嵌玉如意”制作，可谓是情有独钟。所谓嵌玉如意，就是在木质、竹质或其他材质上，镶嵌美玉而制成的如意。在乾隆当政的六十年中，经其亲自下谕旨制作的嵌玉如意，多达三百二十二柄。每一柄的款式形制，及玉质的选用，常常都会由乾隆亲自定夺。这样的旨批，在《总汇》中随处可见。

《总汇》14 册，页 124，乾隆十年(1745)，七月十三日。

传旨：“将寿字号内玉器，照琴拂靶花纹，做紫檀木如意一柄；其同字号、山字号的玉器，照商金丝琴拂靶上花纹，做商金丝紫檀木如意一柄；商银丝紫檀木如意一柄；岳字号的玉器，照兽面琴拂靶花纹，做紫檀木如意一柄。永字号的玉器，照五块玉镶嵌如意花纹，做紫檀木如意一柄。钦此。”

由此可见，乾隆十年七月十三日，一道谕旨就定做了五柄紫檀镶玉如意。随后的数据显示，众多的如意制作中，嵌玉如意所占比重最为庞大。经统计，乾隆《御制诗集》中，题咏嵌玉如意的诗有二十三首。

如：《御制诗集》四集，卷二十五，页2，乾隆四十年乙未(1775)，《咏檀玉如意》："琢以羊脂玉，相(平声)惟牛首檀(出梵典)。雕几非所尚，朴雅恰宜观。代可语深辩，挥将花落攒。如询意之愿，岁美万民安。"《御制诗集》四集，卷二十六，页10，乾隆四十年乙未(1775)《咏檀玉如意》："檀玉相连结，三才宛一身。如分合常久，虽曲直犹伸。代语还无语，似神真有神。天花纷落处，亦不问缘因。"

至于独根玉如意，乾隆则最为钟爱。《御制诗集》中记载了咏"玉如意"的诗多达二十六首。通过乾隆对玉如意的旨批可知，他对独根玉如意审美标准，有他自己独特的见解："俗样都教铲削之，本来玉貌净真披。"

从目前遗存的清宫玉如意来看，刻有御制诗文的玉如意颇多。一般学者会认为，这些如意上所刻的御制诗文，必然出自清宫造办处。然而通过《总汇》中的记载发现，乾隆虽然时常给造办处下谕旨制作各式玉器、珊瑚摆件等，但少有发现制作独根玉如意的记载。

乾隆四十一年(1776)正月，"初五日，太监胡世杰传旨：着启祥宫挑玉做……年年如意一件。"

此外，乾隆四十二年(1777)，十月初五日，记有"厄勒里交，玉如意坯二十一柄……"。

其他，似乎再无发现《总汇》有制作独根玉如意的记载。那么，目前遗存下来，众多刻有御制诗文的清宫如意，是从哪里来的呢？依据《总汇》里面的详细记载，从中找到了明确的答案。原来，除了自“康雍”时期留存的独根玉如意，主要来自官员的进贡。经统计，乾隆时期官员进贡的独根玉如意，就达到一百六十七柄。乾隆十分喜爱独根玉如意，特别对一些玉质纯美、形制古朴、精制灵巧的如意，为其镌题诗宝，即“刻添诗宝”。

从《总汇》中进献的数据显示，有的大臣误以为，白玉厚者价值高，因此，把玉如意做得十分“厚笨”，结果被乾隆称之为：“俗琢翻增恶状披，譬如不洁冒西施。庸工弄巧堪厌矣，一例加磨俾去之。留玷图其斤两重，祛瑕全此瑾瑜姿。不论美恶论厚薄，欲笑陶朱未审思。”[10]从这首诗中可见，乾隆对如意的审美标准，是古朴和灵巧之美。

乾隆又是一位惜玉之人。他认为如意柄又细又长，势必耗费大块玉石，而挖下的碎料，被称之“碴子小玉”，十分可惜，不忍如此浪费。故尔乾隆时期，尤其是乾隆早期，清宫造办处几乎是不制作独根玉如意的。至于那些不满意的独根玉如意，乾隆也只能下旨进行改制了。这样的“改制”，在《总汇》里记述十分之多。例如：乾隆五十三年(1788)，“……十一月十八日，鄂鲁里交白玉如意二柄。”传旨：“交启祥宫，将如意头上花纹铡去。钦此。”

关于乾隆旨作如意，见下列表一。

表一　依据《总汇》，乾隆年间制，造办处旨作如意表　单位：柄

册 / 年 / 计数	7—20 册 元年至十九年	21—37 册 二十至三十九年	38—48 册 四十至五十年	49—55 册 五十一至六十年	总计
嵌玉如意	62	200	30	30	322
独根如意	—	—	1+21 坯	—	1+21 坯
其他如意	15	33	2	5	55
总计	77	233	33	35	378+21 坯

三、修缮与整理

乾隆对于各种存量如意，整理和修缮的工作也是十分重视的。他特别注重玉如意的玉质和形制以及纹饰，常不厌其烦地督促造办处，将所持出的如意“改制”，并交代“要往秀气里做”。个中所述及之秀气，其实是他所追求的“雅而不俗”那种审美标准。因此乾隆在修缮、改制器物时，往往要亲自监控一件器物改制的整个流程。通常要求先呈样御览后，方才准许制作。可以断定，需要修缮的这些如意，一定是在乾隆无奈之下，而采取的一种补救措施。究其来源，无非是各类损坏，前朝遗存，或者是官员进贡。按《总汇》统计，乾隆对各种不称心如意而进行修缮和改制的，竟多达三百九十三柄。从下例记载中不难看出，乾隆帝不但是位有个性的鉴宝家，更是一位任性十足

的创作家。“玉痴”的称号，乾隆的确是实至名归。

部分修缮及改制玉如意的记载，录述如下：

(1)《总汇》第 8 册，页 493，乾隆三年(1738)十一月，“初三日，司库……交坏青玉如意一柄”。

传旨：“着往好里收拾，贴补。钦此。”

(2)《总汇》第 16 册，页 138，乾隆十三年(1748)，九月“十六日……龙油珀嵌玉三块如意九柄……”。

传旨：“将如意上玉起下，着做紫檀木嵌玉三块如意。钦此。”

(3)《总汇》第 19 册，页 127，乾隆十七年(1752)十月，“初七日……紫檀木嵌玉三块如意一柄”。

传旨：“将如意背面中间，照正面玉尺寸，落堂要腰圆形，刻御制诗，下边海屋添寿往下挪，并上边云鹤俱要深雕，先做样呈览。钦此。”

(4)《总汇》第 22 册，页 141，乾隆二十一年(1756)八月，“十三日……紫檀木嵌玉三块如意一柄”。

奉旨：“将如意头上玉磬转过安上，着往秀气里改做。其如意柄上，空处花纹不全补做花纹，背后字磨去，先做样呈览。钦此。”

(5)《总汇》第 23 册，页 776，“于二十四年(1759)正月，二十二日……雕紫檀木嵌玉莲鹅镶嵌三块如意一柄……”。

奉旨：“如意头做的蠢，要与玉镶嵌一般大，身子上花纹亦糙，着与原交出如意样比较，另往秀气细致里做。钦此。”

(6)《总汇》第 34 册，页 638、页 639，乾隆三十六年(1771)五月，“十三日……嵌玉三块商丝紫檀木如意一柄……”。

传旨：“将如意上商丝起下熔化，胎股往秀气里改做。钦此。”

(7)《总汇》第 35 册，页 425，乾隆三十七年(1772)十一月，“十月十九日……交白玉龙凤如意一柄”。

传旨：“着交启祥宫，将如意头上凤，并身上山石水牙札去。钦此。”

(8)《总汇》第 36 册，页 161，乾隆三十八年(1773)十二月“二十七日，接得……白玉如意一柄”。

传旨：“着将如意头上云札下，如意尾上山水另改做样呈览。钦此。”

(9)《总汇》第 41 册，页 784、页 785，乾隆四十三年(1778)，“五月二十三日……交白玉如意一柄”。

传旨：“着将如意顶上蝙蝠札去，随势做花纹，柄上现有花纹磨平。钦此。”

(10)《总汇》第 42 册，页 31，乾隆四十三年(1778)四月，“初七日……青白玉如意一柄……”。

传旨：“将如意头上玉蝠札去，得时另换回头穗。其托座香几，做材料用。钦此。”

(11)《总汇》第 45 册，页 638、页 639，乾隆四十七年(1782)，“初

三日，接得……正月十一日……青白玉如意一柄”。

传旨：“交如意馆，将如意上花纹磨去，根上尖铡去，按规矩做。钦此……”

(12)《总汇》第51册，页436，乾隆五十四年(1789)四月，“二十三日……嵌玉三块雕紫檀木如意二柄(……盘山)”。

传旨：“将交出玉，镶嵌在如意上，换安用原旧如意胎改做。钦此。”

(13)《总汇》第51册，页494、页495，乾隆五十四年(1789)，“初三日，接得……正月初四日，鄂鲁里交白玉如意一柄”；乾隆五十四年(1789)，“初三日，接得……正月初十日，太监鄂鲁里交青白玉如意二柄”。

传旨：“着交启祥宫，磨去花纹。钦此。”“着交启祥宫，札去花纹。钦此。”

(14)《总汇》第51册，页519，乾隆五十四年(1789)，“十月初二日，鄂鲁里交青玉如意一柄”。

传旨：“交启祥宫，磨去花纹。钦此。”

表二　依据《总汇》，乾隆年间造办处如意修缮整理表　单位：柄

册 / 年 / 计数	7—20册	21—37册	38—48册	49—55册	总计
	元年至十九年	二十至三十九年	四十至五十年	五十一至六十年	
嵌玉如意	16	138	105	54	313

续表

计数 \ 年 \ 册	7—20 册 元年至十九年	21—37 册 二十至三十九年	38—48 册 四十至五十年	49—55 册 五十一至六十年	总计
白玉、青玉如意	3	8	17	10	38
其他如意	4	24	10	4	42
总计	23	170	132	68	393

四、刻添诗宝

众所周知，乾隆时常会将自己的御制诗刻于各类器物上，铸以流芳百世之帝名。只有他认为是上乘对象，或者是感兴趣的器物，才会下旨镌刻。对需要刻字的玉器，质量要求特别高，如意亦不例外。而对于刻得不好的字，则会被要求抹去。甚至填字、填宝用什么材料，由哪一位刻工刻制，通常皇帝都有特别嘱咐。

如：乾隆十年（1745）七月，“二十一日……太监胡世杰，交如意赞十条（计二页）”。

注：此赞见于《总汇》第 51 册，页 466，而未见于《御制诗集》。乾隆特别嘱咐刻工“朱彩”刻制，并传旨：“……应做商金银丝的，就做商金银丝；应做填金、填青的，就做填金、填青。钦此。”

又如：《总汇》第 22 册，页 532，乾隆二十二年（1757），五月二十日，甘黄玉如意一柄。（粘诗本文计六十二字，宝二方，计四字。）传旨："着朱彩照本文（在甘黄玉如意上）刻做。钦此。"由此可见，清宫内务府造办处，对需要刻添诗宝的记录，是十分详尽而严谨的。

造办处根据旨谕内容，改刻前朝遗存或新制器物。但是乾隆中后期，除了由造办处刻添诗宝，很大一部分是官员进贡前，已将御制诗镌刻于如意之上了。往往乾隆一首咏如意的御制诗，被不同进贡官员反复镌刻。所以造成了清宫中，多柄如意同享一诗的局面（其他器物亦同），这就是所谓的"一诗多器"。下面仅介绍四件，由乾隆一首咏《玉如意》的御题诗，从而引发出若干镌题有御制诗的如意，同时典藏于清宫的实物信息。

一诗多器

1.《青玉御题诗万寿无疆如意》

此件玉如意：长度为40.6厘米，宽9.8厘米，高5.7厘米。玉质暗青色，有斑。如意头表面刻有一周回纹开光，其内诗："竹化分真幻，铜函阅古今。清谈常在手，乐志每如心。击处珊瑚碎，挂来萝薜深。握君曾得号，禅德亦留吟。贞素标琼质，指挥延藻襟。休征愿时若，讵为宝球琳。"署有"乾隆御题"款。有"古香"、"太璞"二印记。

其主要特征：如意柄的上、中、下三个部分均刻有纹饰，中部正面刻有"万寿无疆"四个较大篆字，御题诗文以隶书刻于如意头正面。材质为青玉呈暗青色，略有斑瑕。御题诗"贞素标琼质"用的是

“标”字。

此柄玉如意的玉质及刻工，有乾隆时期的典型特征，原藏于清宫，并呈现出皇家之富贵气息的特征。从所刻“万寿无疆”可知，此柄如意应是清帝王或皇太后所使用的祝寿或陈设仿古器。[11]

2.《乾隆款青玉浮雕蝠寿如意》

此件玉如意：长度为42.5厘米，头部长10.3厘米，高4.9厘米。头部呈云朵形，如意柄自然弯曲，上阴刻菊花纹饰，下浮雕蝙蝠，万寿字。如意背面头部雕流云双幅纹饰。如意头中间阴刻戗金楷书御制诗一首：“竹化分真幻，铜函阅古今。清谈常在手，乐志每如心。击处珊瑚碎，挂来萝薜深。握君曾得号，禅德亦留吟。贞素标琼质，指挥延藻襟。休征愿时若，讵为宝球琳。”署有“乾隆御题”款。有“古香”、“百玉”二印记。

主要特征是：此柄如意的材质为青玉。头部正面呈云朵形，中间刻有戗金楷书御制诗一首及篆文“古香”、“百玉”(其中“百玉”数据资料来源可能所录有误)二印记。如意柄部及头部刻有菊花纹饰和蝙蝠万寿字，背面刻有流云双幅纹饰。御题诗“贞素标琼质”用的是“标”字。

此柄乾隆款青玉浮雕蝠寿如意从玉质及刻工看，符合清乾隆时期作品的特征，应为清宫用来祝寿和祝福之用的陈设仿古器。[12]

3.《乾隆御题青黄玉如意》

此件玉如意：长度为34厘米，宽8.5厘米，高3厘米。玉质为和田青黄玉，满工兽面纹。在头部的背面无纹饰，刻有乾隆御题诗："竹化分真幻，铜函阅古今。清谈常在手，乐志每如心。击处珊瑚碎，挂来萝薜深。握君曾得号，禅德亦留吟。贞素摽琼质，指挥延藻襟。休征愿时若，讵为宝球琳。"署有"御题"款。有"古香"、"太璞"二印记。

其主要特征：此柄玉如意的材质采用独根和田黄玉制成。其玉色似有隐青，纹饰为浅浮雕满工兽面纹，柄部中段有一长约 7 厘米的赭色天然蕴色之瑕。在头部与柄部之弓缘根部，有一处应为年代久远的老断裂纹，并有经过修接的明显痕迹。按此黄玉的材质具有明中期独有的材质特征。因为此种材质，至康熙之后极少能见到，其纹饰明显不符合乾隆时期的时代特征，应视为明中晚期作品的时代特征。御题诗"贞素标琼质"用的是"摽"字。

据悉，此件实物原出清宫，何时因何故流失于外，待考。[13]

4.《乾隆紫檀嵌银丝镶白芙蓉松鼠葡萄纹御制诗文如意》

此件紫檀木嵌银丝镶白芙蓉如意：长度为 43 厘米。材质以紫檀木为柄，镶白芙蓉石饰件三处。柄的上方落篆书款"御制"。下方以错银丝书乾隆御制诗一首："竹化分真幻，铜函阅古今。清谈常在手，乐志每如心。击处珊瑚碎，挂来萝薜深。握君曾得号，禅德亦留吟。贞素摽琼质，指挥延藻襟。休征愿时若，讵为宝球琳。"

其主要特征：此柄如意以紫檀木为柄，以三镶白芙蓉石为饰件，御制诗以错银丝制诗文，器身满布错银纹饰，白芙蓉石则雕以松鼠葡萄纹饰，白芙蓉石虽似玉而非玉，整体却富丽华贵，有乾隆时期的装饰风格特征。御制诗“贞素标琼质”用的是“摽”字。此件实物是否原出清宫不详，待考。[14]

综上所述，结合《总汇》中所记载的“甘黄玉”等信息，以及注释诗意后，不难发现第一柄、第二柄玉如意为官员进贡；第三柄是乾隆御题原旨作；而第四柄制作时间，最为接近原旨作（应出于造办处）。因为此件作品所镌是“摽”字，其原因正是没有避讳前明女将军秦良玉（贞素），将清使者招降信物玉如意击断一事。[15]而“摽”一字带有侮辱满清蕴意，只可出自皇帝之口，不宜入臣子之笔。所以，呈进官员纷纷按照《清高宗御制诗集》，所讳载之“标”字镌刻进贡。

在《总汇》中记载，真正由乾隆下旨，造办处题刻诗款的却并不太多（外省织造等，于此不究）。所以刻添诗宝，此处就一般学者所认为，都是由宫中造办处完成的说法，这里还是有区别的。

1. 部分乾隆旨作的如意，录述如下：

（1）《总汇》第 13 册，页 466，乾隆十年（1745）七月“二十一日……太监胡世杰，交如意赞十条（计二页）”。

传旨：“俟从前交出如意，得时将此赞交朱彩，在如意上刻，应做商金银丝的，就做商金银丝；应做填金、填青的，就做填金、填青。钦此。”

（2）《总汇》第 15 册，页 380，乾隆十二年（1747）二月“二十四日……交玉靶紫檀木如意一件”。

传旨：“着另做如意一柄，上半截雕玲珑螭虎，下半截按旧如意上字样，排两行，雕阳文。将昭文带底子，札下送进。其旧如意身，做材料用。钦此。”

(3)《总汇》第19册，页98，乾隆十七年(1752)，“于六月初二日，员外郎白世秀将做得：汉青玉莲鹅镶嵌如意一柄，白玉螭虎镶嵌如意一柄……”。

奉旨：“照样准雕，做阴文拉道填金，背后刻字。钦此。”

(4)《总汇》第21册，页630，乾隆二十一年(1756)正月，“二十二日，接得……本月十七日，太监胡世杰交：白玉镶嵌紫檀木如意一柄”。

传旨：“着将背后阴文字内，照样掐银片字。钦此。”

(5)《总汇》第22册，页532，乾隆二十二年(1757)，五月十八日，“甘黄玉如意一柄(粘诗本文计六十二字，宝二方，计四字)”。

传旨：“……其甘黄玉如意一柄，着朱彩照本文刻做。钦此。”

(6)《总汇》第29册，页520，乾隆三十年(1765)六月，“二十一日……紫檀木如意一柄(随嵌玉三块肆字，本文一张，计字九字，宝二方七字)”。

传旨：“照本文刻阴文，填泥金银硃宝。钦此。”

(7)《总汇》第29册，页529，乾隆三十年(1765)，“七月初七日……紫檀木如意一柄(随嵌玉三块,本文一张,计字九字,宝二方七字)"。

传旨:"着照本文刻阴纹字,填泥金字,银硃宝。钦此。"

(8)《总汇》第 34 册,页 492,乾隆三十六年(1771)(如意馆)六月,"二十一日……嵌汉玉三块紫栝(即:檀。下同)木如意一柄。背后原刻十四字,宝二方二字,龙四条(同乐园)"。

传旨:"着交如意馆嵌银片字,银宝。钦此。"

(9)《总汇》第 38 册,页 11,乾隆四十年(1775)三月,"二十日……嵌玉三块圆紫栝木如意一柄……(上贴:篆字本文二张,肆字本文二张)"。

传旨:"着交如意馆做银片字,金宝。钦此。"

(10)《总汇》第 51 册,页 521,乾隆五十四年(1789)十一月,"初三日……紫檀木嵌旧玉如意一柄(随本文三张)"。

传旨:"交启祥宫,照本文做银片字,金宝。钦此。"

(11)《总汇》第 52 册,页 4,乾隆五十五年(1790)二月,"初三日,员外郎……正月初七日,懋勤殿交:嵌玉紫檀木如意一柄(背面上有刻字本文)"(懋勤殿)。

传旨:"交启祥宫,照本文做银片字,金宝。钦此。"

(12)《总汇》第 52 册,页 6,乾隆五十五年(1790)正月,"二十七日,员外郎……正月十一日,懋勤殿交:紫檀木嵌皮糙玉夔福如意一柄(背面粘本文一张)”。

传旨:“交启祥宫,照本文做银片字,金宝。钦此。”

(13)《总汇》第 52 册,页 30,乾隆五十五年(1790)十月,“初二日,接得……紫桧木嵌玉爬头如意四柄(上贴前做过诗本文)”。

奉旨:“照本文各做银片字,金宝,做银阳右钮四个。钦此。”

(14)《总汇》第 52 册,页 33,乾隆五十五年(1790)十一月,“十七日,接得……十月初四日……紫桧木嵌旧玉,拱璧圆柄如意一柄(上贴本文四张)”。

传旨:“交启祥宫,照本文做银片字,金宝。钦此。”

2. 部分官员呈作的如意,录述如下:

(1)《总汇》第 43 册,页 396,乾隆四十四年(1779),“七月二十五日,直隶总督杨景素进贡内:奉旨驳出御诗嵌玉如意一件……”。

(2)《总汇》第 44 册,页 340,乾隆四十五年(1780),“正月二十九日奉旨,江南河道总督李奉翰所进:御制诗镶玉如意五柄……”。

(3)《总汇》第 44 册,页 362,乾隆四十五年(1780),“三月初四日,湖北布政使梁敦书进贡内,奉旨驳出:御制诗玉如意一柄”。

(4)《总汇》第 44 册,页 368,乾隆四十五年(1780),“三月十七日,浙江巡抚王亶望进……奉旨驳出:御制诗如意一对”。

(5)《总汇》第 45 册,页 325,乾隆四十六年(1781),“四月二十七日,湖广总督舒常进贡内,奉旨驳出:御制诗三厢镶祥瑞檀香如意成柄……”。

(6)《总汇》第46册，页395，乾隆四十七年(1782)，“七月二十七日，湖广总督舒常进贡内，奉旨驳出：御制诗镶嵌万年如意成柄……”。

(7)《总汇》第46册，页425，乾隆四十七年(1782)，“十二月初四日，江西巡抚郝硕进贡内，奉旨驳出：御制《梅花诗》镶玉如意一对……”。

表三　依据《总汇》，乾隆年间造办处旨作如意“刻添诗宝”表

单位：柄

册 年 计数	7—20册	21—37册	38—48册	49—55册	总计
	元年至十九年	二十至三十九年	四十至五十年	五十一至六十年	
各种如意	7	20	8	16	51

五、官员进贡

由于如意有吉祥的寓意，所以开始慢慢演变为君臣和谐、上下连情的吉祥物件。这自然就成了官员进贡时，贡单上的必备之物。然而从《总汇》第23册，页132、页143的探究中发现，继“乾隆二十二年(1757)，三月十八日，奉旨安徽巡抚高晋所进白玉如意成件……”，及“乾隆二十二年，七月初九日，浙江巡抚杨廷璋所进贡物奉旨驳出：白玉如意二柄……”之后，各地巡抚便开始相继仿效，每年几乎都有

各色如意进贡。由于当时新疆和田叶尔羌尚未平乱，玉料稀缺，所以导致和田玉价格十分昂贵。

乾隆二十四年(1759)之前和田玉价，是极其昂贵的。此中，又以上乘古玉尤甚。有数据表明，即使到乾隆三十八年(1773)，和田玉已能大量流入中原地区，但当时玉如意的价格，也是令人瞠目结舌的。

根据《清高宗实录》(四十三年[1778]十一月戊子)记载，山西巡抚巴延三的奏章称："起获张銮同伙私贩之卫全义寄卖各玉器，内有玉如意一枝，票开价银四千两，览之深为骇异……"[16]从中不难看出，玉如意价格之高确实让人吃惊。乾隆中期，粮价每石亦不过一两五钱，一个四口之家，一年开支也仅二十多两银子；购置一所数亩房产，亦仅几百两白银。从这则信息可知，就乾隆中后期一枝玉如意的价值而言，和我们现在所理解的玉如意价值比较，在认知度上是存在一定差别的。

乾隆中期以降，以如意为代表的各种宝物，成为"盛世"的一种表征，穷极工巧与奢华，既形成了制作与销售的产业链条，也催生了官场贿送、人情联络的潜规则，为害甚巨。其根源或核心，仍在于官员向朝廷的进贡。乾隆帝曾多次传谕对臣子之贡作出限制，譬如只允许督抚与少量王公大臣贡献，只允许在三大节进贡，并限于土产与如意之类"上下连情"物品。

正如乾隆所述，只许进贡"上下连情"物品，所以官员将进贡如意放到了首选。从《总汇》所记载的信息看，乾隆二十五年（1760）之后，开始逐年增加，且呈现出快速上升的态势。特别是乾隆四十五年（1780），弘历七十大寿活动中，官员争相进贡，数量之大，在历朝中都是罕见的。英国使节马戈尔尼的《乾隆英使觐见记》中记载：“所经各宫或各屋，必有一宝座，宝座之旁，必有一如意。”[17]

当时进贡如意，便成为官员每逢宫中庆典，孝敬皇室的最佳礼物。在这些贡品中，由于乾隆对进贡的如意材质、形制、工艺有他独特的审定标准，所以官员在进贡时，都会十分小心选择。进贡后按照乾隆要求，会对贡品进行分类。认为佳品的，则被送到各指定殿阁，或圆明园、万寿山等地陈设和典藏。乾隆对于那些所谓“不佳之品”，则会采取赏赐、改制、赐千叟宴，甚至送到崇文门变价处理。

在进贡金器方面，乾隆虽然多次下达圣谕，禁止巡抚以下官员进贡金器，但这样带有体恤韵味的御旨，在被层层官员揣度后，却仿佛成了君臣亲疏的衡量尺度。官员们通过变通或者巧立名目等方式进献金器。这种境况一直延续到乾隆四十七年（1782），十二月初二日，乾隆再次降达圣旨为止。《总汇》46 册，页 426，内阁奉上谕：“各省督抚，派委……况金两本非寻常日用之物。今思前岁，班禅额尔德呢来京庆祝，于热河建造扎什伦布庙，有需用金两及金如意等件，以备颁赏。具时，各督抚即有呈进备赏金器者，以作加赏班禅之用，因量为赏收此，系朕失检点处……除年例，呈进土贡物件外，概不许呈进金器。如有仍前入献者，奏事处即行驳回不准接收……不负朕再三训诫……”

故此，从乾隆四十八年一直到五十五年(1783—1790)，这八年时间，一般官员都再无进贡。只有各地巡抚、兵部尚书、亲王贝勒、侍郎、大学士及主要盐政，才有年例进贡的信息在《总汇》中体现。也就是说一般官员，想孝敬都还没有资格。这也有意无意地造成进贡资格的尊荣，推高了如意的特殊层面价值。

表四　依据《总汇》，乾隆年间“官员进贡”如意表　单位：柄

册 / 年 / 计数	18—20册 十六年至十九年	21—37册 二十至三十九年	38—48册 四十至五十年	49—55册 五十一至六十年	总计
镶玉如意	—	137	359	34	530
独根白玉、青白玉、碧玉如意	13	91	60	3	167
万年福寿九如如意	1	79	226	169	475
杂材如意	3	31	61	9	104
金银珠宝石如意	—	—	3	—	3
黄玉如意	—	5	—	—	5
天然如意	1	101	42	—	144
总计	18	444	751	215	1428

六、赏赐

皇帝登极大典时，作为恭贺权力合法性的象征，礼部必进献如意一柄。所以清宫赏赐如意，自上而下地成为一种必不可少的“仪式”。皇帝会见外国使臣时，往往也要馈赠如意，以示缔结两国友好、国泰民安之意。对少数民族的首领达赖、班禅等，乾隆几乎每年正月，都会各赐如意一柄，象征民族团结。有功之臣，也会得到赏赐的如意，以示皇帝对臣子最高的褒奖。甚至在千叟宴上，乾隆亦对不少老臣，赏赐质量一般的镶玉如意，以寄托昔日之情。现将《总汇》记载，乾隆所赏赐的部分如意，整理如下：

(1)《总汇》第 10 册，页 323，乾隆六年(1741)十二月，“二十八日……龙油珀如意一柄”。

传旨：“着怡亲王内大臣海望，俟正月十五日唐岱生日，派员赏给。钦此。”

(2)《总汇》第 22 册，页 252，乾隆二十一年(1756)七月，“十五日，副催总海陞来说，军机处交赏拨什阿哈什：……玉如意一柄……赏伍把什：……镶玉如意一柄”。

(3)《清高宗实录》(外录)乾隆十一年(1746)，三月。

准噶尔使臣哈柳来贡，弘历出御紫光阁大幄次赐宴，“特赐玉如意一枝，谓哈柳曰：此名如意，乃克遂心愿之谓，特赐与尔新台吉者”。[18]

(4)《总汇》第 25 册，页 53、页 54，乾隆二十五年(1760)八月，“十一日……赏班臣厄尔得尼：……镶嵌玻璃如意一柄；赏地母胡涂克图：……象牙镶嵌如意一柄”。

(5)《总汇》第 27 册，页 250，乾隆二十七年(1762)，“正月初二日，军机处交，赏达赖喇嘛：……碧玉如意一柄……”。

(6)《总汇》第 28 册，页 315、页 316，乾隆二十八年(1763)，“正月初五日，军机处交，赏达赖喇嘛：碧玉如意一柄……赏班臣额尔得尼：碧玉如意一柄……”。

(7)《总汇》第 29 册，页 93，乾隆二十九年(1764)正月，“赏第穆胡涂克图：……碧玉如意一柄……”。

(8)《总汇》第 30 册，页 358、页 359，乾隆三十一年(1766)正月，“初八日……赏达赖喇嘛：碧玉如意一柄……赏第穆胡图克图：碧玉如意一柄……”。

(9)《总汇》第 32 册，页 34、页 35，乾隆三十三年(1768)，“正月初三日……赏达赖喇嘛：……碧玉如意一柄……赏第穆胡图克图：碧玉如意一柄……”。

(10)《总汇》第 33 册，页 348，乾隆三十五年(1770)，八月初一日，“达赖喇嘛：……碧玉如意一柄……班臣额尔德尼：……青玉如意一柄……”。

(11)《总汇》第37册，页213、页214，乾隆三十九年(1774)，“正月初二日，赏达赖喇嘛：……碧玉如意一柄……赏第穆胡土克图：……碧玉如意一柄……”。

(12)《总汇》第41册，页261、页262，乾隆四十三年(1778)正月，“初四日……赏达赖喇嘛：……碧玉如意一柄……赏额尔德呢诺们汉：……碧玉如意一柄……”。

(13)《总汇》第44册，页539、页540，乾隆四十六年(1781)正月，“初五日……赏班禅厄尔德呢：……碧玉如意一柄……赏达赖喇嘛：……碧玉如意一柄……”。

(14)《总汇》第45册，页422，“乾隆四十七年(1782)(记事录)，正月初二日……赏达赖喇嘛：……碧玉如意一柄……赏堪布额尔德尼诺们汉阿旺楚尔提穆：……碧玉如意一柄……”。

(15)《总汇》第46册，页662、页663，乾隆四十八年(1783)正月，“初二日，赏班禅额尔德尼：……碧玉如意一柄……赏达赖喇嘛：……碧玉如意一柄……”。

(16)《总汇》第47册，页643，乾隆四十九年(1784)，正月初四日，“赏达赖喇嘛：……碧玉如意一柄……赏堪布诺们汉：……碧玉如意一柄……”。

(17)《总汇》第47册，页670，乾隆四十九年(1784)十一月，“初五日……交嵌玉三块刻诗圆杆如意八十柄(无穗)……”。

传旨:“嵌玉如意八十柄上字刮去,交敬事房,入千叟宴用。其余俱做材料用。钦此。”

(18)《总汇》第48册,页278、页279,乾隆五十年(1785)正月,初四日,“赏班臣额尔德呢:……碧玉如意一柄……加赏忠巴胡图克图:加赏碧玉如意一柄;……赏岁本堪布:加赏碧玉如意一柄……赏达赖喇嘛:……碧玉如意一柄……”。

(19)《总汇》第49册,页551,乾隆五十一年(1786)三月,“十六日,接得……正月二十二日……,圆杆如意三十三柄(圆明园等处换下)”。

传旨:“将好玉拆下呈览,穗子拆下交造办处,平常的玉不用拆,将如意柄上字刮去,归赏用。钦此。”

(20)《总汇》第49册,页569,乾隆五十一年(1786)五月,“十二日……紫檀木圆杆如意三十二柄”。

奉旨:“交如意馆,着将好镶嵌下呈览。钦此。”又“拆下玉镶嵌十块交内库,入寻常汉玉八块,交造办处收贮;……如意六柄,交造办处做材料用;诗意如意三柄,交造办处,刮字交内殿;余二十三柄,交内殿赏用。钦此。”

(21)《总汇》第49册,页188,乾隆五十一年(1786),正月初三日,“赏达赖喇嘛:……碧玉如意一柄……赏诺们汗阿旺楚尔提穆:……碧玉如意一柄……”。

(22)《总汇》第50册，页24、页25、页26，乾隆五十二年(1787)，“正月(记事录)十二日……赏班禅厄尔德呢：……碧玉如意一柄……赏达赖喇嘛：……碧玉如意一柄”；“赏中巴胡克图：碧玉如意一柄……赏岁本炕布：碧玉如意一柄……”。

(23)《总汇》第50册，页619，乾隆五十三年(1788)三月，“十六日……嵌玉三块紫檀木如意十八柄(……静明园六柄，万寿山十二柄)”。

传旨：“将穗子拆下，拴如意用，其如意用黄穗拴上，交敬事房九柄，入千叟宴用；余剩九柄，交内库赏用。钦此。”

(24)《总汇》第51册，页268、页269，“乾隆五十四年(1789)正月，初二日……赏班禅厄尔德呢：……碧玉如意一柄……赏达赖喇嘛：……碧玉如意一柄……赏仲巴：碧玉如意一柄……”。

(25)《总汇》第52册，页616、页617，乾隆五十六年(1791)正月，“初五日……赏班臣额尔德呢：……碧玉如意一柄……赏达赖喇嘛：……碧玉如意一柄……赏忠巴胡土克图：碧玉如意一柄……赏岁本堪布：碧玉如意一柄……”。

(26)《总汇》第52册，页71，乾隆五十五年(1790)正月，“十八日……赏达赖喇嘛：碧玉如意一柄……”。

(27)《总汇》第52册，页102至页105，乾隆五十五年(1790)八月，“初七日……赏班禅额尔德呢：……碧玉如意一柄……赏忠巴胡土克图：碧玉如意一柄……赏第穆胡土克图：碧玉如意一柄……赏济隆胡土克图：碧玉如意一柄……赏阿嘉胡土克图：碧玉如意一柄……”。

(28)《总汇》第53册，页125，“乾隆五十七年(1792)正月(记事录)初三日，赏达赖喇嘛：……碧玉如意一柄”；页135，“三月(记事录)初一日……赏达赖喇嘛：玉如意一柄……”。

(29)《总汇》第53册，页630至页632，“乾隆五十八年(1793)，二月(记事录)初六日……赏班禅额尔德尼：……玉如意一柄……赏达赖喇嘛：……玉如意一柄……赏岁本堪布：玉如意一柄……”。

(30)《总汇》第54册，页378，“乾隆五十九年(1794)，正月(记事录)初三日……赏达赖喇嘛：……碧玉如意一柄……”。

表五　依据《总汇》，乾隆年间有旨记载，如意赏赐表　单位：柄

册 / 年 / 计数	18—20册	21—37册	38—48册	49—55册	总计
	十六年至十九年	二十至三十九年	四十至五十年	五十一至六十年	
各类如意	不详	19	103	108	230

七、收藏和陈设的主要地点

清宫如意的收藏和陈设地点，是十分广泛的。据《总汇》所记载，清宫各殿阁，各御花园的轩、楼、阁、室都有如意陈设，其中尤以圆明

园、万寿山、盘山、香山、热河等处收藏最丰。同时，清宫内库的“百什件”收贮箱内，亦藏有不少小巧精美的如意。真可谓是：各宫及各屋的宝座之旁，必有如意。“如意”名副其实地成为清宫各殿室内，必不可少的陈设和把玩之物。现将《总汇》部分记载，整理如下：

(1)《总汇》第 29 册，页 447，乾隆三十年(1765)正月，“初七日……嵌玉三块商丝如意十二柄，碧玉如意十二柄(俱随穗子)”。

传旨：“将玉如意上穗子拆下，拴在商丝如意上，仍摆圆明园。其商丝如意上穗子，拴在玉如意上，玉成。钦此。”

(2)《总汇》第 30 册，页 262，乾隆三十一年(1766)正月，“二十七日……嵌玉三块紫檀木如意十二柄(长春仙馆二柄，玉玲珑馆三柄，双鹤斋七柄)”。

(3)《总汇》第 32 册，页 726，乾隆三十四年(1769)三月，“二十四日……玉如意六十三柄(内双珊瑚珠穗十三柄盘山，单珊瑚珠穗十九柄)”。

(4)《总汇》第 32 册，页 730，乾隆三十四年(1769)三月，“十七日……玉如意五十七柄(内五柄随单珊瑚珠穗)，文竹如意一柄(静明园)”。

(5)《总汇》第 34 册，页 331，“乾隆三十六年(1771)(记事录)十一月……初六日……白玉如意一柄……”。

传旨：“着在淳化轩东暖阁大宝座上，逢年节换摆。钦此。”

(6)《总汇》第 34 册，页 337，乾隆三十六年(1771)十一月，“二十九日……文竹如意三柄(镜清斋)”。

传旨：“如意入寿意……”。

(7)《总汇》第 34 册，页 37，乾隆三十五年(1770)八月，“初三日……嵌玉三块雕紫檀木如意六柄(……太监胡世杰，呈进如意，交圆明园……)”。

(8)《总汇》第 34 册，页 702，乾隆三十六年(1771)正月，“初三日……青白玉如意一柄……”。

传旨：“着配锦匣袱，入乾清宫时做上等。钦此。”

(9)《总汇》第 34 册，页 58，乾隆三十五年(1770)十二月，“二十三日，刘伦、蔡新、稽璜等进：嵌玉三块紫檀木如意”。

传旨：“……在万寿山陈设。钦此。”

“于三十六年正月初九日……嵌玉三块如意四柄……”。

奉旨：“着交圆明园换摆，换下如意交万寿山摆。钦此。”

(10)《总汇》第 34 册，页 587，乾隆三十六年(1771)十一月，“二十五日……白玉如意一柄……系皇太后赐”。

传旨：“着另换珊瑚珠回头穗，在东暖阁陈设，钦此。”

(11)《总汇》第 36 册，页 625，乾隆三十八年(1773)，“于十二月初一日……嵌玉竹系如意二柄……”。

奉旨：“将如意交景阳宫。钦此。”

(12)《总汇》第 37 册，页 478，乾隆三十九年(1774)，“四月二十六日……嵌玉五块紫檀木如意六柄……嵌玉三块紫檀木如意三柄……”。

传旨：“将如意穗拆下，俱交王成，如意入寿意，穗子另拴如意用。钦此。”

(13)《总汇》第 38 册，页 267，乾隆四十年(1775)十二月，“十二日……青白玉西番莲花如意一柄……毕沅进嵌玉三块紫檀木如意一柄……”。

传旨：“将玉如意穗子上添配珊瑚珠二个交宁寿宫，摆年节，其嵌玉如意另换穗子。钦此。”

(14)《总汇》第 40 册，页 93 至页 95，乾隆四十一年(1776)：

一、正月“十二日，由内交出：……嵌玉如意三十一柄，木如意三柄”。

奉旨：“着交满斗差人，送往盘山。钦此。”

二、正月“十三日，由内交出：嵌玉如玉如意十九柄，玉如意一柄……”。

奉旨：“着满斗差人，送往盘山。钦此。”

三、正月“十四日，由内交出：镶嵌如意六柄……”。

奉旨：“着交金简，带往圆明园。钦此。”

四、正月“十四日，由内交出：嵌玉如意六十柄，玉如意一柄，竹丝镶玉如意一柄，文竹如意一柄”。

奉旨：“着交满斗派人，送往盘山。”

（15）《总汇》第41册，页261，“乾隆四十三年（1778）正月（记）初四日……嵌玉三块如意十二柄，嵌玉三块素如意十一柄，嵌玉三块元挺如意一柄，嵌玉三块元挺如意一柄，青白玉如意三柄……”。

奉旨：“嵌玉刁紫杦木如意十三柄，交圆明园摆；嵌玉素紫杦木如意十一柄，交海子摆；青白玉如意二柄，交宁寿宫摆年节；嵌玉三块元挺如意一柄，交懋勤殿刻诗；嵌玉二块元挺如意一柄，留下珊瑚珠，交王成。松石、玛瑙珠、线穗、玉圈、金圈，做材料用。钦此。”

（16）《总汇》第42册，页475，乾隆四十四年（1779）正月，“二十六日……嵌玉三块紫檀木如意九柄……”。

传旨：“着交圆明园换摆。钦此。”

（17）《总汇》第42册，页569、页570，乾隆四十四年（1779）十一月，“初十日……青白玉如意十三柄……”。

奉旨：“玉如意十三柄内，三柄交王成；赏班禅额尔德尼一柄；赏喇嘛二柄；其余十柄换穗……青白玉如意十柄，换得穗交太监鄂鲁里，呈进交圆明园，摆年节用。讫。”

（18）《总汇》第44册，页549，乾隆四十六年（1781）二月，“十九日……嵌玉三块紫檀木如意二十二柄，嵌玉三块紫檀木如意三十九柄，嵌玉二块竹丝如意一柄，嵌玉一块紫檀木如意一柄，嵌玉二块檀木如意二柄……”。

传旨：“将如意二十二柄，代往热河；其余如意，将穗子拆下，俱交王成。钦此。”

(19)《总汇》第46册，页146、页152、页154、页161、页163、页178、页179、页185、页192，乾隆四十七年(1782)，十月三十日，编《金银铜瓷木石玉器古玩什数旧管清册》记述：百什件箱内保藏：“……嵌玉三块紫檀木如意一柄；……万年藤如意一柄；……白玉如意一柄；……水晶苓芝小如意一柄，水晶寿字小如意一柄；……白玉小如意一柄；……白玉如意一柄；白玉苓芝小如意一柄；……青白玉寿字小如意一柄(随紫檀木座)；嵌玉一块，各式竹丝小如意九柄；……嵌玉二块紫檀木圆杆如意一柄。”

(20)《总汇》第50册，页706，乾隆五十三年(1788)，“于正月十六日将……掐丝珐琅小如意五件呈览”。

奉旨：“……珐琅小如意五件，收贮入百什件。钦此。”

(21)《总汇》第52册，页87，乾隆五十五年(1790)，“五月(记事录)初二日……白玉如意二柄”。

传旨：“拴黄穗，代(带)往热河。钦此。”

(22)《总汇》第52册，页636，乾隆五十六年(1791)五月，“十九日……竹如意四柄(各随双珊瑚珠穗，紫檀木匣)”。

奉旨：“竹如意交四执事，带往热河二柄；交蓬岛瑶台，面北宝座一柄;安澜园一柄;其紫檀木匣,交启祥宫装手卷。钦此。”

(23)《总汇》第53册,页175、页178,乾隆五十七年(1792)十一月,“二十五日……白玉如意一柄……水晶寿字小如意一柄”。

奉旨:“……俱入寿意。钦此。”

(24)《总汇》第53册,页240,乾隆五十七年(1792)闰四月,(灯裁作)“二十七日……刻诗竹如意二柄”。

“于本日将竹如意二柄,拴得汉玉结子等线穗,呈进交圆明园。讫。”

(25)《总汇》第53册,页691,乾隆五十八年(1793)四月,“二十九日……汉白玉麟凤元厢嵌一件,汉玉昭文带一件,汉白玉单螭护口一件”。

传旨:“配做如意一柄,先呈样。钦此。”

“于八月二十五日将:汉玉厢嵌三块,配得紫檀木;雕麟凤龟龙如意一柄,持赴石槽接。呈进。(交宁寿宫。讫。)”

(26)《总汇》第54册,页304,乾隆五十九年(1794),“八月(广木作),二十六日……嵌玉三块紫檀如意一柄(……伊大人进,圆明园)。……嵌玉三块紫檀小如意一柄(黄穗。万春山、霁清轩)”。

“于八月二十八日,将:嵌玉三块小如意一柄,换得穗呈进,交万寿山。讫。……嵌玉三块紫檀如意一柄,换得穗呈进,交圆明园。讫。”

八、毁弃与熔化

大家知道，我国历史上被称之为“第二次收藏盛世”是指清三代，特别是乾隆朝时代。其实这次盛世的总导演应该说就是弘历，因为他本性好古，尤其喜欢珍品古玉器，被后人称之为“玉痴”。与之同时，他对其他各类古董文物珍品亦喜爱有加，如果听闻或见到，非夺之而不能。像各种传世的名画，存世的名人墨迹、尺牍，也钟爱有加，他用极大精力收集到的“三希”书法便是世人皆知的传世之三大宝物。他还曾经不遗余力地通过各种渠道及方法搜罗文物名迹，其目标通常会指向一些著名的名门大族后辈，同时还会由当时朝廷的大臣、王公贵族及其子弟，通过庆典、祝寿、进贡、收购等多种途径搜罗而得。在乾隆时期的“搜藏”运动中，皇室亲属都各自起到了“应尽”的巨大作用，这些都可以从清宫遗存的档案、进物单和各种存世历史资料中查到。[19]

因此对乾隆而言，他所收藏的器物自然是精品中的极品。随着时间更迭而不断改变的审美观，也在悄无声息地发生着变化。由此，对没能达到弘历当时审美标准的那些如意进行改制，也是在情理之中的事。有更换嵌玉，有去字弃纹，更有当成材料另作他用。但对于金银材质的如意，乾隆却别有一套处置方法。他曾多次下谕，用大量金银作为如意材料，必然是官员向下属勒索奢侈之品，因此禁贡金银器，将大量的金银器物及金银如意熔化。在《总汇》第 43 册，页 382，有这样一段描述：“乾隆四十四年(1779)，五月初二日，奏事处总管太监桂元，口传奉旨‘传与李侍尧的差人，嗣后不许进金器，因明年班臣额尔德呢，来收此炉瓶作赏赉，如班臣额尔德呢不来，连此炉瓶亦不收。钦此。”当然，乾隆此时对李侍尧已有很大的不满。但是，乾隆不愿收藏此类金银器的态度十分明显。正如前文所述，“……嗣后各省督抚，除年例贡进、土贡物件外，概不许呈进金器……不负朕再三训诫……”。对遗存和进贡来的金银器，凡是被他鉴定为“俗品”的，乾隆尽皆将其熔化。金银制品有其经济价值，亦可被用于宫中开销，故被乾隆熔毁的金银制品，特别是金如意亦不在少数。现按《总汇》有关记载，列举部分内容如下：

(1)《总汇》第 18 册，页 9，乾隆十六年(1751)九月，“二十六日……金累丝如意一柄(上嵌……重十两零三钱)”。

传旨：“将假珠石起下交进；其如意，如有应用处就用，如无用处熔化。钦此。”

(2)《总汇》第 29 册，页 199，乾隆二十九年(1764)五月“十九日……嵌玉五块商丝如意一柄(神宁宫东暖阁)”。

传旨：“将商丝起下熔化，如意磨平交进。钦此。”

(3)《总汇》第 31 册，页 457，乾隆三十三年(1768)十月，“初四日……嵌玉一块雕紫檀木如意一柄，嵌玉五块商丝如意一柄，嵌玉三块商丝如意四柄”。

传旨:“将嵌玉一块如意一柄,打眼向里边,要穗拴用;其余如意五柄,俱起丝熔化,胎骨做材料用,玉镶嵌俱交进。钦此。”

(4)《总汇》第32册,页805,乾隆三十四年(1769)十月,“初十日……嵌玉三块商丝紫檀木如意四柄”。

传旨:“将如意起丝熔化,胎股另改做。钦此。”

(5)《总汇》第34册,页347,乾隆三十六年(1771)正月,“十一日……金如意一柄:……重四十九两;金如意一柄:……重五十一两;金如意一柄:……重四十八两;金如意一柄:……重四十九两”。

传旨:“将镶嵌拆下交进,金胎熔化。钦此。”

(6)《总汇》第43册,页711、页712,乾隆四十五年(1780)九月,“二十日……金如意”(计七柄)。

传旨:“将珠子宝石拆下呈览,金胎熔化。钦此。”

页727,“二十六日……嵌玉五块商丝如意二柄,嵌玉三块商丝如意二柄”。

传旨:“将玉镶嵌拆下交进,商丝起下熔化,胎股并线穗、珊瑚珠,做材料用。钦此。”

页733,“二十八日……金如意(计二十柄)”。

传旨:“如意上珠子拆下交进……金胎熔化;一面玻璃匣,做材料用。钦此。”

(7)《总汇》第 51 册，页 432，乾隆五十四年(1789)三月，“初七日……嵌玉三块背后刻诗，商丝紫檀木如意一柄(重华宫)”。

传旨：“将原镶嵌拆下起丝，磨平背后诗，不必动用交出镶嵌，换安先画样呈览。钦此。”

于五月初八日，将“嵌玉三块如意一柄，用交出玉，镶嵌三块，换……”。

呈览奉旨：“将如意胎另配放；厚如意胎一柄，先呈样，换下玉镶嵌三块变价，金银丝熔化。钦此。”

(8)《总汇》第 51 册，页 467、页 469，乾隆五十四年(1789)，“二月(金玉作)二十一日……金如意一柄，重三十六两九钱”。

传旨：“着认看熔化。钦此。”

(9)《总汇》第 53 册，页 111，乾隆五十七年(1792)，十二月，“初三日……金如意一柄：……重九十九两；金如意一柄：……重九十八两；金如意一柄：……重九十八两；金如意一柄：……重九十六两五钱；金如意一柄：……重九十七两五钱；金如意一柄：……重九十四两；金如意一柄：……重四十七两；金如意一柄：……重四十八两；嵌玉三块元杆金如意一柄：……重十一两四钱”。

传旨：“俱熔化。钦此。”

(10)《总汇》第 54 册，页 10、页 11，乾隆五十八年(1793)四月，

“初十日……金累系如意一柄：……重六十六两；小金如意二柄：……重五两”。

传旨：“认看熔化。钦此。”

(11)《总汇》第55册，页326、页327，乾隆六十年(1795)十月，“初一日……金如意一柄：……重二十两；……银如意一柄：……重十二两五钱。……”。

传旨：“俱认看熔化，其八宝归入年例，传做八宝内赏人用。钦此。”

“初二日……金如意一柄：……重二十两；……银如意一柄：库法平得十二两五钱。”

奉旨：“俱准熔化。钦此。”

“初八日……金如意一对；重二两五钱；……小金如意五十二支：共重九两。”

传旨：“金银什物，认看熔化……钦此。”

表六　依据《总汇》，乾隆年造办处奉旨“毁弃熔化”如意表

单位：柄

册 / 年 / 计数	18—20册	21—37册	38—48册	49—55册	总计
	十六年至十九年	二十至三十九年	四十至五十年	五十一至六十年	
金银如意	31	39	90	23	183

九、变价

在《红楼梦》的故事情节里，涉及了两件重要古玩，一件叫“一捧雪”，另一件叫“腊油冻佛手”，是曹雪芹笔下尽人皆知的艺术道具。

在第十八回元妃省亲时，点了四出戏，脂砚斋还特别指出：“所点之戏剧，伏四事，乃通部书之大过节，大关键。”可见这四出戏隐喻了《红楼梦》的写书旨义，其重要性是不言而喻的。第一出是《豪宴》，而《一捧雪》是其中一折，脂砚斋更是批明白那是“伏贾家之败”的原因。讲述明朝嘉靖年间，严世蕃向莫怀古索取祖传玉杯一捧雪。这很清楚地表达出两个信息，一是玉器，二为祖传。其神秘感恍如藐姑射之山玉子。因此多年来一直受到红学界的普遍关注，据有关学者考证，这出折子戏的中心意思就是：“讲述了由于这一件古玩，给一个家族带来了一场悲剧。”

由此亦可辅证，《红楼梦》之创作，其文本所描绘内容的时间点，应该至少早于乾隆二十四年(1759)，即新疆地区的动乱尚未平定前(乾隆二十四年之前的玉价，是远远高于乾隆中后期的，更不是我们今人对和田玉价的理解)。其实不管是“一捧雪”，还是“腊油冻佛手”，逐鹿者角逐的理由之一，就是器物自身的经济价值。恰如前文所述：山西巡抚巴延三奏“起获张銮同伙私贩之卫全义寄卖各玉器，内有玉如意一枝，票开价银四千两，览之深为骇异……”何况被逐者，还另加一份曲折的嗣守之情，怎能不引出《石头记》中那怀玉、悼玉之情。

通过对《总汇》的深入阅读可知，乾隆不仅是一位杰出的帝国治理者，又是一位优秀的鉴定专家，更是一位会过日子的当家人。他甚至连如意上一颗微小穗子，以及宫内被称之为“渣子玉”的碎玉料，都会亲自下谕交进库房。还特旨“渣子玉”用来做围棋棋子，以做到物尽其用。而对于那些乾隆认为不值得收藏的文物，则亲自嘱咐太监去崇文门变价。对不合意的金银如意，《总汇》第55册，页326，记载了乾隆下旨熔化后“……归入年例，传做八宝内赏人用”。此处倒颇似民间收藏家之秉性，一点也看不到盛世帝王奢费的影子。

经统计，被变价的镶玉如意，总数为一百八十七柄，玉如意亦有二柄被变价。其他还有大量文物，都在崇文门变价。根据《总汇》记载，现将部分事例，整理如下：

(1)《总汇》第27册，页364，乾隆二十七年(1762)五月，“二十二日……青玉如意一柄”。

传旨：“着交崇文门变价。钦此。”

(2)《总汇》第28册，页101，乾隆二十八年(1763)四月，“初六日……青玉如意一柄”。

传旨：“着交崇文门变价。钦此。”

(3)《总汇》第44册，页214、页215，乾隆四十五年(1780)十月，“二十八日……嵌玉三块紫檀木如意四柄……嵌玉三块紫檀木如意三十一柄，嵌玉五块紫檀木如意一柄，嵌玉一块紫檀木如意三柄，嵌玉二块紫檀木如意一柄”(共计四十柄)。

传旨：“将如意四柄……进交王成，……三十六柄……俱变价。钦此。”

(4)《总汇》第44册，页573，乾隆四十六年(1781)四月，“二十三日……嵌玉如意三柄”。

传旨：“……俱交崇文门变价。钦此。”

(5)《总汇》第45册，页446、页447，乾隆四十七年(1782)四月，“二十五日……嵌玉三块紫檀木如意九柄，嵌玉三块紫檀木商丝如意五柄，嵌玉三块紫檀木描金如意一柄，嵌玉三块紫檀木圆杆如意二柄，嵌玉一块紫檀木描金如意二柄，嵌玉一块竹丝如意九柄，嵌玉三块竹丝如意二柄，嵌玉二块竹丝如意三柄，文竹嵌珐琅片如意一柄……文竹如意一柄……木根如意五柄……竹如意二柄……红雕漆如意二柄……嵌玉二块商银片影木如意八柄”(共计五十二柄)。

传旨：“将如意上穗子俱拆下交进，将嵌玉二块商丝影木如意八柄，交圆明园；其余如意，俱交崇文门变价。钦此。”

(6)《总汇》第48册，页306，乾隆五十年(1785)四月，“初十日……嵌玉三块紫檀木圆杆如意四柄”。

传旨："将线穗拆下，拴如意用；其如意四柄俱变价。钦此。"

(7)《总汇》第 48 册，页 317 至页 319，乾隆五十年（1785）五月，"初四日……嵌玉三块紫檀木圆杆如意八柄"。

传旨："将玉镶嵌拆下，呈览。钦此。"奉旨："将玉镶嵌还上，变价……"

初九日，"嵌汉白玉、连珠双鹤、长方镶嵌等三块紫檀木圆杆如意一柄，嵌汉白玉、海青天鹅、圆镶嵌等三块紫檀木圆杆如意一柄，嵌白玉鸡、圆镶嵌等三块紫檀木圆杆如意一柄"。

传旨："将如意头上玉镶嵌三件拆下做墨床用，其余俱变价。钦此。"

(8)《总汇》第 50 册，页 33，乾隆五十二年（1787）二月，"初四日……檀香如意一柄"。

传旨："着变价。钦此。"

表七　依据《总汇》，乾隆年间如意"变价"表　　单位：柄

册 年 计数	18—20 册 十六年至十九年	21—37 册 二十至三十九年	38—48 册 四十至五十年	49—55 册 五十一至六十年	总计
镶玉如意	—	11	163	13	187
玉如意	—	2	—	—	2
总计	—	13	163	13	189

乾隆至丙辰年(嘉庆元年)方才下谕:“着自丙辰年为始,内外大臣所有年节三贡,竟无庸备物呈进。惟元旦及朕与嗣皇帝寿辰庆节,在朝王大臣亦只须备进如意,以迓吉祥而伸忱悃,逾曰仍不过分赐众人也。”(《清高宗实录》)[20]至嘉庆元年,丙辰五月,弘历再颁有一敕谕:“此后除盐织关差向有公项购办备赏物件外,其余内而王公大臣,外而督抚,不但贡物不必进呈,即如意亦不许备进。”(《清高宗实录》)[21]至此弘历的如意“搜藏”之旅才算落下帷幕。也可以从中看出,此时作为太上皇,弘历的心目中,如意仍是吉祥美满、温润坚贞的美好象征。乾隆留存至今的众多各类如意,也给今人研究当时制作如意的精湛工艺,提供了各种详实数据和重要的实物依据。

本书围绕乾隆时期清宫“如意”收藏情况撰述,在《清高宗御制诗集》四万三千多首御诗中,及《清宫内务府造办处档案总汇》五十五大册中,寻找如意相关信息。而《总汇》所记,又毫无规律可言,只能集人力以致。所载“如意”信息,往往零星见载于各种记录中(记事录等),又或散布记于造办处各作之间(如意馆、木作、玉作、灯裁作、皮裁作、匣作、刻字作等)。在近十五个月的时间里,家父夜以继日地为此操劳,以点滴摘录、分类、汇总为法,日积月累,以致左目几近失明(旧有白内障眼疾)。所得各类信息,抄录者亦有十数大册。我于庚子新正闲暇,依据笔记,匆匆整理成文,此间犹感似蚍蜉撼树耳。个中遗漏或不当之处,望贤者指正。

《清宫乾隆时期的如意收藏》附录：

《清宫乾隆时期的如意收藏》附录一

《清高宗御制诗集》关于题咏“如意”的诗，集录汇总表如下：

集次	卷次	咏如意	咏玉如意	咏嵌玉如意	咏竹木如意	咏铜如意	计	总计
二集	34—73	2	1	—	2	—	5	69首
三集	1—99	1	2	7	9	2	21	
四集	1—93	—	14	5	—	—	19	
五集	1—93	2	9	11	1	1	24	
计		5	26	23	12	3	69	

《清宫乾隆时期的如意收藏》附录二

《清高宗御制诗集》中，关于《如意诗》集录如下：

《清高宗御制诗集》初集（未发现有《如意诗》）

《清高宗御制诗集》二集共5首

（1）卷三十四，页19《赋得如意》，壬申（1752）夏日。

文房紫芝式，制合古而纯。幻已传秦代，挥惟盛晋人。何须贵犀玉，雅足尚檀筠。四座天花落，于斯有底因。

（2）卷四十五，页6《玉如意》，甲戌（1754），十九年新正。

竹化分真幻，铜函阅古今。清谈常在手，乐志每如心。击处珊瑚碎，挂来萝薜深。握君曾得号，禅德亦留吟。贞素标琼质，指挥延藻襟。休征愿时若，讵为宝球琳。

(3) 卷五十六，页8《咏如意》，乙亥(1755)，二十年。

心澄何所事，腕动尽相随。雅合谈元执，那堪临阵麾。檀称香是体，玉以德为仪。有愿皆能遂，余心惧在兹。

(4) 卷六十三，页8《竹如意》，丙子(1756)，二十一年。

文心德裕赋，禅意皎然诗。尚有天然节，全无侧出枝。罗公术终幻，僧绍赐真宜。独喜清谈处，如逢君子时。

(5) 卷七十三，页4《木根如意》，丁丑(1757)，二十二年五月。

生意青山昔，枯禅白足家。天然爱幽素，俗制谢雕华。器拟辞林竹，形如出水花。时晴复时雨，所愿更何加。

麈尾虽同品，何曾王谢家。竹如赠僧绍，木可悟南华。月挂千秋镜，天霏四座花。山中设九锡，谈柄定须加。

《清高宗御制诗集》三集共21首

(1) 卷一，页7《竹如意》，庚辰(1760)元旦。

本是筼筜节，幻为薝卜花。指挥宁复落，金矣不重沙。

(2) 卷二十七，页10《竹根如意》，癸未(1763)新正。

(钱陈群所进既成是什，复邮致令其和之)首曲非由燥火成，天然宁是裁(去声)金营。匠人雕饰嫌工巧，高士指挥爱格清。有节更看文以贲，从心不逾矩斯贞。本宜赐与斋贤器，摛藻翻因献宪卿。

(3) 卷三十六，页 15《木根如意》，甲申（1764）正月，二十九日后。

泯尽山中，生意却供。座上挥如，欲笑石家。宾铁金刚，禅此非虚。

(4) 卷五十四，页 6《竹根如意》，丙戌（1766）上元前日。

谁劚箨龙鞭，枝伸根曲拳。称（去声）心盈尺物，阅世几千年。乳赘谢生意，指挥代话传。动胥归至静，夫岂系言诠。

(5) 卷五十六，页 12《竹柄玉如意》，丙戌（1766）三、四月后。

柄是竹之介，朵呈玉则温。揩颐岂腾口，代语不须言。总谢雕镌迹，雅符淳朴原。指挥侍臣听（去声），那识意中存。

(6) 卷六十一，页 1《题檀玉如意》，丁亥（1767）元旦后。

檀写渭川竹，玉成阿阁凰。居然胜犀镂，那更藉金相。不变质藏璞，恒留节负霜。吉人祝如意，周雅咏高冈。

(7) 卷六十九，页 2《竹根如意叠旧作韵》，戊子（1768）新正。

泽壤记行鞭（陆游诗：园丁来报竹行鞭），老根连复拳。设非辞故土，那此阅长年。惟默能言代，其成以坏传。青宁生未得，庄叟笑难诠。

(8) 卷七十，页 21《咏古铜如意》，戊子上元（1768）后日。

曲琼一握数千年，曾落天花满四筵。金错子孙永保用，逮今保者几家迁。

(9) 卷七十一，页 4《木根如意》，戊子（1768）。

是器置乾清宫西暖阁，曾经皇祖手握。钦思敦朴，敬识长言云尔。

奥壤不知历几（上声）劫，温室已经阅百年。握君之中此巨擘，沕然古色蔚曲拳。雕几（平声）弗用用质朴，指挥万国归熏弦，高山景仰予其肩。

（10）卷七十七，页 28《题檀玉如意》，己丑（1769）。

檀为芝柄玉为朵，巧制由来出梵那。意已云无如岂有，空原不欠色斯多。全提固弗容拟议，二谛依然藉揣摩。即事问当作何说，所期岁美与人和。

（11）卷八十五，页 2《木根如意》，庚寅（1770）新正。

古根结蟠，自然成器，盖得之天全者，敬惟皇祖手泽所贻，法宫永宝，赋以志之。

貌古以神全，体轻用朴坚。簪镎范姬代，挥座缅尧年。西暖阁中秘，岁朝图里传。（如意凡二，旧同吉祥草，并贮周虎镎。癸未新春，曾与盘列回部贡果，合绘为《岁朝图》系诗以纪。）回头若相顾，执友正齐肩（其一刻有“执友”二字）。

页 3《执友》

亦木根如意也，执友其旧名，并刻黄山主人，延龄长命客字于上，樛然古穆，置乾清宫镎于中，即已百年矣。

仙骨棱棱谁执友，主人即是黄山否。深山大泽弗屑居，秘殿崇宫永为守。灵根突兀挐龙蛇，奇文缠缪走蝌蚪。汉唐以上不可知，汉唐以下诚无有。錞于倒置不待叩，个中妙义凭会取。静为用亦谢指挥，八千春秋斯并寿。

(12) 卷八十六，页 3《竹玉如意》，庚寅(1770)。

和田玉石子，竹柄取天然。廉节德原合，指挥语代传。无须助谈雅，底藉习枯禅。如意予何祝，屡丰绥万连。

(13) 卷九十一，页 5《咏檀玉莲朵如意》，庚寅(1770)。

比德皆君子，亭亭自葆光。看来本同色，嗅去若生香。说已闻茂叔，挥曾咏颍阳。问宜何处置，宜是芰荷乡。(御园中，每岁恭奉。圣母赏荷处。)

(14) 卷九十二，页 9《咏商铜如意》，庚寅(1770)中秋。

一柄曲拳代谈者，璘玢古色错金银(金银错始于商代，此器疑其时所制)。谁知子氏犹尚质，已有欣于如意人。

(15) 卷九十三，页 2《咏白玉如意》，辛卯(1771)新正。

盈尺和田玉，良工琢曲琼。惟坚待为错，曰白自含英。底藉公孙辩，还嗤惠子鸣。指挥供代语，静默足沈情。

(16) 卷九十四，页 1《咏汉玉檀柄如意》，辛卯(1771)。

汉玉香檀接柄长，两端仍汉玉为相。居今慕古思恒永，得一含三趣可详。荷叶缀头似芝朵，辟邪承趾足征祥。期如意岂易如意，难是屡绥万宝穰。

(17) 卷九十四，页 8《和田玉石子如意》，辛卯(1771)。

和田玉子如芝朵，土气千年郁苞裹。底须琢磨命玉人，何以柄之用�。天然蒸栗滃黄云，虚说佳城出牧火。比似白圭玷则无，扪舌功资奚不可。

(18) 卷九十四，页 14《咏桃竹如意》，辛卯(1771)。

劲节龙头矫，细文凤尾敷。琢章相白玉，挺质胜珊瑚。底是偷开匣，还嗤打唾壶。独思赠僧绍，未必肯轻输。

(19) 卷九十八，页 26《咏天然木如意》，辛卯(1771)。

白质黑其皮，英华灿一枝。分明如可别，曲直不相离。文理通身致，天花四座披。柄檀将朵玉(向有檀玉如意诗)，未免涉瑰奇。

(20) 卷九十八，页 33《咏檀玉如意》，辛卯(1771)六月前。

刻玉肖莲朵，香檀作柄拏。净哉如不染，直故意无邪。可以标三种(佛三种如意，谓：能到、转变、圣如意也，出教乘法数)，由来本一家。璇公指挥处，闻说落天花。

(21) 卷九十九，页 27《戏题如意》，辛卯(1771)立秋。

意乃因之能，如则缘之所。指挥落天花，维摩艰著语。

《清高宗御制诗集》四集共 19 首

(1) 卷一，页 3《咏白玉如意》，壬辰(1772)新正。

和田供岁贡，制器玉工闲。虽曰来之易，能忘获以艰。新年符吉兆，代语得心闲。永愿洗兵马，休言致白环。

杜甫《洗兵马行》云“不知何国致白环”，寓讽于颂，自是用西王母事，而《续齐谐记》乃云“有黄衣童子，自称西王母使者，以白环四枚，与杨宝云云”。夫虞舜之献，其实与否？已不可知。若杨宝之获，则重儓而益邻于伪矣。因用其事，故并识之。

(2) 卷二，页10《咏白玉云龙如意》，壬辰(1772)。

八卦乾为玉，六爻均象龙。他山资石错，出岫见云从。□肯珊瑚击，堪欣声气逢。固知如意好，自度在严恭。

(3) 卷九，页2《咏白玉云龙如意》，癸巳(1773)新正。

和田之玉长逾尺，曲首琢作如意式。何不为圭或为璧，薄古趋今人情适。司教化源抑谁责，弗言则已言则恧。乾为玉象龙为德，云乃从之蔚光泽。龙守其珠鬐奋戟，纬萧欲锻具达识。

(4) 卷九，页23《题和田玉桃鹤如意恭奉圣母以介新正佳祉》，癸巳(1773)。

和田玉府来包贡，脂质量长尺有加。琢作曲琼宜把握，号称如意召庥嘉。鹤龄阆苑双翩羽，桃实瑶池几度花。介祉新正奉王母，重儓底用说昭华。

(5) 卷二十三，页9《咏和田玉如意》，甲午(1774)。

白玉和田富产良，春秋包匦玨天阊。岂无窃食生鱼似，颇有遗珍盈尺长。错石器成仍或贡，讥关网漏正何妨。(和田产玉，回人采充岁贡。其碎小者，听与商民市易，稍大之璞则例禁本严，其地虽有卡伦稽查，不能禁其透漏也。前因臣工所进白玉如意，每有盈尺以上者，知系新玉大材，致自西域。然商贾牟利，远致原以赡内地玉工，而既琢成器，仍以上贡，则固可无庸深究耳！）不为圭璧为如意，薄古惭今好（去声）吉祥。

（6）卷二十五，页2《咏檀玉如意》，乙未（1775）元旦日。

琢以羊脂玉，相（平声）惟牛首檀（出梵典）。雕几非所尚，朴雅恰宜观。代可语深辩，挥将花落攒。如询意之愿，岁美万民安。

（7）卷二十六，页10《咏檀玉如意》，乙未（1775），上元后一日。

檀玉相连结，三才宛一身。如分合常久，虽曲直犹伸。代语还无语，似神真有神。天花纷落处，亦不问缘因。

（8）卷二十九，页17《咏白玉如意》，乙未（1775）。

良玉今来伙，公私胥取资。（自定回部后，和田春秋贡玉，如纳赋而私鬻，苏商者反多。良材虽知之，亦不甚究也。）量长已逾尺，揣色乃如脂。代语指挥便，从心左右宜。求诸道非道，尹诰更堪思。

（9）卷三十，页12《咏和田玉飞龙如意》，乙未（1775）四月后。

如意如何训，益如声气同。应求无待召，契合有相融。琢玉质方称，为龙理可通。玩占乾九五，利见慎吾躬。

（10）卷三十二，页15《题白玉云龙如意》，乙未（1775）。

九家（荀）传说卦，为玉复为龙。合德于斯见，成形宛相（入声）从。健行玩不息，敷泽体无封。如意珠常守（如意珠出梵典），纬萧煅岂容。

(11) 卷三十三，页2《咏和田玉如意》，丙申(1776)元旦日。

玉原具五色，首以白称珍。量质为如意，比材定古人。无瑕谁得抉，有愿必能伸。设曰天花落，犹当属幻尘。

(12) 卷三十八，页1《和田玉如意歌》，丙申(1776)。

巨鳌嘘气出海童，手持瓶插谷穗芃。飞龙在天云以从，诗词易象合撰工。寓惟如意绥屡丰，万物作睹慎吾躬，徒玩物焉志斯蒙。

(13) 卷四十，页19《咏檀玉如意》，丙申(1776)中秋节。

朵是荷藏鹭，根为鹿守芝。夔纹中接妥，檀柄两相(金玉其相之相)宜。位置诚无舛，指挥斯有资。齐贤设相赐，惭恐弗嘉之。

(14) 卷四十一，页2《咏檀玉如意》，丁酉(1777)元旦日。

古玉磨砻圭角无，云中龙爪见模糊。曲颈(平声，出广韵)聊藉香檀擎(去声)，直足仍装刚卯扶。阅世都经千百载，代谈底用再三呼。集成如意如何意，惟冀雨旸祝遂吾。

(15) 卷四十五，页2《白玉如意》，戊戌(1778)元旦日。

玉虽具五色，惟白最称珍。恰合为如意，于焉祝首春。雕几浑弗藉，纯素雅堪亲。岁美人和愿，希哉庶并臻。

(16) 卷七十七，页1《咏和田白玉如意》，辛丑(1781)元旦日。

玉虽具五色，自以白为珍。讵是丝堪染，况非土与陈(汉玉以入土久而生花，故云)。指挥代言语，兴息惬精神。意者心之发，能澄发所因。

(17) 卷七十八,页 6《题檀制古玉如意》,辛丑(1781)二。

今檀擎古玉,古式制今工。巧注求和应,恍从云与风。文言诚可玩,说训合兼穷。我意祈如者,雨旸时若中。

(18) 卷八十五,页 2《咏白玉素如意》,壬寅(1782)元旦。

玉乃白斯贵,制尤素是珍。弗施华藻饰,足尚琢追淳。赠也宜僧绍,击哉鄙季伦。设云祝如意,意以孰为因。

(19) 卷九十三,页 2《题玉云龙如意》,癸卯(1783)元旦。

似堪琬琰等闲厕,岂肯珊瑚孟浪敲。设玩云龙相(入声)从象,训垂九五著乾爻。

《清高宗御制诗集》五集共 24 首

(1) 卷一,页 2《咏古铜如意》,甲辰(1784)元旦日。

制古而色润,晕为青绿红。疑传三代上,欲得七情中。可识意期易,并思铜者同。新年祝如愿,惟是在绥丰。

(2) 卷一,页 9《咏如意》,甲辰(1784)新正。

无所违蕲意所如,手持如意更思予。鲁论自幼曾熟读,不善莫违应惕诸。

(3) 卷十一,页 2《咏如意》,乙巳(1785)元旦。

屡有如意咏,兹复思其义。意盖近乎情,同为性之次。性固无不善,情乃善恶厕。习远使之然,可轻言如意。如善得佳朋,如恶非美事。告欲如意者，致知圣经备。

(4) 卷十九，页 2《咏白玉如意》，丙午(1786)元旦日。

意实发于心，以应(去声)理与事。是即所为如，于我原皆备。而何曲琼者，乃亦名如意。莫识其所始(如意之名不见于六经，盖始自内典，而胜制自六朝耳)，以为代语制。吉语征新春，无非祝农瑞。温树积甘玉，把映色同粹。忆彼上农夫，安从知此器。

(5) 卷二十，页 20《题白玉如意》，丙午(1786)，上元后几日。

水产和田玉，量材尺突长。如心成曲项，代语示衷肠。幻异钗为燕，珍诚脂是羊。震亨长物志，不测谬云防。(按文震亨《长物志》称："如意用以指挥向往，或防不测"，故炼铁为之。其言不经，盖如意自是禅家所用之物，禅家何防不测之有。)

(6) 卷二十，页 29《咏白玉素如意》，丙午(1786)。

白色已标素，曰素非重儓。世降人心巧，争奇炫新裁。曾谓玉之厄(迩来俗工制器，每为时样翻新牟利，以致断损良材，实为可惜。曾于《咏和田玉斧佩》有"斯亦玉之厄"之句)，孤负球琳材。侵寻至如意，种种增华乖。开士指挥物，岂宜如是哉。概令斫其雕，返朴还厥胚。乃合代语器，起予商也该。

(7) 卷二十七，页 2《咏和田玉如意》，丁未(1787)元旦日。

不独嬴周尺，量还今尺过。(按《通志》武王八寸为尺。蔡元定云："周家十寸、八寸皆为尺。以八寸之尺起度，则八尺为寻，倍寻为常。”恭读□□皇祖《量天尺论》地之一度，以周尺测验，得二百五十里；而无余以今尺测验，得二百里。无余是周之一尺，当今尺八寸。此如意以今尺量，长一尺四寸，余当为周尺：一尺六寸余矣。）制为如意器，可当（去声）答君歌。受禄应思德，书名祝得禾。指挥迓新祉，与物共春和。

（8）卷三十五，页2《咏白玉如意》，戊申（1788）元旦日。

水玉出河中（见《卞和献璞说》），品高制亦工。执尤宜岁首，咏只祝年丰。讵比华器玩，犹存朴素风。年年如意者（如意首琢双鲇，意取年年如意，用协屡丰吉语），绥屡愿原同。

（9）卷三十六，页13《咏白玉如意》，戊申（1788）。

入图宜上士，著句合初韶。俗样祛多饰，良材果不雕。指挥资语代，温润觉神超。设曰征如意，所希旸雨调。

（10）卷三十七，页8《咏竹柄玉石子如意》，戊申（1788）。

竹柄出湘沅，相（金、玉其相之相）和田玉子。会合石与�，其隔逾万里。两本不相谋，一宛聚于是。有意无意乎，谁解如之旨。

（11）卷三十九，页7《咏玉石子如意》，戊申（1788）。

石子产玉河，其质胜产陆。天然土气润，璘玢绛文缛。以为如意朵，初日莲出浴。其柄宜用何，自宜渭川竹。

（12）卷四十三，页2《咏玉石子竹如意》，己酉（1789）元旦日。

玉为芝朵竹为柄，石子尤称品最良。恰似端溪宋时砚（内府有端溪天然石子砚，是以石子为器，不自今始也），指挥雅可佐文房。

(13) 卷四十四，页 41《咏白玉如意》，己酉(1789)。

俗琢翻增恶状披，譬如不洁冒西施。庸工弄巧堪厌矣，一例加磨俾去之。留玷图其斤两重，祛瑕全此瑾瑜姿。不论美恶论厚薄，欲笑陶朱未审思。

(14) 卷四十六，页 30《咏白玉如意》，己酉(1789)。

俗样都教铲削之，本来玉貌净真披。鄙哉厚薄为贵贱（贾谊《新书》载陶朱公语："家有白璧二，其色相如，其径相如，其泽相如。然其价不相如。一者千金，一者五百金，何则？侧而视之，其一者厚倍之，是以千金云云。"今之玉工，泥于此语，以厚者可得倍价，往往不去瑕玷，惟取其质厚，制为俗样以牟重利，真可鄙笑！因命加铲削，俾完良材真面，斯亦寓返朴还淳之意耳），信矣朴淳胜巧奇。入目方堪号如意，忘言得以引清思。设还絜矩论文体，却喜昌黎有正辞。

(15) 卷五十一，页 31《咏檀玉如意》，庚戌(1790)元旦日。

紫檀刻为柄，错用瑟如璠。辐辏成斯器，指挥可代言。意先心以正，孰藉舌之扪。设曰天花落，知他者个存。

(16) 卷五十二，页 2《咏檀玉如意》，庚戌(1790)。

汉玉相檀柄，量材每命为。洛书紫（谓玉：古虽传玉有五色，然未闻紫者，惟《洛书》云："王者不藏金玉，则紫玉见于深山。"今和田底贡地不爱宝，入王府者甚多。从无紫玉谶纬瑞应之书，皆幻说耳！）犹幻，芳谱白（谓檀：《群芳谱》载“檀性坚重清香，而白檀尤盛”；然《清异录》云“僧继颙手执香如意，紫檀镂成芬馨满室”，则紫檀未始不与白檀同香也）同宜。追琢知谁是（古玉乃昔人所为），短长恰称之。于凡几（去声）如意，可识亦难期。

（17）卷六十一，页2《咏檀玉福如意》，辛亥（1791）元旦日。

荆蝠出乳穴（片玉如蝙蝠形，世遂借名为“福禄”之福，以为如意之首，亦取吉之意也），青莲传语真（见李白诗序）。何时化为玉，千载白如银。取譬名如意，须知召自身。箕畴陈敛锡，愿被万方民。

（18）卷六十二，页3《白玉如意》，辛亥（1791），新正上辛。

俗制都交磨洗清，天然本色乃全呈。偶题七字若无字，因识六情戒有情。意与心应为所发，心生意实在乎贞。寄言如者如何是，四勿之中仔细明。

（19）卷六十三，页12《题檀玉如意》，辛亥（1791），正月末左右。

古玉萃三秀，今檀接两端。居然成一柄，可以号双难（谓二难也）。离合何须较，主宾偶相（入声）安。指挥供意匠，温穆悦心官。顺适非希具，盈虚数凛观。拈毫吟五字，理域异禅坛。

（20）卷六十六，页19《咏玉石子竹如意》，辛亥（1791）。

石子囫囵弗琢雕，竹为柄缉素丝条（以竹丝缉成柄，图其弗裂）。那堪持用珊瑚击，合赠摄山僧绍寮。

（21）卷六十九，页4《咏檀玉如意》，壬子（1792）。

檀体通身净，玉相恰合宜。指挥堪代语，静默雅澄思。厌矣祛时巧，穆然标古姿。云云如意者，十却五难期。

(22) 卷七十七，页 1《咏檀木如意》，癸丑(1793)元旦日。

旧玉新檀木，居然成一科。略资位与置，弗费琢和磨。左右无不有，指挥任若何。胜他常侍者，传语或淆讹。

(23) 卷八十五，页 21《咏竹如意》，甲寅(1794)元旦。

劲节发贞根，绕身枝是孙。难寻出没迹(细枝绕身，出没孔隙而无迹，竹根如意中，此为最难)，可代指挥言。爱此筼筜质，无他刀斧痕。天花李颀咏，未足望斯藩。

(24) 卷九十三，页 3《咏檀玉如意》，乙卯(1795)元旦。

古玉非环珮，琢成饕餮形。饰为如意首，借寓戒贪型。朵口则人贱，从心惟圣宁。指挥存至理，漫作话禅听。

注释：

[1] 孙怡祖、孙翼：《秦良玉与〈石头记〉初探》，上海三联书店，2017 年版，第 99 页。

[2] 文震亨原著，陈植校注、杨伯超校订：《长物志校订》，江苏科学技术出版社，1984 年版，第 297 页。

《钦定四库全书荟要(集部)〈御制诗五集〉》卷二十，页 20，善本。

[3] 卜键：《"如意"的历史碎片》(上)，中华文史网·清史参考，2017 年第 26 期。

[4]《钦定四库全书荟要(集部)〈御制诗五集〉》卷十九，页 2，善本。

[5]《清宫内务府造办处档案总汇》，中国第一历史档案馆、香港中文大学文物馆合编，人民出版社，2005 年版。

[6]《钦定四库全书荟要(集部)〈御制诗集〉》，《清高宗御制诗集·如意诗》集录诗文中，有带圆括号的内容，应为清高宗御言之诗注。善本。

[7] 孙怡祖、孙翼：《秦良玉与〈石头记〉初探》，上海三联书店，2017 年版，第 79 页。

[8]《钦定四库全书荟要(集部)〈御制诗二集〉》卷四十五，页 6，善本。

[9] 孙怡祖、孙翼:《秦良玉与〈石头记〉初探》,上海三联书店,2017年版,第80页。
[10]《钦定四库全书荟要(集部)〈御制诗五集〉》卷四十四,页41,善本。
[11] 孙怡祖、孙翼:《秦良玉与〈石头记〉初探》,上海三联书店,2017年版,第13页。
[12] 同上。
[13] 同上书,第14页。
[14] 同上书,第15页。
[15] 同上书,第44页。
[16] 卜键:《"如意"的历史碎片》(下),中华文史网·清史参考,2017年第27期。
[17]《乾隆帝喜好促进清代如意的制造发展》,中国古代史论文"学术堂"2014年8月6日。
[18] 卜键:《"如意"的历史碎片》(上),中华文史网·清史参考,2017年第26期。
[19] 孙怡祖、孙翼:《秦良玉与〈石头记〉初探》,上海三联书店,2017年版,第77页。(详见《文物天地》杂志总第293期刊杨丹霞《〈钦定秘殿珠林石渠宝笈〉著录书画》一文)
[20] 卜键:《"如意"的历史碎片》(下),中华文史网·清史参考,2017年第27期。
[21] 卜键:《"如意"的历史碎片》(下),中华文史网·清史参考,2017年第27期。

虚斋收藏遗补

前些年，拍卖公司出现几件有虚斋庞元济收藏印记，却不见于虚斋著录的清代名家书画作品。这部分作品大都质量较高，有的成交价甚至超出估价十数倍。一些藏家认为，作品中的收藏印记可能系好事者所为。

近代大收藏家庞元济(1864—1949)于 1909 年，刊印了他的第一部书画著录——《虚斋名画录》。全书十六卷，体例悉仿高士奇《江村销夏录》，记录绘画作品中的印记、收藏、题跋等，各类信息完备，使人一目了然。一时引起海内外收藏界广泛关注，尤其受到了美国古董收藏家弗利尔先生(弗利尔美术馆创始人)的注意。庞氏《中华历代名画记》于 1915 年出书，并开始远渡重洋。又于 1926 年刊印《虚斋名画续录》四卷。至于 1926 年至 1940 年庞元济先生的收藏，我们现在只能见到，由庞冰履等六人编辑的《名笔集胜》五册，七十几件绘画作品，其中有几件《中华历代名画记》中的回流品。而恰恰正是这十余年间，是中华文物易手相对最为频繁的时期。换而言之，这段时间是最容易买到好东西的黄金时期。

这十几年的“特殊时期”，正是造就了我国近现代一大批著名收藏家的黄金时间段。他们往往以收藏到一件或几件顶级艺术品，而闻名海内。此时，这位拥有眼力、实力和魄力的资深鉴藏家，却悄无声息地沉寂于烟波闹市之中。

庞元济的著录体例，悉仿高士奇著录形制。优点在于透明度极高，使人一目了然。但这种形制的负面性也是不言而喻的。1926 年之后的庞元济，逐渐开始感悟到高江村做“二本著录”的初衷。正如弗利尔和其他朋友们，以及当时权力与政治的定向索取。这些压力与日俱增，乃至日后对庞家指名道姓的“非要不可”，都将要渐渐地体现出来。此时的庞元济，对他早先的著录方式，也不得不有所顾虑，这也是情理之中的事。

以财力为核心的收藏圈里，顶级艺术品的流向，从来不会因为时代改变而改变。正因为这种价值取向的存在，庞元济在这一段时期内，接触到顶级艺术品的概率，仍然要远远高于一般收藏家。与此同时，著录的形式与理念，也开始悄然发生了变化。

笔者整理曾祖父遗存的老照片时，发现一则虚斋于 1934 年，题鉴唐代绘画的相片。这也许可以为诠释虚斋晚年的著录（书画方面）补上一笔。全文如下：

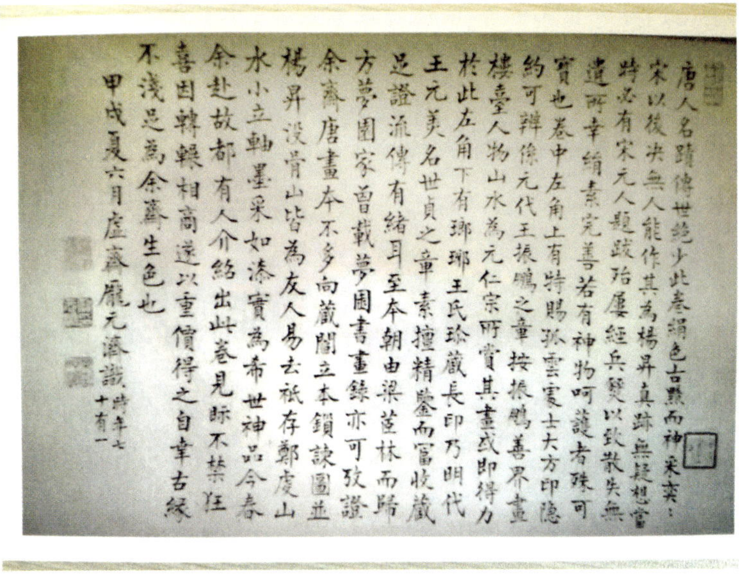
唐人名蹟傳世絶少此卷絹色古黯而神采奕奕宋以後决無人能作其為楊昇真跡無疑想當時必有宋元人題跋殆屢經兵燹以致散失無遺所幸絹素完善若有神物呵護者殊可寶也卷中左角上有特賜孤雲處士大方印隱約可辨係元代王振鵬之章按振鵬善界畫樓臺人物山水為元仁宗所賞其畫或即得力於此左角下有琅琊王氏珍藏長印乃明代王元美名世貞之章素擅精鑒而富收藏足證流傳有緒耳至本朝由梁茝林而歸方夢園家曾載夢園書畫錄亦可攷證余齋唐畫本不多向藏閻立本鎖諫圖並楊昇没骨山皆為友人易去祇存鄭虔山水小立軸墨采如漆實為希世神品今春余赴故都有人介紹出此卷見眎不禁狂喜因輾轉相商遂以重價得之自幸古緣不淺足為余齋生色也
甲戌夏六月虛齋龐元濟識 時年七十有一

虚斋题跋唐画

唐人名迹传世绝少。此卷绢色古暗，而神采奕奕，宋以后决无人能作，其为杨昇真迹无疑。想当时，必有宋元人题跋，殆屡经兵焚，以致散失无遗。所幸绢素完善，若有神物呵护者，殊可宝也。卷中左角上有“特赐孤云处士”大方印隐约可辨，系元代王振鹏之章。按振鹏善界画，楼台、人物、山水，为元仁宗所赏，其画或即得力于此。左角下有“琅琊王氏珍藏”长印，乃明代王元美名世贞之章，素擅精鉴而富收藏，足证流传有绪耳。至本朝，由梁茝林而归方梦园家，曾载《梦园书画录》亦可考证。余斋唐画本不多，向藏《阎立本锁谏图》并《杨昇没骨山》，皆为友人易去，只存《郑虔山水小立轴》，墨彩如漆，实为希世神品。今春余赴故都，有人介绍出此卷见视，不禁狂喜，因转辗相商，遂以重价得之。自幸古缘不浅，足为余斋生色也。

甲戌夏六月虚斋庞元济识　时年七十有一

按虚斋所记，据梁章钜《退庵所藏金石书画跋尾》[1]、方濬颐《梦园书画录》[2]、[美]福开森《历代著录画目》[3]载录分析，庞元济所题是卷应为：唐《杨昇仙山楼阁图卷》。

徐邦达先生曾言："庞虚斋堪比明之项子京，在清之安岐。"按此，非虚语也。

注释：

［1］卢辅圣主编：《中国书画全书》，第九册，上海书画出版社，1996年版，第1062页。

［2］卢辅圣主编：《中国书画全书》，第十二册，上海书画出版社，1998年版，第187页。

［3］[美]福开森编：《历代著录画目》，人民美术出版社，1993年版，第352页。

踈斋诗辑补遗

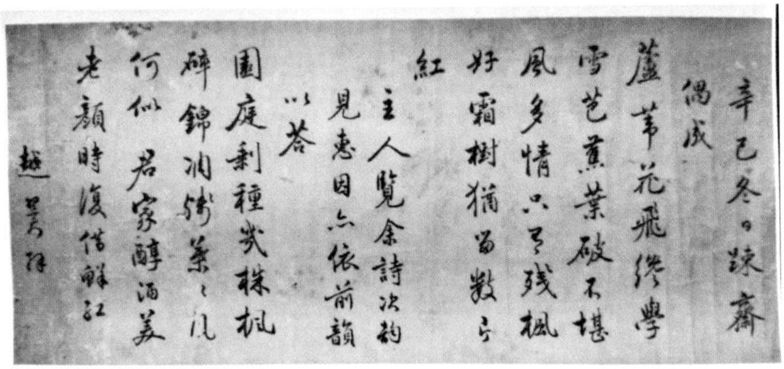

踈斋诗

余近日卧病在榻，又逢祖居拆迁，闲暇之余，整理曾祖父遗留的老照片。于层层叠叠之中，检得背面书有“元人三种，其二”的相片一张。甚有意趣，遂记原文如下：

辛巳冬日，踈斋偶成

芦苇花飞终学雪，芭蕉叶破不堪风。多情只有残枫好，霜树犹留数片红。

主人览余诗，次韵见惠，因亦依前韵以答。

园庭剩种几株枫，碎锦凋残叶叶风。何似君家醇酒美，老颜时复借鲜红。

越翼作

元人用笔，如列子御风，亦如美人横波微睇，以天趣胜耶。所谓无意为文乃佳，故以“逸品”置“神品”之上。此真可谓笔笔天际真人想，一丝尘垢便无下笔处。

隆万以降，兵燹始盛，时人写意，不脱畦径，多有纵横习气。之后，虽曰亦有遗民之笔，然澹简之逸趣，较宋雅已去之远矣，更无论有魏晋。澹简一种，踈翁领元人之澹逸，直上追晋人。亦如画家禅遁脱骨，似迂老、云西荒荒数笔，近耶远耶？

踈斋即卢挚（1242—1314后），号踈斋，又号嵩翁，一字莘老，其诗文词曲，元初即享有盛名。与白仆、马致远、赵孟頫等名流均有交往，而墨迹未见存世。著有《疏斋集》，明初尚存，后佚。诗文与姚燧齐名，世称“姚卢”。今存散曲有小令一百二十首，残小令一，皆收入隋树森编纂的《全元散曲》。

此无跋、无印，亦未能再找到与之匹配相片，仅此一张。或是散落，或是割跋，亦或是他人同名者存于卷中，今已无从问津矣。曩时，家父文集中，曾记有一则琐类之事，可窥古物之凌替。文曰：“先祖父伯渊公尝云：'民国十三年冬，有商贾携画轴、卷、册来苏州集宝斋求售。时是图两边已漫烂不堪，并侵于绢素，且无天杆地轴。唐寅自题诗，右首毁损尤甚，多字漶漫不可辨，仅左首一行诗文尚字字玑珠。下有明贤边跋一则，昔亦漫阙甚之。左右下角各有藏印数方，还有宋荦之印可辨。先祖父以为是图开门见山，乃真唐寅画也。终因复裱装池困难，且索价甚昂，故仅留王孟端墨笔山水壹卷。越十五载，李云(荫)轩先生携数件画轴，来沪上石湖草堂求售，是图赫然在目，然与先前所见面目全非也。幅面已去之二三，上下左右均被裁割，且装池粗劣。右方紧贴缝口处，仅剩"吴郡唐寅"四字，跋语及藏印皆荡然无存。惜哉！惜哉！然索值颇廉，数件合而收之。余为石湖草堂长孙，祖父涓涓之言尚铭记犹新，个中感慨，非百年之家而不能悟也！孟子云：'君子之泽五世而斩。'呜呼！人与物一理耳！累年之后余之所记，又将归于何方？所谓阴德源自宗祖种，心田留于后人耕，是为其理也，望吾后辈当谨记之。丙申仲春孙怡祖。"

《郁氏书画题跋记》卷二《唐搨化度寺邕禅师塔铭》载："大德十一年，苍龙丁未秋九月十有七日，嵩翁卢挚与友人，太原刘致时中、醴陵李应实仲仁，观于宣城寓居之疏斋。"[1]可见疏斋即卢挚之斋名。古"疏"通"踈"，实为一字，有《雪楼集〈程文海(巨夫)卢疏斋江东稿引〉》"踈翁意尚清拔"[2]可作参稽。

根据卢挚自云："主人览余诗，次韵见惠。"见《卢疏斋集辑存》中卢挚《游茅山》诗序曰:“闻句曲山旧矣。乃至元戊子春……予于是有三茅之行,至所谓崇禧观。”按:白仁甫有《水调歌头·拟游茅山,赠心远提点》之作,心远提点即崇禧观主人,白仁甫词当亦写于是年。[3]次年,卢挚《茅山作》诗序曰:“己丑春正月朔,举祝厘之典。晓登天市坛,遂偕崇禧观主人过积金中峰,留饮松溪方丈,后归远师玉气凝润之室。”[4]可知,卢挚与白仁甫及崇禧观主人三人交好多年,其间不断有诗词互赠流传于世,故此间主人应是崇禧观主人,这种可能性是非常大的。

元以前作者行文的时代特征,常将纪年款置于行文起首。辛巳冬日,为至元十八年(1281)、越翼(次日),时年卢挚四十岁。《卢疏斋集辑》之《卢挚年谱》记载卢挚于三十余岁时,即与白仁甫交好,并互赠诗词,常常因文而聚,以文而别。此通小札中,田园诗句雅趣,如虢国夫人马上澹妆,平淡天真,萦盈便娟之蕴,直夺晋人之风。芦苇、芭蕉、残枫、霜树同出一席,而无沉冗,真似邢、尹一茵,虢、秦同辇也!

诗,托意见能,神净为贵,以境至逸。若尚简入微,则洗尽尘滓,敛容可退矣。余欲思澹,庶几而不可得之,搁笔滋愧。

注释:

[1] 卢辅圣主编:《中国书画全书》,第四册,上海书画出版社,1992年版,第590页。

[2] 李修生辑笺:《卢疏斋集辑存》,北京师范大学出版社,1984年版,第134页。

[3][4] 李修生辑笺:《卢疏斋集辑存》,北京师范大学出版社,1984年版,第6页。

唐寅《风尘三侠图》

恽寿平云:“诗意须极飘渺,有一唱三叹之音,方能感人。然则不能感人之音,非诗也。书法画理皆然,笔先之意,即唱叹之音,感人之深者,舍此亦并无书画可言。”[1]此语甚微,读之如濯濯童山之仙芝,使人迥出天倪,有象外风流之感。而刻鹄类鹜,以及泛泛之作,观之何益。知其解者,旦暮遇之。

2010年11月6日,《新民晚报》B 3版,首席位置,刊登了一件唐寅《风尘三侠图》。[2]此图收录于各类著录,且经徐邦达等国内外顶级鉴定组专家鉴定,并于上海市延安中路展览中心展出,一时引起海内外收藏界广泛关注。[3]

此幅《风尘三侠图》,似乎无处不透露着哀伤之音。所画之情,所题之境,让人有一种说不出的悲凉感觉。而这种感觉,恰恰来源于唐寅的现实生活中。故此,所观之人都会驻足画前良久,人们仿佛超越了时空,看到了传说中风流倜傥的唐伯虎。而现实中的唐寅,与我们想象中的唐寅,却是背道而驰的。现将画中原文,迻录于下:

万事伤心在目前，一身憔悴对花眠。黄金用尽教歌舞，留与他人乐少年。

唐寅亦有诗曰："一身憔悴挂衣衿，半壁藤萝覆釜鬵……"[4]憔悴一词，是形容一个人枯槁而瘦弱，同时表达人的忧愁和困苦。《风尘三侠图》是处，不偏不倚直指晚年的唐寅自身，个中似有观者无语鼻自酸，桓伊吹笛锁青溪之感。改琦曾照此幅临摹一本，自题云："摹唐居士真迹，为靖庵三兄鉴正。丙戌六月，改琦。"钤印：改伯韫氏。丙戌即1826年，改七芗只摹其画，而未录其诗，似有秉笔凝滞、触事面墙之感，看来改琦对其中之味亦有所领会。南田又云："今人用心在有笔墨处，古人用心在无笔墨处，倘能于笔墨不到处观古人用心，庶几拟议神明，进乎技矣。"[5]

唐寅一生受到过四次重大打击。二十五岁，父、妻、子、母相继而亡，妹亦新婚不久，没于婆家。此为一。寅二十九岁于应天府乡试，拔得第一名解元。正所谓："开先者，谢独早，少年得志，未必善。"由于性格所致，仕途上未及展翅的唐伯虎，于己未(1499)二月下旬，因会试泄题案被牵连下狱，由此而绝意于宦海仕涯。此其二。三十二岁的唐寅历九月余，壮志远游归来，突遭弦妻不耐清贫，而反目离家。此第三。正德九年(1514)，四十五岁的唐六如，应宁王朱宸濠之邀移居南昌，待察其反意，谋计脱身时，遂已受半年无功之欺。其为四也。自以为不飞则已、一飞冲天的唐伯虎，蟾宫折桂的愿望沦为泡影，且次次落得铩羽而归，恰如鹏举欲飞，而时时不得起。

他在给文徵明的信中说道："……僮奴据案，夫妻反目；旧有狞狗，当户而噬。反视室中，甂瓯破缺；衣履之外，靡有长物……[6]又于《百忍歌》，一次用了二十六个"忍"字，来表明自己的内心。[7]为买桃花坞，他向文、徐等朋友筹款未果后，只能靠卖画来蓄资。平时，他期盼买画者的到来，以解生活上燃眉之急。诸如《明张梦晋文待诏鹤听琴图合璧卷》中，唐寅自云："……空厨无烟朝束腹，忽有好事来拂席，曲肱直腕为写图……"[8]又如正德戊寅，四十九岁所题诗七首："十朝风雨苦昏迷，八口妻孥并告饥。信是老天真戏我，无人来买扇头诗。"又："书画诗文总不工，偶然生计寓其中。肯嫌斗粟囊钱少，也济先生一日穷。"又："抱膝腾腾一卷书，衣无重褚食无鱼。旁人笑我谋生拙，拙在谋生乐有余。"又："白板长扉红槿篱，比邻鹅鸭对妻儿。天然兴趣难摹写，三日无烟不觉饥。"又："青衫白发老痴顽，笔砚生涯苦食艰。湖上水田人不要，谁来买我画中山？"又："荒村风雨杂鸣鸡，燎釜朝厨愧老妻。谋写一枝新竹卖，市中笋价贱如泥。"又："儒生作计太痴呆，业在毛锥与砚台。问字昔人皆载酒，写诗亦望买鱼来。"[9]谢建华认为："从这些诗中，可以看出唐寅无可奈何的乐观，一种使人心酸含泪的微笑。"[10]

唐寅这些真情流露的作品，多数隐于手卷题跋，或手札之中，又或是为自己所藏。真正能打入唐寅内心世界的创作，很少流入普通求画者之手。而世俗所得，多是为迎合登门者意愿的画笔，难免会阑入几份敷衍和违心之情，实可谓虽真亦假。时至今日，人们会感叹，大可不必心与身为仇，徘徊在烟云飘渺之间，苦吟于聚诗藏情之境。殊不知，入微之处便是心，语者知音常嗟欷。我国古典诗文中，这种“无中生有”、“以白计黑”的凝练之笔，加之引典入画为衬托，似有伯牙子期之效。览者当于象外赏之，毋使牙徽绝弦也。

他的《失题》诗云：“一盏琼浆托死生，佳人才子自多情。世间多少无情者，枕席深情比叶轻……”[11]桃花坞里桃花仙，靠卖画为生计，与官妓卖艺青楼，看似有龃龉之别，但从某种角度来看，唐寅内心，一定有着一份与之相似的凄苦。这也正是他无奈之处。

道得酒中，仙遇花里，虽雅不能离俗。唐寅大半生，被一“字”之俗所困，直至终老于肺疾。这位名满天下的风流才子，最终身后之事，却落得朋友凑钱的结局。

风尘三侠里的虬髯客，与现实中唐寅恰恰相左。虬髯客可以志在天下，不受黄白之事所累。而唐寅《风尘三侠》中的虬髯客，却如唐寅自己那般哀怜无助，岂不似有其影焉(如图)。陆恢所题非也。仔细辨之，此虬髯客，莫不是彼唐公乎？于此，不免使我想起了方以智《物理小识》里，自序所言：“盈天地间皆物也，人受其中以生，生寓于身，身寓于世，所见所用，无非事也，事一物也！圣人……”[12]读此，似有万物可以滥觞。而觌面唐公之作，殊不敢以凡笔相赠，遂留拙一二小语，以似衬之枘凿耳，实不值哂笑之资也。

唐寅

此可谓：画里红尘画外人，画外唐公画里客。此间三侠一斗大，如何容得许多愁。

亦可谓：笔端一道撩私淑，墨池五味过心房。唐时诗句明时人，何来虬髯客主家。

笔弃意拾，笔致意损。无怪乎，千笔万笔，无一笔是笔，正如卢敖之游太清，有处即是无，无处恰似有，此所以为“逸”之理。观之，可读昔人惨淡经营之妙。

圣人含道映物，贤者澄怀味象。唐公微于客中，以形写形，以色貌色，圆应无方，妙尽无名，穷其幽致，慎独怜乎！后人读此，得不唏嘘！

注释：

[1] 刘子琪译注：《南田画跋》，浙江人民美术出版社，2019年版，第262页。
[2]《新民晚报》2010年11月6日，B3版。
[3]《世界华人收藏家大会》上海2010年，上海展览中心(2010.11.4—2010.11.7)。
[4] 何大成甫辑：《唐伯虎先生全集》，南雅堂藏板，万历丁未年(1607)，唐伯虎先生外编卷之一，页二，其三。
[5] 刘子琪译注：《南田画跋》，浙江人民美术出版社，2019年版，第8页。
[6] 唐寅：《唐伯虎全集》，北京市中国书店，1985年版，卷五，第3页。
[7] 唐寅：《唐伯虎全集》，北京市中国书店，1985年版，卷一，第18页。
[8] 庞元济：《虚斋名画录》，清末初刻，卷三，1909年版。
[9] 唐寅：《唐伯虎全集》，北京市中国书店，1985年版，补遗，第2页。
[10] 谢建华：《唐寅》(明清中国画大师研究丛书)，吉林美术出版社，1996年版，第32页。
[11] 唐寅：《唐伯虎全集》，北京市中国书店，1985年版，卷三，第33页。
[12] 中国台湾文渊阁：《钦定四库全书·子部》，《物理小识自序》，第867册，第742页。

无 题

余自髫年，便侍奉于祖父左右编撰《中国古代书画总目汇考》。此书按书画家名下作品分类汇总，似类福开森《历代著录画目》为“底本”，将其未收入之著录加以整理和补充。收录“书”和“画”二大类，其中尤以“书”类，繁巨至甚。故此，祖父除了常出入图书馆外，所用的参考书也是堆积成壁，房间出入通道，经常只能容一人通行。尤逢酷暑，倍加闷热。祖父又以毛笔编录，汗浸字释时有发生。时常要录全一家的著录，就要查找几十种书籍。以前人载录、附录、所见、题跋等为线索，又按作品时间先后，依次编入；年月无考者，次编于后；原作书画之名，无文字记载，或仅见描述者，编入《别录》设有小引，加以出处为注。其中又不泛叠名异作、同作异名及转载、重载之扰。

祖父大人时常手随心动，心随目移，汇旨聚要，故而所需杂记者甚巨。一次，祖父刚刚记录完一则条目，按例我将此则条目整理入档。祖父移驾别览之际，我不解地问：“这条出处是什么，您没有记录书名啊？”祖父把刚才手边之书重新翻遍，也未再能寻得，皱着眉头对我说:“为什么不早点问我?”此时,见祖父已甚为疲惫,想让他休息一下,便神秘地说“我知道了”,于是翻出闲暇时所读之书奉上。祖父览闭,拊案叫绝,连呼:妙哉!妙哉!顿时疲意一扫而空。昔日所呈祖父之《冷斋夜话》其文曰:“张丞相好草书,一日得句,索笔急书,满纸龙蛇飞动,使侄录之,当波险处,侄罔然而止,执所书问曰:‘此何字也’?丞相熟视久之曰:‘何不早问,致余忘之。’”[1]

上海书画出版社出版的十四册《中国书画全书》,系按著录年代顺序分类,清晰明了,为查找书籍节省了不少时间。但即便此书,亦无法做到十分详尽。如:陈眉公的著录,此间收录了《妮古录》、《眉公书画史》二种,阙《眉公全集》、《晚香堂小品》、《白石樵真稿》、《书画金汤》及《宝颜堂秘籍》(暂不论真伪)中的十余种著录书;董其昌收录了《画禅室随笔》,另阙《容台集》等。[2]而《容台集》在“四库全书”中,大部分则被归例为禁毁本,只草草存有二页纸而已。[3]祖父尝以“四库”为蓝本,参稽择录,四库不录者,从其善本版优者。常寻于外录、补录、遗补之逮。尤以按作家之名分类,个中之巨,常人难以想象。一些善本,如:李恩庆《爱吾庐书画记》,至今我也未能寻得。祖父二十余年为此辛劳,临终弥留之际,仍牵挂此书尚未成。愧我嗣而无功,只存得稿纸千斤在心头,感物追往,不胜怆然。

我侍奉祖父修书的十六年中,因常需要涉及作家署款,祖父时常命我查询纪年。那年代,没有计算机可查,我往往每天要翻阅纪年表百余次。久而久之，以至于后来遇到任何纪年，便可脱口而出，即便上溯至隋唐五代，亦是瞬间可答。

20世纪九十年代初，应上海博物馆之邀，我陪同祖父前往参观。恰遇祖父好友汪庆正老先生，故此一路同行观赏。两位老人，行至一件王烟客的作品前，驻足讨论起来。我则在侧，独自观习另一幅作品。忽然闻得祖父召唤，命我算出王时敏的署款纪年。当事时，我下意识机械性地，将纪年及作者画岁脱口而出。这平时普通的举动，使得汪老先生大为震惊，又一连试了我七八件不同时代的作品纪年。这个过程中，引来了许多上博工作者的围观。汪老对他们说："史树青先生曾要求文博人员，不论去哪里，口袋里都要放一本《纪年表》，我看这个年轻人，是把《纪年表》放到脑子里了。"近三十年过去了，我对这段往事仍然记忆犹新。

诚然，一般每个人都会有十几、二十个熟悉的纪年，三分之一的概率，通常观画鉴品时也够用了。但要记全六十个天干地支搭配好的纪年，就相对要困难些了。在遇到自己不熟悉的纪年时，我认为最好用甲子法来换算。所谓"甲子法"是我自己总结的一种换算方式。只需记得任何一个甲子纪年，便可上下进行推算。根据回忆，现整理如下：

大十地支，简称"干支"，是源于我国远古时候对天象的观测。

十干曰：阏逢、旃蒙、柔兆、强圉、著雍、屠维、上章、重光、玄黓、昭阳。

十二支曰：困敦、赤奋若、摄提格、单阏、执徐、大荒落、敦牂、协洽、涒滩、作噩、阉茂、大渊献。

天干和地支结合，便是纪年。如：阏逢困敦（甲子年），旃蒙赤奋若（乙丑年）、著雍敦牂（戊午年）、著雍执徐（戊辰年）、上章涒滩（庚申年），以此类推。昔日，司马温公手泽，多以此法为之揭橥。

天干数：甲、乙、丙、丁、戊、己、庚、辛、壬、癸。

地支数：子、丑、寅、卯、辰、巳、午、未、申、酉、戌、亥。

例：康熙丙子

任记一个甲子纪年，如民国甲子纪年（1924）进行换算

初：1924－240＝1684

（民国甲子）减（六十倍数）＝靠近·（康熙甲子）

次：天干：甲 乙 丙……

地支：子 丑 寅……

甲子（1684） 乙丑（1685） 丙寅（1686）……

后：甲子至丙子，所占六十年里 5 个数序中的 1 个数序，

即：1×12＝12 年

甲子（1684）＋12（年）＝丙子（1696）

又例：乾隆甲寅

仍用民国甲子纪年，1924年进行换算

初：1924－180＝1744

(民国甲子)减(六十倍数)＝靠近·(乾隆甲子)

次：天干：甲 乙 丙……

地支：子 丑 寅……

甲子(1744) 乙丑(1745) 丙寅(1746)……

后：丙寅至甲寅，所占六十年里5个数序中的4个数序，

即：4×12＝48年

丙寅(1746)＋48(年)＝甲寅(1794)

再例：万历丙辰

如用乾隆甲子纪年，1744年进行换算

初：1744－120＝1624

(乾隆甲子)减(六十倍数)＝靠近·(万历甲子)

次：天干：甲 乙 丙 丁 戊……

地支：子 丑 寅 卯 辰……

甲子(1624) 乙丑(1625) 丙寅(1626) 丁卯(1627) 戊辰(1628)……

后：戊辰至丙辰，数序位是负1；亦或4

即：－1×12＝－12年

戊辰(1628)—12(年)＝丙辰(1616)

注：因为十二年为一纪，六十年为一甲子。如能记得靠近的甲子纪年，则可以省略初步。此为当年孩童伎俩，实不值一笑耳！

至于纪月配年，落款纪年后，历法属月现象，则随时代改变而变。早期绘画作品，画多无款，无纪年可考。自唐末五代始，偶有小字款，题藏于作品隐蔽之处，且亦少有纪年。

入宋至元渐渐出现，以古代音律为配月的现象。我国古代音乐有十二个主音，称为十二律，黄钟为第一律。到了周代，这十二律与每年的十二个月数目相同，于是便将十二律分别代表十二个月，谓之律应。十二律是：黄钟、大吕、太簇、夹钟、姑洗、仲吕、蕤宾、林钟、夷则、南吕、无射、应钟。古音律中，奇数各律又称之“律”，偶数各律称为“吕”，故称“六律”、“六吕”。宋人王应麟撰《玉海》所记“乐、舞”甚丰，且多涉及古音律之由变，此篇亦见于《钦定四库全书·子部》中。

与历法结合后，如今阴历十一月是黄钟月，十二月是大吕月，正月是太簇月，二月即夹钟月……最后一个应钟月便是十月。可是黄钟在十二律中为第一律，应该排在首月，也就是正月。所以周朝时，把十二律正配十二月时，将黄钟配到正月。但周历建子与夏历建寅不同。周历的正月就是夏历的十一月。后来汉武帝改用夏历，黄钟月是周历的正月，所以便成了夏历的十一月了，从汉一直沿用至今。

所以我们现在用的阴历，又称夏历。

纪日配月，也有相应的称谓与之对应。每月初一日称“朔”，初二称为“既朔”；第三日为“哉生明”或“朏”；第八日称为“恒”或“上弦”；十四日称“几望”或“即望”；十五日为“望”，十六日“既望”或“生魄”，亦或“哉生魄”，十七日称为“既生魄”；廿二、廿三日是“下弦”；最后一日称为“晦”或“即朔”。此其名，多来自古人观察月体变化的描述，即月潮引力作用下的自然现象。如：朏（月始成光），魄（月始生魄）等。此外，亦多有以时节等其他名之，此不赘。

例一：阏逢困敦林钟既朔，即为甲子年农历六月初二日；例二：旃蒙赤奋若蕤宾哉生魄，是为乙丑年农历五月十六日。

然而，明之中后期，以律属月的现象，却渐为少用，以至于此“声调”不传矣！正如《后魏乐府曲名》所载：“通典太乐令崔九龙，言于太常卿祖莹曰‘声有七声，调有七调，以今七调合之七律，起于黄钟，终于中吕。今古杂曲……至于古雅多亡失。”[4]

注释：

［1］中国台湾文渊阁：《钦定四库全书·史部》，《金石文考略》卷十四，第684册，第401页。

［2］卢辅圣主编：《中国书画全书》，上海书画出版社，2000年版，第3册目录。

［3］《四库禁毁书丛刊》，北京出版社，四库禁毁书丛刊编纂委员会，北京大学图书馆藏，明崇祯三年董庭刻本。

［4］中国台湾文渊阁：《钦定四库全书·子部》，《玉海》卷一百六十，第945册，第789页。

翁同龢与费念慈

我少年时，听祖辈之间谈及，张葱玉先生曾错过一件《江村归牧图》，后来用一生时间都没再能寻找到。张先生至晚年，屡屡向我的曾祖父伯渊公，谈及当年之事而悔之不迭。家父更以此事，时常醒示于我。故尔我自小在心里，就埋下了这颗“好奇”的种子。

归牧散人费西蠡

李葆恂《无益有益斋读画诗》载：“浮休子《归牧图》绢本横卷。‘浮休子’乃张舜民别号。有《画墁集》，芸叟画不概见，而笔墨奇甚。泼墨写乌犉犉牛，一牧童驱之。茅屋数间，掩映林木间。远山一抹墨气犹湿，虽草草点染，而神味无穷，虽善画者，莫能逮也。卷藏武进费屺怀太史家，太史即以‘归牧’名其庵云。”[1]叶昌炽《缘督庐日记》对费西蠡归牧堂也多有提及。陈衍《石遗室诗集》记述，费念慈因得到宋左建《江村归牧图》，以“归牧”自题所居的内容[2]。王逸塘《今传是楼诗话》，亦记载了费念慈曾得宋人左建《江村归牧图》，因以自题所居。翁松禅也曾有《题费西蠡归牧图便面》等诗文。[3]

翁同龢更是于壬寅(1902)五月、六月[4]二次为《江村归牧图》作跋,并考证《归牧图》定为张浮休画迹,非左建也。(其依据为《六研斋笔记》一则可证)[5]诸如此类载录,不胜枚举。一事掀起浪千层,这在晚清的收藏界,引起了不小的轰动。费念慈将其所居,改名归牧庵;将其斋名,题为归牧斋;将其所著文集,命为《归牧集》;将其藏书楼,更名为归牧堂;自称归牧散人。凡可"归牧"处,尽归牧之。个中缘由,委实让人匪夷所思。

费念慈(1855—1905),字屺怀,号西蠡,又号趁斋,江苏武进人。钦点翰林,与江标、文廷式在翰林院并列三大学者。晚清大收藏家,其所罗者甚丰。光绪辛卯典试浙江,榜后以淳议为言路所谪几被谴。旋告归吴门,所居曰桃花坞(唐寅故居)。[6]从目前已知文物来看,费氏所藏之书、古器、书画等文物,质量还是比较高的。如北京保利于2009年,拍卖其所藏之曾巩《局事帖》,以壹亿余元成交等等。

张舜民字芸叟,号浮休居士,邠州(今陕西邠县)人。[7]北宋士大夫,其迹留传绝少。书法有《潭州帖》存世。绘画除了《江村归牧图》,另载有式古堂《秋林落照图》一种,因未见其作,故不能排除同作异名之可能性(此处不究);及《六研斋二笔》卷二载:"张浮休画一方幅,作林木数株,隐隐止露枝梢,如在波浪中,一牛浮鼻而过,余则空阔荒远,有数人立沙碛边际,此真善描江色者。浮休……"[8]与李葆恂所记仿佛。即使张舜民墨迹留传绝少，此《江村归牧图》为稀世绝品，费念慈应该也不至于将其独宠至如此境地。何况为自己庵、堂、斋、集等命名，似有意俗之味，实为一般文人所不取，何况是费西蠡这般当世名流。

近日，偶然看到一篇《国家图书馆藏翁同龢致费念慈书札考释》[9]的专题研究论文。此《考释》仅刊载翁同龢致费念慈书函疑误，就达九处之多，而最后一则，特别引起了我的注意，原文如下：

光绪三十年五月十二日(1904 年 6 月 25 日)

西蠡贤友太史足下：服所开方药，贱疾良已，旋作近游。归后复病，乃新感也。头晕加甚，鼻洟如注，吴门之游，以之中止。承示扁舟访友，计日当还。哲嗣孝廉已旋里否？扇三叶，勉强涂，奉正。首乌丸日服二钱，极得力。专复即候近安。不一一。友生龢顿首。十二日。《竹叶庵诗集》四本收到，迟再缴上。并外信送桃花坞。费大人台收。

【按】光绪三十年四月初四日，翁同龢得费念慈二函，“以所购首乌延寿丹一斤寄我……并石影照僧衣像”。五月初七日(6 月 20 日)，“得西蠡函，以扇属书”。五月十一日，“题西蠡《归牧龛图》画扇，又写扇数叶”。五月十二日，“发热，遍身疼，胸痞常卧，晚益甚，得汗不解，呻吟彻晓”，疑此纸写于光绪三十年五月十二日(1904 年 6 月 25 日)。

《翁集》作“光绪三十年四月十二日(1904 年 5 月 26 日)”,疑误。

据此,光绪三十年五月十二日(1904 年 6 月 25 日),翁同龢发往费念慈书函称:“扇三叶,勉强涂,奉正。”是应五月初七日(6 月 20 日),“得西蠡函,以扇属书”。故五月十一日,“题西蠡《归牧瓮图》画扇,又写扇数叶”。次日,并外信送桃花坞。费大人台收。

按此书函,查《翁同龢日记》,得知光绪三十年五月初七日(6 月 20 日)得西蠡函,以扇属书。五月初九日(6 月 22 日),题西蠡归牧堂便面,顾鹤逸画。五月十一日(6 月 24 日),题西蠡归牧瓮图画扇,又写扇数叶。[10]

再查《瓶庐诗稿》,悉知《题费西蠡归牧图便面》,顾鹤逸画。并得诗三首。[11]

从上述三则文字可知:

《翁同龢日记》载:五月初九日(6 月 22 日),《题西蠡归牧堂便面》,顾鹤逸画。

五月十一日(6 月 24 日)《题西蠡归牧瓮图画扇》。

《考释》载:五月十一日(6 月 24 日)《题西蠡归牧瓮图》画扇。

《瓶庐诗稿》载:《题费西蠡归牧图便面》,顾鹤逸画。

此间可能有同作异名之嫌，但此处依史为据。按顾鹤逸为西蠡所作之画，顾鹤逸即顾西津，为当时苏州文坛领袖。收藏富甲于吴下，绘画格古清逸。顾西津曾为余曾祖父大人伯渊公，绘《湖天春色图》(如图)，可窥其画风一二。

顾西津-1

顾西津-2

由此可知，翁同龢从五月初九日（6 月 22 日）至五月十一日（6 月 24 日），为西蠡所题《归牧堂便面》、《归牧龛图画扇》及《归牧图便面》，即应是《考释》中："扇三叶，勉强涂，奉正。"并外信送桃花坞、费大人台收的具体内容。

知音道友翁松禅

这两位学富五车、书通二酉的大儒，就连他们的政治仕途遭遇，几乎也是同出一辙。而《瓶庐诗稿》卷终前所载三诗，也正是翁同龢人生大限前，最后的几首诗，亦可堪称临终遗言。其中寓意，足令后人为之唏嘘。该三诗原文如下，且试作小注。

第一首诗，考为《题费西蠡归牧图便面》（顾鹤逸画）。

�斋奇字何人识，归牧新图我尚疑。龠口键精缘底事，十年冷却凤凰池。

试注：谁能明白与理解你（趉斋为西蠡别号），取这样别出心裁的名（指归牧之名）；第一次看到《归牧》这幅图，我就开始一直猜度，和怀疑你的用意了；对您为何这样命名的用意，我放在心里没有说出来；十年的时间，足以让当年凤凰池（宰相之位），都变得无人问津。此诗后二句，虽言于西蠡，也实指"同病相连"的翁同龢自己。

《紫桃轩杂缀》云："便面，即障面，类扇非扇也。东魏鲁漫汉遇杨愔，骑秃尾草驴，不下，以方曲障面而遇。方曲，形如饼而四棱，以木为之。见古图画中。”[12]《题费西蠡归牧图便面》是题于顾鹤逸画中，或画背，亦或另乞一纸，以便西蠡双挖之裱，不得而知，此处不究。

第二首诗，考为《题归牧龛图画扇》。

碑版图书古鼎罇，一龛斗大隘乾坤。桃花坞里清溪水，可许扁舟直到门。

试注：您富有碑帖、古籍、书画、古器物等各类藏品；这件画扇咫尺方寸间所绘的(归牧)，在您心里宠爱的程度，已经超越了您的所有藏品；正如您心怡地住在环境如此优美的桃花坞里一样；乘一叶扁舟，便可随着清澈的溪水，一直到达家门口。

第三首诗，考为《题归牧堂便面》。

鹤庐小隐画中禅，不独人传画亦传。风雨闭门太萧瑟，会添一鹤两诗仙。

试注：您这般一鹤一庐隐逸世外的生活，就如同一幅富有禅意的画；而这幅画(隐居生活之逸事)，会同您费太守之名望，一同流芳百世；如果随着时间推移而感到寂寞；我也希望融入您的归牧堂之中，与您一同吟诗唱和，去过与世无争的幽逸生活。

虽诗无达诂，然多元有界，盖有感动其心者，可牵一丝丝隐耳！这位历同治、光绪两朝帝师，并授为军机大臣，兼任总理衙门大臣等重任要职，晚清帝党核心人物，至此道出了他的心声，唏嘘在庙堂与归牧之间。

两公以禅意真言摄入囊中，一点一拂徐徐放之，醉似书家飘渺之道为心匠。翁松禅作此三诗后，便玉楼赴召而去。这对费太史来说，翁同龢的“早卒”无疑对他是个极大的打击，费西蠡竟然也于次年驾鹤归道。这或许是巧合，亦或许是所谓高徽绝弦而闻有钟生、伯牙也！

注释：

[1] 李葆恂：《无益有益斋读画诗》，丙戌善本。
[2] 陈衍：《石遗室诗集》，1905 年版，第 52 页。
[3] 王逸塘：《今传是楼诗话》，大公报社，1933 年版，第 272 页。
[4]《瓶庐诗稿》，朝华出版社，2017 年版，第 514 页。
[5] 陈义杰整理：《翁同龢日记》，中华书局，1998 年版，第 3388 页。
[6] 王逸塘：《今传是楼诗话》，大公报社，1933 年版，第 272 页。
[7] 俞剑华编：《中国美术家人名辞典》，上海人民美术出版社，1981 年版，第 862 页。
[8] 中国台湾文渊阁：《钦定四库全书 · 子部》，《六研斋二笔》卷二，第 867 册，第 597 页。
[9] 李红英该文刊《三门峡职业技术学院学报》，2013 年第 1 期，第 65—67 页。
[10] 陈义杰整理：《翁同龢日记》，中华书局，1998 年版，第 3524 页。
[11]《瓶庐诗稿》，朝华出版社，2017 年版，第 589 页。
[12] 李日华撰：《紫桃轩杂缀》，《紫桃轩又缀》卷一，凤凰出版社（原江苏古籍出版社），2010 年版，第 335 页。

习书一则

少年时，我曾追随徐伯清先生学习书法，历丙寅、丁卯、戊辰三载，皆为暑期。那时，徐老在豫园内有一间房，曾经一段时间，我在此学习书法，吾亦谓之“上学堂”。房中央置大长方桌一张，四周几把椅子，老旧办公桌、书架柜而已。因房间较大，略显空荡。窗外假山、芭蕉遮阴，清风徐来，婆娑弄影，殊为雅致，实为闹中取静的一方宝地。

每去上学，必由人民路而入。虽已八十年代，上海的清晨，依然还有一些老旧之态。有时憋气才跑过煤球炉，避开刺鼻的抟抟青烟；又遭遇垃圾桶内，西瓜皮腐败的恶臭；还时不时要绕过赤膊大汉一家，横躺于凉榻之上，酣睡于人行道之间。加上伏暑湿热，故每至必大汗淋漓，先生总让我坐上五分钟，静静心。

因系祖父相托，先生对我要求特别严厉。先生常留我独自临帖，一去许久，回来之时，用笔圈几个他认为不合格的字，重写。如此往复，直到先生认可方止。重写之字，又要十遍，凡十字中有一字不好，又复十遍。所以每次的第一遍临字，就显得非常关键了。其实，每次就习十字，如果一次合格，最多十来分钟就可离开。如不尽意，就别想离开了。看似简单的作业，几乎每次都把我弄得焦头烂额。为防止几何式增长的工作量，有一次趁先生离去时，我悄悄地将习纸覆于帖上描摹。当事时，自以为得意之笔。不想，先生竟一次勾出了十个圈，无一字通过。说了一句："学而不思则罔，思而不学则殆。"便又扬长而去了。

为什么平时写得并不像字帖的字却通过了，而这十个字与字帖"一模一样"，却一字通不过。我想了很久、很久，此恰似弦凝指咽处，有一语胜千言之感。从那一刻起，徐老简简单单的一句话，深深地烙印在了我的心中。三十多年过去了，徐老当年愤启悱发之语，至今犹在耳旁。这也使得我终身受益。作此小记，谨以怀念先生。

漫谈《清啸阁藏帖》

余以为，夫君子以立德、立功、立言，此“三立”为传。“德”、“功”者非寻常辈所能涉及，独“立言”相对易耳，自古君子多执于立言。然立言，又岂易哉，此稍有不慎，亦或不察，又或有私，凡种种皆成误耳。明清两代遍有伪槧，以讹传讹，颠倒乾坤，篡改历史，误人子弟。不先正注疏释文之底本，则多诬古人；不断其立说之是非，则多误今人，故应“以孔还孔”、“以贾还贾”也。

胡应麟《四部正讹》说：“余读秦汉诸古书，核其伪，几十七焉。”清张之洞《輶轩语》指出：“一分真伪，而古书去其半。”两人所论似嫌夸张，然伪书情况确也严重。张心徵之《伪书通考》所论及的清时伪书达一一〇五种。尽管如此，学术界认为，该书并未把当时伪书收完。[1]

又明版集部《东坡全集》一百十卷：“序后原署姓名，为书估割去，补刊一行，则云‘乾道九年闰正月望选德殿书赐苏峤夫’。赐书但赐其书耳，即以年月姓名标识卷中，宜出手书，不应刊印。书估无知妄作，真不值一噱矣。”[2]

梁《史》说：“西汉之初……汉廷广开献书之路，悬赏格以从事收集，希望得赏的人有时便作伪以献。”如当时东莱张霸献的一〇二篇《古文尚书》，系其伪造。还有东晋梅赜献的《尚书孔氏传》，也属这种类型。[3]

明代茅一相康伯父所著《欣赏绘妙》，高奭《艳雪斋画苑》，略据《欣赏绘妙》抄录，略有增减。自题“画苑叙”的卷前小序，由茅氏《绘妙引》增损而成，而直署己名，实属剽窃无疑。[4]茅高两编之序文，文字略同而篇名不同。两编之序引，分别署款“万历庚辰秋七月既望东海生康伯父撰”、“崇祯己巳花朝石公题艳雪斋”。茅氏书序于万历庚辰（八年，1580年），《欣赏续编》亦刊成于此年，高奭之书序文于崇祯己巳（二年，1629年），两者相差五十一年（四十九年）。——仅此一序，可知高奭抄录旧文之意已甚为清晰，不待辨而自明矣。[5]

《六研斋三笔》卷四载：“成弘间，有士人白麟，专以伉壮之笔，恣为苏、米、黄三家伪迹。人以其自纵自由，无规拟之态，遂信以为真。此所谓‘居之不疑而售欺者’。苏公《醉翁亭》草书，是其手笔，至刻之石矣！米书《师说》亦此公所为也。”[6]

按李竹懒所云，若此明拓本流传至今，岂不视之尊，而寿之贞珉乎？造伪者，古今代出其人，故伪滋多于世。学者于此真伪难辨，是必取而明辨之，正本清源，以免遗祸后人。

我的曾祖父大人伯渊公，一生致力于碑、版、拓、刻的研究。早年经营苏州集宝斋，更是以经营刻石、碑帖于全国享有盛名。黎元洪墓志碑、邹容墓志碑等名碑，皆是曾祖父兄弟三人完成。[7]曾祖父常和后辈说及收藏中的奇闻异事。其中有一则，使我一直记忆犹新。大意为："一拓本，原石（拓）无印，而后加印，时人皆知。"之后，又请教于祖父。我的祖父大人堃镕公告之："此为《清啸阁藏帖》。不知何时，在款后添刻印章。"

此离奇的怪事，越发增强了我的愤悱之心。1998年，徐邦达先生客居上海之际，我又从徐老口述中，得到了非常重要的信息。当时徐老客居虹桥，我的祖父和顾荣木老先生常与徐老碰面、交谈，我则一直侍奉于左右。徐老非常健谈，身板溜直，胃口也惊人地好。一次，席间闲谈之际，徐老偶提起当年所见之《张梦晋鹤听琴图卷》一事，我竟斗胆插嘴于《清啸阁藏帖》。没想到徐老竟兴奋起来，接过话题，对我侃侃而谈竟半个小时。这也许是徐老研究过的课题之一，当时所述，如鉴洞形，毛发不隔，细节处亦能脱口而详，恍如悬图于人目前，使我佩服之至。

根据徐老口述，回忆整理后，大致内容为："唐六如跋鹤听琴图卷，款后本无印，清啸阁帖中，六如'鹤听琴图跋'款后有二印者，系从其他六如印翻刻而来。徐老海内外找寻真本原迹三十余年，并于八十年代和滕芳先生一起见到了原本，文衡山一画一跋极精；原迹藏汪家，因清啸阁此通帖，原作嘉庆后即成名画，名盛二百年。”

我幼时就听闻过清啸阁此通碑帖之事，故能对之一二。所以徐老当时对祖父说“此子可教耳”。没有想到的是，一段时间后，顾荣木老先生来访祖父，竟带来了一幅徐老特意为我题写的“听琴园”书法横批。这使得我备受感动和鼓舞。

二十余年过去了，此“听琴园”一直悬挂于我的书斋之中，仿佛是激励与鞭策。但是，清啸阁主人为何要画蛇添足，添章作伪，却始终让人无法解释。

直到近日，无意间在互联网上，输入“清啸阁帖”关键词，试图进行搜索时，看到了王守民先生《浙图藏〈清啸阁藏帖〉刻石及清代江南书法审美观之嬗变》一文后，终于茅塞顿开，豁然开朗起来。

现将《清啸阁藏帖》之《唐寅跋鹤听琴图帖（加印）》考证整理如下。

此本真迹应为《明张梦晋文待诏鹤听琴图合璧卷》，收录于《虚斋名画录》卷三。有吴奕篆书鹤听琴图、张灵为六事主人写鹤听琴图、吴宽跋、朱存理跋、唐寅跋（款后无印）、文徵明再绘鹤听琴图、文徵明跋、顾璘跋、僧·方择草跋、张光曙跋、黄玢跋、顾文渊跋。此卷，张灵画幅中，钤有“霏玉斋”印。[8]据叶德辉《书林清话》卷五载：

霏玉斋。无年号刻《重刊分类补注李诗全集》二十五卷、《文集》五卷，见《缪记》。一曰山房。则有：

徐焴万竹山房。嘉靖甲申三年。刻《重校正唐文粹》一百卷，见《缪记》。云胡序板心有“万竹山房”四字，目录后有“姑苏后学尤桂朱整同校正”字。[9]

从霏玉斋和钱秉良都处于嘉靖的时间点来分析，学术中尚未定论之“霏玉斋”主人，有可能为此卷鹤听琴图主人，即“六事主人”——钱秉良。嘉靖戊子(1528)文徵明鹤听琴图跋文，钱氏时年七十六岁；嘉靖庚寅(1530)顾璘鹤听琴图跋文，钱氏已卒。但也不能排除“霏玉斋”主人是程尚义及吴尚忠的可能性(按虚斋著录)。[10]是卷又有“康伯父印”及“茅氏鉴藏”[11]二印，皆为茅一相用印。“茅氏鉴藏”钤于接缝处(按虚斋著录，二次)，这至少说明，隆万至今，卷中先后题端未有挪割，或龃龉不接。由此可见，康伯父鉴赏及防伪能力是很强的。然就茅氏所著之《欣赏绘妙》而言，其对绘画鉴定的认知度是有目共睹的，这也可以辅助增加此底本校稿的可信度。茅一相《欣赏绘妙》参见张同标教授《明末书画文献著述得失的个案研究》。此卷经钱秉良(嘉靖)、茅一相(隆万)、程尚义(乙巳)、汪柯庭(康熙)、汪垕(清末)、庞元济(民国)之主线递藏，足证流传有绪。可视为《清啸阁藏帖之〈唐寅跋鹤听琴图〉》帖(加印)之底本校稿无疑。值得一提的是，此卷最后一跋中，顾雪坡说道：“汪柯庭以‘不获摹与临’来密藏《鹤听琴图》。"由此可知，至少在汪柯庭所处的康熙时代，此卷的保密工作就已经做得非常严密了。

《清啸阁藏帖之〈唐寅跋鹤听琴图〉》帖（加印），系录《明张梦晋文待诏鹤听琴图合璧卷》（以下称合璧卷）中唐寅之跋文。按《虚斋名画录〈合璧卷〉》中唐寅跋文后无印，且卷中有"瀫水审定"（按虚斋著录）[12]四字方印一枚。瀫水即陈希濂，和清啸阁主人金棻，同为《清啸阁藏帖》的策划及实施者。此两君刻《清啸阁藏帖》之初衷，陈希濂曾刻石记录如下：

> 余与金君耐田有同好，每得古人名迹共相欣赏。丙辰长夏，耐田谓余曰："吾两人所有前明墨迹，虽仅数十种，然皆希世珍也！何不寿之贞珉，以公同好。"爰各出所藏，又从友人处见其佳者，亦勾摹勒入。始于丙辰六月，迄戊午季冬，共得六册。工甫竣而耐田归道山，已阅半载矣！援笔书此，不胜黯然。
>
> 瀫水外史陈希濂识
>
> 金陵冯瑜刻字[13]

按《虚斋名画录〈合璧卷〉》有"扆砚斋图书印"、"汪氏柯庭秘玩"、"汪季青审定墨宝"、"汪季青珍藏书画之印"、"扆砚斋"、"季青鉴定真迹"及"汪扆私印"。[14]汪文柏字季青，号柯庭。康熙间官兵马司指挥，曾兵备江宁。其后一支以汪雨年、汪垕袭居金陵。而《虚斋名画录〈合璧卷〉》中载有汪垕私印，亦可佐证。故此契合与徐邦达老先生所言："原迹藏于汪家"，而且是金陵汪家。再按陈希濂所记"又从友人处见其佳者，亦勾摹勒入……金陵冯瑜刻字"，而《虚斋名画录〈合璧卷〉》又载有"瀫水审定"一印，从中不难得知，陈希濂所说的友人（之一），正是金陵汪家。

金棻与陈希濂是《清啸阁帖》主要的撰集者。金棻（1765—1798），字耐田，杭州人。金棻英年早卒，他去世前一年编纂成《清啸阁帖》两册。金氏在此帖的题跋中写道："余生平无所嗜好，且幼多病，辄以书画自娱。独于南田先生之迹，结习尤深，每一展对，至忘寝食。世人但知先生之画几同云林，以有无论清俗，而不知其书法之工也。其书盖出于王大令，得力于褚河南，所谓'瑶台婵娟，不胜绮靡'者也。"[15]

可见在金棻生前，主要收藏恽南田书法，《清啸阁藏帖》两卷最初也主要是以恽氏书法为主的。这一点，在金氏的自跋中也有明确的记述："余所藏先生画不下数十种，尝玩味其题署，欲汇成集而未得。一日，天潜山人谓余曰：'君爱其书，曷不刊其石以永其传？'余忽忽心动。适筠谷刘公自江宁还，因嘱其勾勒上石，更从藏弃家假得数十种，合成二册，名曰《清啸阁藏帖》。"金氏喜好收藏，精于鉴别，偏爱恽南田书法，收藏颇丰，集为两卷。[16]

但“清啸阁”为何要在唐寅《鹤听琴图》跋文之后，莫名其妙翻刻唐寅其他手迹的印章，弄得当时人尽皆知，自毁声名呢？通过对下文的分析，应该不难找到答案。现将王守民先生发表之《浙图藏〈清啸阁藏帖〉刻石及清代江南书法审美观之嬗变》一文，部分内容择录如下：

《清啸阁藏帖》大部分是容庚在《丛帖目》中辑录的第六卷里的帖子。刻帖中目前现存的刻石仅有两组：其一组是在浙江杭州碑林，共四方刻石……；另一组是在浙江省图书馆，共八方刻石……。

从时间上看，《清啸阁藏帖》两套刻石的书刻时间应该在清代中期，而且这两套刻石都不是金菜等人刻成的原版。因为根据容庚的记载，嘉庆元年金菜等人撰集并刻成的《清啸阁藏帖》，是没有标明卷数的。那么容庚的卷数的分法又是根据哪一卷而得来的呢？由此推测，至少还有一卷刻版，与容庚的卷数相照应的版本。所以，笔者可以下结论，《清啸阁藏帖》的刻本至少有四种版本流传。

《清啸阁藏帖》中的刻手有冯瑜、刘徵、孔微民、刘恒卿、汤又新、孔昭孔等。他们是此帖的主要刻手，其中冯瑜的刻工精湛细腻，形神毕肖，清中期在刻帖界的影响比较大……除了冯氏以外，其中可以查考的就是刘徵了……另外几位刻手，名不见经传，可能是由冯瑜、刘徵两人请来的刻工精湛、协助两位共同完成刻帖的刻手。刻手队伍的强大，是保证《清啸阁藏帖》刻石水平的根本，这么强大的队伍，是有可能刻出几套重复的刻帖的。

金棻作为鉴赏家与书法家，自己也参与刻石。从这个角度讲，《清啸阁藏帖》刻石在书法艺术价值十分高。陈希濂在《清啸阁藏帖》题跋中说："《恽南田帖》则耐田自刻，瀫水为之考定。"金棻在刻帖尚未刻好就已经去世了，这使得《清啸阁藏帖》刻石的进度与质量受到影响，也使得踌躇满志的陈希濂十分黯然。可以想象，如此浩大的工程完成之后，这些珍贵的刻帖的保存也是一个相当大的问题。然而，这个重担就全部落在了陈希濂的肩上。很可惜，这套刻石没有完整地保存下来。恽南田的法帖刻石几乎绝迹。这不能不让人怀疑陈希濂在刻帖的保存方面没下太大的功夫。

目前所能看到的《清啸阁藏帖》刻石，只有浙江省图书馆和杭州碑林博物馆两处共十余块，大部分原石已经难觅踪迹了。原帖石的散佚，除了应归咎于当时的书刻者保存意识不强之外，更重要的是，在清代中后期书家的审美趋向发生了变化，私人收藏与鉴赏之风的盛行，是直接导致刻石散佚的主要原因。金棻的离世，更加大了《清啸阁藏帖》刻石保存的难度，陈希濂没有很好地保存这套刻石，或者说是没有能力保存之。[17]

值得注意的是《清啸阁藏帖》的刻工，他们手中有着一套完整的刻石勾本，这一点是非常重要的。由于资料所限，止此不赘。

综上所述，《清啸阁藏帖》未成前，清啸阁主人金棻的离世，着实让陈希濂始料未及，以致无语凝噎之境。而且事实证明，这种始料未及，的确存在于各种层面。

据徐邦达老先生当年所述："清啸阁帖中，六如'鹤听琴图跋'款后有二印者，系从其他六如印翻刻而来。"又按我的曾祖父所说："原石(拓)无印。"由此分析《清啸阁藏帖〈唐寅跋鹤听琴图〉》，一定曾经有"无印"拓本传世，但存世量极其稀少。我的曾祖父，所见名碑珍拓颇丰，见到"无印本"可能性，应该也是有的。

其实，一百多年前的清末，清啸阁之"听琴事件"在碑拓界，已是人尽皆知。正如徐老所说："因清啸阁此通碑帖之故，原作嘉庆后即成名画，名盛二百年。"各方追之莫逮。就连只喜好中国元以前绘画的弗利尔先生，对此卷亦是情有独钟；民国政要更是登虚斋门而索之。1953年国家文物局，数次批示文件中特别指出：对庞氏藏画，"最主要者，且实际六件'非要不可'者"，即有"文徵明《张灵鹤听琴图卷》"。[18]由此也可佐证"无印本"存世的可能性极大。因为只有在对比校勘中，才能得到答案和辨明真伪。

王守民先生在谈及《清啸阁藏帖》以“少有伪迹”讳而避之。而北京古籍出版社 2000 年出版的《清啸阁藏帖》，则刊印卷一、卷二至《文嘉前后赤壁赋》即止。[19] 独卷二结尾《唐寅与若容书》及《题鹤听琴图七古（七律）》二篇未收录，跳过了《清啸阁藏帖》中，仅有的二通唐寅之文（此按容庚先生分卷之目分析）。[20] 据推断，源委渊懿的北京古籍责编，必然亦知其详，故龠口而阙之。回首此间吾吠吠之语，令我惶惶而自惭。

米南宫云：“画可摹，书可临而不可摹，惟印不可伪作。”[21] 然而，刻碑之便即得力于此。至于徐老所述：“唐六如跋鹤听琴图卷，款后本无印。清啸阁帖中，唐六如《鹤听琴图跋》款后有二印者，系从其他六如印翻刻而来。”我以为误刻的可能性很小。就中国台湾文渊阁《钦定四库全书》而言，一千四百九十六册，虽经校对官、详校官、总校官等四库馆臣层层校对，亦多有误者。如：“阁”作“间”、“王”作“玉”等等，都见于原书之中。成书后，四库馆臣都给予手工再校勘误。[22] 这些都情有可原，毕竟《钦定四库全书》是一部巨制丛书。一部丛书如此，一部刻帖更应如此。不同的是，《清啸阁藏帖》之误，是人为后添之误，欲置丛帖于几将覆瓿之境，此间必有利耳！《少室山房集》原序开篇云：“明兴以帖，括俳偶之，文笼士士不复知有古文词。正嘉以来……”[23] 于此间而言：今人兴古，凡值年者，泛家广好，括俳偶之，文笼士士，真伪慎之，不复助其伪传，而后可以为养也。

注释：

［1］叶树声、余敏辉：《明清江南私人刻书史略》，安徽大学出版社，2000 年版，第 206 页。
［2］叶德辉撰：《书林清话》，上海古籍出版社，2012 年版，第 218 页。
［3］叶树声、余敏辉：《明清江南私人刻书史略》，安徽大学出版社，2000 年版，第 212 页。
［4］张同标：《明末书画文献著述得失的个案研究》，《中国美术研究》2012 年第 3 期，第 27 页。
［5］张同标：《明末书画文献著述得失的个案研究》，《中国美术研究》2012 年第 3 期，第 25 页。
［6］中国台湾文渊阁：《钦定四库全书·子部》，《六研斋三笔》卷四，第 867 册，第 732 页。
［7］马承源主编：《上海文物博物馆志》，上海社会科学院出版社，1997 年版，第 486 页。
［8］庞元济：《虚斋名画录》卷三，清末初刻，1909 年版。
［9］叶德辉撰：《书林清话》卷五，上海古籍出版社，2012 年版，第 115 页。
［10］［11］［12］庞元济：《虚斋名画录》卷三，清末初刻，1909 年版。
［13］金棻刻：《清啸阁藏帖》，北京古籍出版社，2000 年版。
［14］庞元济：《虚斋名画录》卷三，清末初刻，1909 年版。
［15］容庚：《丛帖目》卷六，中华书局，2012 年版，第 531 页。
［16］［17］王守民：《浙图藏〈清啸阁藏帖〉刻石及清代江南书法审美观之嬗变》，《书法赏评》2015 年第 3 期，第 26、23 页。
［18］郑重：《海上收藏世家》，上海书店出版社，2003 年版，第 70 页。
［19］金棻刻：《清啸阁藏帖》，北京古籍出版社，2000 年版。
［20］容庚：《丛帖目》第二册，中华书局，2012 年版，第 526 页。
［21］中国台湾文渊阁：《钦定四库全书·子部》，《画史》，第 813 册，第 48 页。
［22］中国台湾文渊阁：《钦定四库全书·史部》，《法帖释文考异》卷七，第 683 册，第 130 页、第 399 页。
［23］中国台湾文渊阁：《钦定四库全书·集部》，《少室山房集》原序，第 1290 册，第 2 页。

希夷先生自画像(平摹本)小记

陈抟其人

陈抟,字图南,号扶摇子,周世宗柴荣赐以白云先生。[1]宋太宗赵光义赐希夷先生。[2]生于唐懿宗咸通十二年(871 年),卒于宋太宗端拱二年(989 年)七月二十二日。[3]享年一百十八岁。亳州真源(今河南鹿邑)人,一说普州崇龛(今重庆潼南西境)人。五代吴越宝正七年,后唐长兴三年,陈抟赴京城洛阳应考进士不第。起初隐居武当山九室岩,后又隐居华山云台观。著有《山峰寓言》、《高阳集》、《钓潭集》等著作及 600 余首诗。其著述甚丰,有《指玄篇》81 章、《赤松子八诫录》一卷、《九室指玄篇》一卷、《人伦风鉴》一卷、《易龙图》一卷。著有《无极图》刻于华山石壁,有《太极图》和《先天图》流传于世,并注释了麻衣道者《正易心法》。辑存于《全宋文》的仅有《龙图序》等 6 篇文章,幸存于《安岳县志》的仅有《易龙图序》一文,[4]其中以《易龙图》、《先天图》尤为著名。

《宋史》卷四百五十七 · 列传第二百一十六,记有:

陈抟字图南，亳州真源人。始四五岁，戏涡水岸侧，有青衣媪乳之，自是聪悟日益。及长，读经史百家之言，一见成诵，悉无遗忘，颇以诗名。后唐长兴中，举进士不第，遂不求禄仕，以山水为乐。自言尝遇孙君仿、麞皮处士二人者，高尚之人也，语抟曰："武当山九室岩可以隐居。"抟往栖焉。因服气辟谷历二十余年，但日饮酒数杯。移居华山云台观，又止少华石室。每寝处，多百余日不起。

周世宗好黄白术，有以抟名闻者，显德三年，命华州送至阙下。留止禁中月余，从容问其术，抟对曰："陛下为四海之主，当以致治为念，奈何留意黄白之事乎？"世宗不之责，命为谏议大夫，固辞不受。既知其无他术，放还所止，诏本州长吏岁时存问。五年，成州刺史朱宪陛辞赴任，世宗令赍帛五十匹、茶三十斤赐抟。

太平兴国中来朝，太宗待之甚厚。九年复来朝，上益加礼重，谓宰相宋琪等曰："抟独善其身，不干势利，所谓方外之士也。抟居华山已四十余年，度其年近百岁。自言经承五代离乱，幸天下太平，故来朝觐。与之语，甚可听。"因遣中使送至中书，琪等从容问曰："先生得玄默修养之道，可以教人乎？"对曰："抟山野之人，于时无用，亦不知神仙黄白之事、吐纳养生之理，非有方术可传。假令白日冲天，亦何益于世？今圣上龙颜秀异，有天人之表，博达古今，深究治乱，真有道仁圣之主也。正君臣协心同德、兴化致治之秋，勤行修炼，无出于此。”琪等称善，以其语白上。上益重之，下诏赐号希夷先生，仍赐紫衣一袭，留抟阙下，令有司增葺所止云台观……[5]

由此可知，陈抟的一生经历唐、五代至北宋。这个时期，正是中国历史上最为动荡的时代。如同欧阳修所说："于此之时天下大乱，中国之祸，篡弑相寻。""五十三年之间，易五姓十三君，而国亡被弑者八。长者不过十余岁，甚者三四岁而亡。""出现了'置君犹易吏，变国昔传舍'的混乱情况。"[6]而在这种背景下，陈抟不仅可以享如此高寿，而且还能潜心著书立说，甚至于影响庙堂，这不得不说是陈抟的一种大波若、大智慧。《齐东野语》载："钱若水为举子时，见陈希夷于华山。希夷曰：'明日当再来。'若水如期往，见一老僧与希夷拥地炉坐。僧熟视若水久之不语，以火箸画灰，作'做不得'三字。徐曰：'急流勇退人也。'若水辞去。后为枢密副使，年才四十致仕。老僧者，麻衣道者也。"（《邵氏闻见录》）[7]《太华希夷志》等众多典籍也记载了类似同样之事。[8]由此可见，陈抟可能涉及了政治。据《书墁录》记载：宋太祖（赵匡胤）"杯酒释兵权"之策出自陈抟。[9]四川省文史研究馆游时敏先生在《陈抟生平小考》一文中指出：陈抟"对宋初的政治也发生过作用，曾参与赵匡胤拨乱反正的密谋。"[10]从某种角度来看，武将出生的赵匡胤，驾驭帝国的思想，不仅仅来自像赵普居庙堂之高的宰相，很可能也源于处江湖之远，似陈抟那般隐逸的“宰相”。所以，关于赵匡胤和陈抟的传说，更是不胜枚举。但真正起到对后世有影响作用的，还是他留下的各类著述。

元朝廷史官虞集，奉诏前往华山张超谷（地名），拜希夷画像后所写的《题陈希夷先生画像赞》，最后两句：“图书之传，百世之师。”这是对陈抟学术的高度概括。[11]陈抟主要贡献在理学、易学、养生学，并为宋元道教内丹派的形成奠定了基础。

蒙文通说：“图南不徒为高隐，而实博学多能；不徒为书生，而固有雄武之略。真人中之龙耶！方其高卧三峰，而两宋之道德文章，已系于一身。”[12]周敦颐、朱熹、王阳明，甚至到清代的毛奇龄，他们文章中，很多思想都来源于陈抟。在道教中，他的内丹术，主要是通过刘海蟾往下传的。刘海蟾门下弟子较多，其中以张伯端最为著名。[13]金代全真教的创立者王重阳，他在《了了歌》中称：“汉正阳兮为的祖，唐纯阳兮做师父，燕国海蟾兮是叔主，终南重阳兮弟子……”王重阳并先后收了马钰、谭处端、丘处机、王处一、郝大通、刘处玄、孙不二等七个弟子，后称“全真七子”，全真教在山东发展迅速。[14]武当山道教的兴盛，与明代高道张三丰有很大关系，而张三丰的道法，出自钟吕内丹派，尤与陈抟一系最为接近。[15]陈抟又在民间命相学、气功学等方面，具有十分重要的地位。但是陈抟传奇而又神秘的真容，还远不仅于此。在一些领域里，陈抟对于后世，有着开山之祖的影响，故后人尊称他为“陈抟老祖”。今安徽亳州有陈抟庙可奉香火。

平摹本探究

陈抟老祖，这位在中国历史上，有着特殊分量的历史人物，其真容究竟若何。我们从现存的平摹本中，看到的老者画像，是否为陈抟老祖真实相貌呢？这就需要从平摹本的基本信息中来分析。

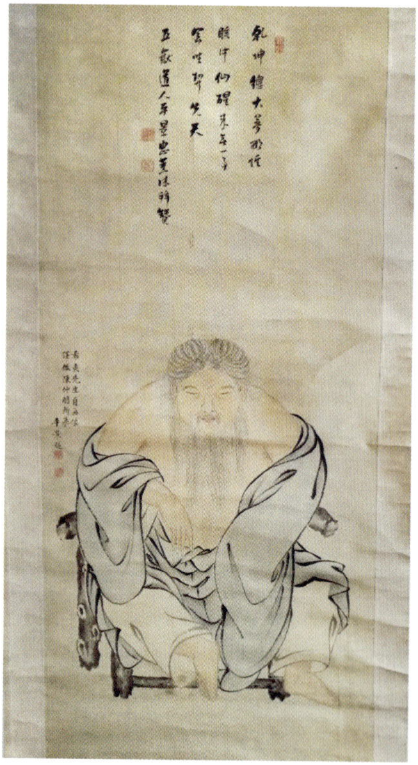

希夷-1

1. 平摹本的基本信息

缣素，设色立轴，纵 104 厘米，横 39 厘米。画中心画一髻鬟长须老者，端坐于古榻椅之上。视之虚和，观之妍雅。非襢裼而宽衣斜落于背，敞胸。双手自然垂于腹间，左手苫蔽在衣襟之内，右手半掩于袖圈之外。赤足至地，右足趾尖微翘而如拂接地。两颊丰润，作半睡半醒熙皞之态，堪与南阳宗少文风流不远也（如图）。画像左，有二行七字楷书：“希夷先生自画像，谨仿陈仲醇所摹。”左下有平景超三字款(称之为“平摹本”)及作者白文印记两方。正上方有平景忠五言诗赞一首,印三方。立轴包首处有“□□七号、希夷先生像”行书二行,又“希夷先生像”楷书一行。

希夷-2

2. 平摹本可信度分析

按平景超所记“希夷先生自画像,谨仿陈仲醇所摹。”

陈仲醇即陈继儒。

陈继儒(1558—1639),字仲醇,号眉公,松江华亭人,与董其昌齐名,王世贞亦雅重继儒。内阁首辅王锡爵(王奉常祖父)招眉公与其子王辰玉读书支硎山。

明代“四大家”本有沈周、文徵明、董其昌、陈继儒之说,一说沈、文、董、陈为“吴派四大家”,而沈、文、唐、仇原只被称为“吴门四家”。

唐、仇成就固然不低，其影响却远逊于董其昌，董其昌在当时和后世左右了山水画坛的主流发展，陈继儒是董的朋友和同道，其成就并不在董其昌之下，有些成就甚至在董其昌之上。[16]陈继儒与董其昌共同倡导的“南北宗论”思想理论，一直深深影响了中国画坛四百年，在明代的鉴赏家中亦属佼佼者。历来凡经董、陈鉴定或题跋的古代书画，身价必然倍增。

那么，平摹本的母本是不是出自陈仲醇所摹，即是否母本真实存在过，这是考证平摹本的关键。陈继儒的著述众多，且多随记，笔者就手边《陈眉公全集》开始查找。值得欣慰的是，《全集》上下册里，各记载了一段与平摹本相关的文字信息。其文如下：

《陈眉公全集》题跋类：偶题三

余尝谓棋能避世，睡能忘世，然棋类耦耕之沮溺，缺一不可。睡同御风之列子，独往独来，善哉希夷，独得其解，吾老睡乡矣。[17]

《陈眉公全集》杂书类：书参睡

余尝谓棋能避世，睡能忘世，然棋类耦耕之沮溺，缺一不可。睡同御风之列子，独往独来，善哉希夷，深得其解矣。余又尝参见在心不可得，过去心不可得，未来心不可得。试勘将睡未睡时，三者心却在何处。若云在醒，不应合眼；若云在梦，不应开眼；若云非梦非醒，不应一心半分为醒，半分为梦。吾家希夷尝自称真睡先生，恨不以此问之。[18]

此二段文字阙一不可，且门类记录明晰。

第一则为：陈仲醇将自己所作文字内容，题记在希夷作品之上的跋文。

第二则为：观赏希夷画像时，陈仲醇记录的感悟和心得。

值得注意的是“吾家（不排除同宗之意）希夷”，说明有一幅半梦半醒的希夷画像在陈府，并且已经纳入了收藏。至于那件希夷作品中的历代题记、收藏及尺幅等信息，明代人多不记录。所以美中不足，往往使人流连忘返。由此推断，平景超的母本出自陈仲醇，是比较可信的。但平景超是何人，由于受资料所限，没有查到。

“平”姓在百家姓里，排位靠后，人口不多。根据平景忠诗赞，落款为“五岳道人”分析，有可能他们是一对奉道兄弟，或者山野隐士，又或者专业画师，也可能是朝鲜人（大收藏家安岐就是朝鲜族人），甚至不排除日本人（日本人喜用中国人姓）。平氏何许人，其实并不重要，这就同《红楼梦》八十回后的文字信息如果保留下来，只要出处可靠，没有人会介意，承抄者是街头抄字先生，还是府院书办，是一样的道理。

3. 平摹本的真实度分析

自画像用现代话来说，就是自拍。那时没有照相机，想要留下容貌，大都请专业画师。有绘事能力的人，才作自画像。因为这可以更贴近本人内心，画出别人无法看到的物象或东西。但是，五代时期有无开自画像的先河；自画像中，有无不符合五代时代特征的细节，也是决定平摹本真实性的重要因素。

清代画家金农曾为自己作过自画像，并专门做了考记，其曰："古来写真，在晋则有顾恺之为裴楷图貌，南齐谢赫为濮肃传神……惟《云笈七签》所载'唐大中年间道士吴某引镜濡毫，自写其貌'。"[19] 其实，最早作自画像的画家当为东汉时期的赵岐。据《后汉书》所记：赵岐"先自为寿藏，图季札、子产、晏婴、叔向四像居宾位，又自画其像居主位，皆为赞颂。"[20] 据考，宋徽宗的《听琴图》也是画的他本人自画像。

李畋序《益州名画录》有云："益州多名画，富视他郡，谓唐二帝播越及诸侯作镇之秋，是时画艺之杰者，游从而来，故其标格模楷，无处不有。"[21]

与陈抟既是同时期又是同乡的黄筌，他被后人称为"黄家富贵"。其画笔之精细程度令人为之瞠目结舌，用笔常以婆娑体仪、羽秀而详来形容。由此可见，五代画作写实度是非常高的。

唐代以阎氏为首的人物画家，将六朝以来人物画发挥到了登峰造极的境地。顾恺之所用的那种春蚕吐丝的铁线描法，大体上到了二阎时已稍有变化，人物线条已略分粗细，似由传统的那种粗细均匀的铁线描法，向吴道子所创的兰叶描过程中转变。至五代之初，人物画描法更为细腻，此时不仅将“二法”继承下来，而且广为开枝散叶，逐渐形成了那种独特的过渡时期画笔。

六百年前曹昭在《格古要论·辨古名画》中云：“佛道有福聚端严之像，人物有顾盼语言之意，衣纹、树石用笔类书；衣纹大而调畅，细而劲健，有卷折飘举之势；树分老嫩，屈节皴皮……”[22]

再细审平摹本，髻鬓长须之笔，已经使人舌桥不下，惊叹不已。甚至连腋下也是发秀而详，这绝不可能是陈仲醇和平景超后添之笔，亦不可能出自画师之笔（腋下之笔，画师常不为之），应该是传自希夷亲手之笔意。面容作似睡非睡之状，有咫尺千寻之态。非深得“易、理”真髓者而不能为之。其座榻槎枒之形，鳞皴之状，皆同古趣。榻椅画笔，亦似于中国台北故宫藏《阎立本萧翼赚兰亭图卷》的榻椅画理之源。

陈仲醇和平景超作为传承者，已经完成了他们的使命。将一千余年前陈抟老祖的真实容貌，分为二个阶段保留了下来，给我们今天提供了一份宝贵的参考材料。平摹本应该是一件，最为接近陈抟老祖真容的生活写实画；同样也是目前已知陈抟老祖唯一存世的真实容貌资料。

注释：

[1]《太华希夷志》太华希夷志卷上帝八，上海涵芬楼影印，民国十二年十月。
[2] 脱脱等撰：《宋史》卷四百五十七，中华书局，2004年版，第13421页。
[3] 汪毅、周维祥编：《高道陈抟》，四川大学出版社，1993年版，第13页、第14页。
[4] 汪毅、周维祥编：《高道陈抟》，四川大学出版社，1993年版，第2页。
[5]（元）脱脱等撰：《宋史》卷四百五十七，中华书局，2004年版，第13420页。
[6] 汪毅、周维祥编：《高道陈抟》，四川大学出版社，1993年版，第46页。
[7] 中国台湾文渊阁：《钦定四库全书・子部》，《齐东野语》卷五，第865册，第686页。
[8]《太华希夷志》太华希夷志卷下帝九，上海涵芬楼影印，民国十二年十月。
[9] 汪毅、周维祥编：《高道陈抟》，四川大学出版社，1993年版，第29页。
[10] 汪毅、周维祥编：《高道陈抟》，四川大学出版社，1993年版，第25页。
[11] 汪毅、周维祥编：《高道陈抟》，四川大学出版社，1993年版，第1页。
[12] 汪毅、周维祥编：《高道陈抟》之第一编《故里考订》，四川大学出版社，1993年版。
[13] 胡晓：《陈抟》，陕西师范大学出版总社，2017年版，第127页。
[14] 胡晓：《陈抟》，陕西师范大学出版总社，2017年版，第133页。
[15] 胡晓：《陈抟》，陕西师范大学出版总社，2017年版，第139页。
[16] 陈传席：《中国山水画史》，江苏美术出版社，1988年版，第694页、第695页。
[17] 陈继儒：《陈眉公全集》下册，上海中央书店，第193页。
[18] 陈继儒：《陈眉公全集》上册，上海中央书店，第10页。
[19][20] 叶康宁：《疏髯高颡全天真：金农的自画像》，《中国书画》，2015年第2期，第120页、121页。
[21] 陈传席：《中国山水画史》，江苏美术出版社，1988年版，第121页。
[22] 曹昭：《格古要论》卷上，中华书局，2012年版，第23页。

双碑记

红枫林间，黄叶丛中，一抹退却的绿在晨曦中渐黄，衬得眼前红比绿肥，绿比黄瘦，如同颜料倾覆于天地间，又或落入了“可染”先生的笔墨里。

2003年，一个深秋雨后的清晨，我驾车离开了正在修缮的高速公路，驶入了这条乡间小路，深深地被这强烈的视觉冲击所吸引。空气中缭绕着湿湿的寒意，却不似北方的那种冷。我心中暗自揣度，莫不是离惠山古镇不远了？就这样且停且行，约四十分钟后，不知不觉地进入了惠山祠堂。

让我惊讶的是，这里竟然有乐圃祠堂。我的记忆中，乐圃坊、乐圃碑都在苏州。而此乐圃祠堂因老旧并未开放，遗憾之余使得我久久不能忘怀，时常萦绕于脑海中，总是想把沉淀于历史中的往事串联起来，将片碎的考证信息组成较为完整的叙述。于是，将曾考得一二小证另汇成篇，也算是为乐圃先生奉上的一份小记，以聊表私淑之礼。

《叶德辉文集》之《宋石刻米芾书朱乐圃先生墓表跋》记："米书《乐圃先生墓表》，自来金石书目皆不著录，以其石在朱氏祖茔，非其子孙不得见也。此本为先生裔孙梁任手拓贻余者，石虽断泐，字字犹可辨识。先是，苏城乐圃书院刻有肥瘦两本，嵌于院壁，瘦者笔迹与此同，后有乾隆中沈文悫公德潜跋，肥者首摹天籁阁长方印记，盖前明时项子京元汴家中物，别是一本，或者疑其赝迹。……其卷前后有项氏各藏印，或者即肥本所自出，而肥本为俗手刻时失其步法，转有墨猪之讥。"[1]

据此可知，乐圃书院在苏城。乐圃墓表，以其石在朱氏祖茔，书院内嵌有肥瘦两块《乐圃先生墓表》的石碑。瘦者笔迹，与朱氏祖茔之《乐圃先生墓表》相同。肥本出天籁阁，乃项子京家中物，叶氏以"肥本为俗手刻时失其步法，转有墨猪之讥"而称之。

我也游览过不少名胜古迹，但从未见过一处会同时立有两块内容一模一样的石碑文，且是出自同一书家之手而又字迹不同的奇怪现象。一般学者定然认为其中必有一赝，就连叶德辉本人也认为出自天籁阁肥本"别是一本，或者疑其赝迹"。乐圃书院允许两块刻碑同时存于一处，其间必有蹊跷。虽然叶德辉也做了一些考证，但于文中却没有给出答案。

北宋一代文豪朱长文

一、生平概述

朱长文(1039—1098),号潜溪隐夫,字伯原,苏州吴县(今属江苏苏州)人。年未冠,举进士乙科,以病足不肯试吏,筑室乐圃坊,著书阅古,吴人化其贤。长吏至,莫不先造请,谋政所急,士大夫过者以不到乐圃为耻,名动京师,公卿荐以自代者众。元祐中,起教授于乡,召为太学博士,迁秘书省正字。元符元年二月十七日卒,哲宗知其清,赙绢百。

有文三百卷,六经皆为辩说。又著《琴史》而序其略曰:“方朝廷成太平之功,制礼作乐,以比隆商、周,则是书也,岂虚文哉!此先生志也。”[2]朱长文高祖朱滋为越州剡县人,其曾祖父朱琼曾仕于吴越钱氏政权,其祖父朱亿将家自明州(今浙江宁波)迁徙至苏州。朱亿在宋太宗朝曾任内殿崇班合门至祗候,知邕州,累增刑部尚书。朱长文的父亲朱公绰,早年在应天府从学于范仲淹。天圣八年(1030)中进士。景祐四年(1037)为盐官令,嗣后曾任四川彭州通判,郓州(今山东东平)知广济(今山东定陶)军,熙宁后期知舒州(今安徽潜山),官至光禄大夫,故称“光禄公”。

朱长文字伯原,号乐圃,生于宝元二年(1039),母周夫人梦神送锦衾而生，故尔生子能文毕矣。据载，朱长文十岁能属辞文，广闻而博识，深得光禄公器重。稍长，从“泰山孙复授经于太学，无所不知，尤邃于《春秋》”。朱长文于嘉祐元年（1056）举进士，赴试于礼部，嘉祐二年（1057）登进士乙科。既冠后授秘书省校书郎，守许州司户参军，后因坠马伤足而不肯从吏。［日］见城光威（日本东京学芸大学）发表于《中国史研究动态》2009 年第 8 期——《2007 年日本的五代宋元史研究》一文中认为，朱长文政见与当时朝廷不一而借口坠马伤足不肯从吏。回家乡吴郡著述讲学，安贫乐道的原因是不认同王安石的新法。[3]朱长文在其所撰《乐圃记》云：“苟不用于世，则或渔或筑、或农或圃。劳乃形、逸乃心，友沮溺、肩绮季，追严郑、蹑陶白，穷通虽殊，其乐一也。故不以轩冕肆其欲，不以山林丧其节。孔子曰‘乐天知命，故不忧’，又称‘颜子在陋巷不改其乐，可谓至德也已。’余尝以‘乐’名圃，其谓是乎！”[4]当时太守章伯望遂将其名之为“乐圃坊”。所居园宅花繁树茂，幽雅怡人，往来宾客到此乐而忘忧，乡人尊称朱长文为“乐圃先生”。

“乐圃坊”面积为三十余亩，是朱长文祖母吴夫人所购置，朱长文亲自为之修缮，作为其父的“归老之地”以尽孝恪。不料，尚未结守，亲年已故，朱长文恪尽孝道，从河南一路护送灵柩至故乡苏州安葬，从此定居苏州。

扩充后的乐圃坊有鹤室、蒙斋、琴台、咏斋、墨池、笔溪。西圃有草堂，草堂之后有华严庵，草堂西南有松桧、梧柏、黄杨、冬青、椅桐、柽柳之类，其花卉则春繁秋孤，冬晔夏蒨，珍藤幽花，高下相映。在这雅趣胜收的“乐圃坊”中，朱长文潜心研著长达二十年（详见《乐圃记》）。

虽然朱长文自诩，隐于乐圃，是由于未冠及第的经历，又有特殊的家庭背景，并且长期与范氏家族、林氏家族、方惟深、杨懿儒等吴郡之外的士大夫保持着良好关系。当是时“使东南者以不荐先生为耻，游吴郡者以不见先生为恨”。[5]可见朱长文在当时的影响力之大，故尔有“名动京师”之称，而其居住的乐圃，亦随之成为文人骚客聚集的场所。《乐圃馀稿》中所记载的他与当时名士公卿及释道隐士的活动场景，个中大有范文正公《岳阳楼记》之感。

元祐元年（1086）六月，苏轼、邓伯温、胡宗愈、孙觉等人同札举荐朱长文为苏州州学教授，称他：“不以势利动其心，不以穷约易其介；安贫乐道，阖门著书。孝友之诚风动闾里，廉高之行著于东南。”[6]在苏轼等人力荐之下，五十多岁的朱长文于元祐二年（1087）出任苏州府学教授。教授为宋代的学官名，以传授学业为其职责。对于朱长文这样一位传授《春秋》、《洪范》、《中庸》的学者居官三年来，“学者众，诵讲课程，孜孜所职”。

元祐九年（1094），朱长文被起用为太学博士，至国子监教授《春秋》。绍圣年间（1094—1098）又被授予宣教郎，除秘书省正安字兼枢密院编修文字等职。元符元年(1098)二月十七日,朱长文卒于东京,享年六十,识与不识者皆叹之。

宋哲宗知其清,特诏以宣德郎正字朱长文卒,赐其家绢百匹。“丧归,吴人迎于境上,行路为之流涕。”[7]宋代名士张景修为其作墓志铭[8],米芾为其作《乐圃先生墓表》。[9]

二、理论著述

米芾在《乐圃先生墓表》中写道:“著书三百卷,六经有辩说,乐圃有集,琴台有志,吴郡(图经)有续记,又著《琴史》。”[10]

张景修在《朱长文墓志铭》中称:“著书三百卷,六经皆有辩说,乐圃有集,琴台有志,吴郡图经有续记,作诗雅驯得古风,及类古今章句为《吴门总集》以备史官采录。”[11]

根据明王鏊《姑苏志》和民国二十二年曹允元《吴县志》记述,朱长文的著述主要有《书赞》、《诗说》、《易解》、《礼记中庸解》、《琴台志》、《琴史》六卷、《吴郡图经续记》五卷、《春秋通志》二十卷、《吴门总集》二十卷、《乐圃文集》一百卷。集周穆王以来金石遗文名人笔记所作《墨池编》、《阅古编》藏于家,朱长文去世后不久,便因兵燹而遗失过半。其侄孙朱正长在《琴史后序》中说,“文集且成百卷,中罹兵戈遗失过半。幸存下来有《吴郡图经》、《琴史》、《墨池编》等数种流传于世”。朱长文二十二世孙朱岳寿也谈到“二十二世祖乐圃先生,平生所著诗文百卷，兵燹之后，尽为灰烬，其传于世者仅有《吴郡图经》、《琴史》、《墨池编》数种而已”。《墨池编》为朱长文编完之后藏于家中，得以保存，其后因各种原因辗转传抄，出现了朱之励所讲的情况，既有家藏本，也有传抄本，当然传抄本的舛误较多。根据徐利明先生在《续书断》一书中分析：《墨池编》“此书自近代以来，并未发现有新刻版本。现存最早的版本，当是明隆庆中四明薛晨刊本。除四库本外，大约都是依此本进行增修。四库本仅六卷，疑是后人对原书做了合卷。”[12]朱长文先生的著作，现存书目如下：

1.《琴史》书成于元丰七年（1084）左右，朱长文隐居乐圃期间所作，并于南宋绍定六年（1233）由侄孙朱正大付梓，传印后世。米芾在《乐圃先生墓表》中载：“吴郡有续记，又著琴史。”[13]《琴史》凡六卷，以《四库全书》计，卷一至卷五，共记载一百五十八人，附见十一人。列举其事迹，以琴、人为中心的叙史方式，构成了《琴史》的基本面貌。第六卷从《莹律》、《释弦》、《明度》、《拟象》、《论音》、《审调》、《声歌》、《广制》、《尽美》、《志言》、《叙史》十一个方面，涉及琴制、弦徽，各部分名称，琴调、琴歌等多个琴学领域，在对历代琴人和琴事汇总的基础上，进而对琴学进行系统的论述，反映了朱长文对于琴学的认知。纪昀在《钦定四库全书总目》中评价该书：“凡操弄沿起，制度损益，无不咸具。采摭详博，文词雅赡，视所作《墨池编》更为胜之。”[14]

2.《乐圃馀稿》共十卷。朱长文侄孙朱思，将经过兵燹和一系列动荡之后，遗留下来的朱长文生平所作诗文、书信、题跋等，收集、整理编辑成书，名为《乐圃馀稿》，入清后收入《四库全书》，附录有张景修撰写的《墓志铭》、米芾撰写的《墓表》，苏轼等人举荐朱长文的《劄子》和《宋史·文苑传》中的朱长文传；补遗则有《太守召陪诸公游虎丘》、《三高赞》、《乐圃馀稿跋》等内容。[15]

3.《墨池编》是辑录历代书法论文的汇集，共二十卷。此书分为"字学、笔法、杂议、品藻、赞述、宝藏、碑刻、器用等八门"。每门又各分次第，凡字学一、笔法二、杂议三、品藻五、赞述三、宝藏三、碑刻四、器用二。其中"品藻"类《续书断》为自撰，第十七至二十卷碑刻"器用"亦为自撰。论书法之书有分类从此编始，前代遗文往往藉此得以考见。每卷卷末或篇末均有朱长文按语，鉴核得失，表明己见。《续书断》是继唐张怀瓘《书断》之后，仿其体例，将唐宋时期的书家，按神、妙、能三品，一一加以评论，以续《书断》。着重收藏的品位，书中共列神品三人、妙品十六人、能品六十六人（附下九人），各系以小传并加评论。对本朝的帝王，他仅作了叙述，不列品位，以示"尊上"之意。对同时健在的书家如米芾、苏轼、王安石、韩琦、文彦博等十余人，也不列品级，采取了回避的态度，寄希望于后世评论。

4.《吴郡图经续记》，此书是《吴郡图经》的续书，成书于元丰七年（1084），是应地方官邀请而写的。因官员调任等事由，成书后未能刊行，直到元符改元（1098）朱长文卒后一年，苏州祝通判得稿于朱长文子粗处，由公库镂版刊印，即是元符三年(1100)的“公使库本”。不久因兵燹版籍散之，至南宋绍兴四年(1134)苏州孙佑得到库本，补葺校勘后复刊。绍兴四年“公使库本”也就是如今传世的宋本。此书在民间数百年秘藏流传，大凡未离吴地，世人难以窥见。直到民国十三年乌程蒋汝藻“乐地盦”影印问世，才得以见到宋本的真面目。朱长文在原序中称：“凡图经已备者不录，素所未知则阙如也，会晏公罢郡乃藏于家。今太守……”[16]书分上、中、下三卷，上卷分“封域、城邑、户口、坊市、物产、风俗、门名、学校、州宅、南园、仓务、海道、亭馆、牧守、人物十五门”，中卷分“桥梁、祠庙、宫、观、寺院、山水”六门，下卷分“治水、往迹、园第、冢墓、碑碣、事志、杂录”七门。[17]该书从“封域”始、至“杂录”止，共计二十八门，古往今来而脉络分明，内容博洽而富有近事，如“山水”、“治水”等篇，结合苏州地方多水患的特殊情况，详征博引，且进行考辨，又详细记录了当世人的治水业绩，令人折服。故《四库全书总目提要》称其征引博而叙述简，文章尔雅犹有古人风。正因为该书具备了作为地方志书的良好范例和基础，所以它对苏州后世地方志的编写有着相当重要的影响。

三、思想影响

1. 品位论

董香光云：“米元章评纸，如陆羽品泉，各极其致。”[18]乐圃品书亦如此耳。

朱长文在《续书断书品论》中对神、妙、能的界定:“杰立特出,可谓之神;运用精美,可谓之妙;离俗不谬,可谓之能。”[19]可解读为:杰卓而突出称之神,运笔调墨精美谓之妙,脱俗而不误呼之能。米芾于《画史》曾说:“余家晋唐古帖千轴,盖散一百轴矣。今惟绝精只有十轴在,有奇书亦续续去矣。晋画必可保。盖缘数晋物命所居为宝晋斋,身到则挂之,当世不复有矣。”[20]可见东西不在多少,而在其格调是否至精入品。

由此可以看出,朱长文的一些思想和米芾奉行之收藏理念,有些是不谋而合的。收藏品位和名迹的定位,往往是基于自身文化内涵而感受到的东西。关于收藏理念及品位,我也在2008年至2016年每二年一次的历届“世界华人收藏家大会”主办编刊文章中有所述及。

朱长文数举古贤各家的作品进行分析,每一家每一件作品神在哪里,妙在何处,何谓之能,客观系统地作理论研究,进而细化到出现同一人、不同字体的墨迹,亦跨越数品之间的现象。如评柳公权“正书及行,皆妙品之最,草不失能”;徐峤“正书入妙,行书入能”。这样的评定结果,绝不仅限于朱长文的个人观点,而是当时士大夫阶层的一个共识。故而“使东南者以不荐先生为耻,游吴郡者以不见先生为恨”。[21]所以这些观点,实际上是和北宋士大夫之间共同交流的结果。据米芾《朱长文墓表》:“余昔居郡与先生游,知先生者也。”[22]可查米芾在苏州的四次行踪,其中元祐三年(1088)在苏州居留长达半年之久,米芾时年三十八岁。其时朱长文的著作大都业已完成,理论思想已经成熟,米芾或多或少会感受到这些思想的影响。如米芾提到颜真卿书法中“有篆籀气,应与朱长文评颜真卿书法得‘篆籀之义理’相通”。故曹宝麟先生说:“将颜楷提高到篆隶的层面上来认识,宋人凡持这一观点,朱长文恐为第一人,米芾说《争座位帖》有‘篆籀气’显然已落后乘。”[23]

2. 书道论

书即指书法,朱长文在《墨池编》品藻类中《续书断》记有:“当彼之时,士以不工书为耻,师授家习,能者益众,形于简牍,耀于金石,后人虽相去千百龄,得而阅之,如揖其眉宇也。”[24]

朱长文强调书法是立身之本,认为书法高妙的文章会被人珍藏。如果是篇好文章,但是书法粗劣,也会被人看过之后随意废弃。

朱长文十岁能属辞,读书辄竟夕,从泰山孙复授经于太学,无所不知。正如他自己回忆的“自幼好古读书为乐,生十年既代先人笔札,十五能代书启”。正因为朱长文自幼树立了书法理论观,所以在他的一生中,始终保持着对书法优劣评定的独特标准,而这种标准更是北宋士大夫层面的共识。

朱长文有着振兴北宋书坛的强烈愿望,他看到一些人不先从楷开始的学习方式，很为之担心。乐圃所下定义为“离俗不谬，可谓之能”，“不谬”，即“正”也，徐利明先生在谈到此处时认为：能入品的书法最基本的一点是“能”做到“楷正”，只有如此才可以谈其他。对“正”与“源本”的追求，是朱长文所持观点的根本，即正本清源，先始根基之笔，后有羽化之妙。

道乃德为基，是修与养也。朱长文在评价蔡襄书法时，讲到蔡襄能够自重其书，即使是皇帝敕书，蔡襄也能做到“辞不肯书”。朱长文对蔡襄不被书法役使，保持儒者高洁品行大加赞赏。认为古今能自重其书的人，只有王献之和蔡襄。朱长文在褒扬蔡襄的同时，也表明了自己对书法的态度。作为儒者，不应因功利的驱使，而被书法所奴役。主张“学书为乐”的心态，来对待书法，以保持儒家高尚的节操，这可能对当时依附于蔡京的米芾来说，是有一定心理压力的。事实上，北宋士大夫几乎都持有这样的观点，所以米芾一生在很大程度上，受到了来自“道”的挟制。只不过米芾在这种矛盾中，巧妙地施展了他特有的“人生艺术”来左右逢源，一直生活在“进退”之间。时至今日北宋四大家，蔡襄的地位已经慢慢得以明确。《书法研究》1982年第4期，刊出的林岑、林垚森所写《蔡襄书法名次考辨》已作了非常详细的研究讨论，此处不再尽提。元末施耐庵《水浒传》于第三十九回中，有“吴学究道：如今天下盛行四家字体，苏东坡、黄庭坚、米元章、蔡京”。但现今该《考辨》中的“蔡”已经明确为蔡襄，这一点在很大程度上说明了朱长文的远见。而受到朱长文思想影响的米芾，对自己的状况是十分清楚的。他一方面依附于老友蔡京，另一方面又斡旋于士大夫之间，巧妙地运用“人生艺术”，适时地展现了大儒之节，在进退中前行，自成一家，始终牢牢地居于北宋四大家之列。

乐圃坊考

关于“乐圃坊”的相关记载节选如下：

1. 朱长文《吴郡图经续记》载：“先光禄园，在凤皇乡集祥里，高冈清池，乔松寿桧，粗有胜致。而长文栖隐于此，号曰‘乐圃’。”[25]

注：“凤凰乡集祥里管图七(北真一至四、北元三、北利一二)”。[26]

2. 范成大《吴郡志》载：“乐圃坊(三太尉桥北)”。[27]

3.《石林避暑录》载：“光禄所居，有园池，号‘乐圃’，名‘乐圃坊’。临水亭馆，以待宾客舟航者，亦或因其人相近，为名‘褒德亭’，以‘德’寿富氏也，‘旌隐亭’以‘灵芝’蒋氏也，此风惟吴邦见之。”[28]

4. 范成大《吴郡志》卷十四载：“乐圃朱长文伯原所居，在雍熙寺之西，号‘乐圃坊’。圃中有高冈清池，乔松寿桧，此地钱氏时号‘金谷’，朱父光禄始得之，伯原营以为圃，名德所寓邦人珍之，因号其巷曰‘乐圃坊’。朱自有记。”(《乐圃记》：“大丈夫用于世，则尧吾君，虞吾民，其膏泽流乎天下，及乎后裔，与夔契并其名，与周召偶其功，苟不用于世，则或渔或筑、或农或圃。劳乃形、逸乃心，友沮溺、肩绮季，追严郑、蹑陶白，穷通虽殊，其乐一也。故不以轩冕肆其欲，不以山林丧其节。孔子曰‘乐天知命，故不忧’，又称‘颜子在陋巷不改其乐，可谓至德也已’。余尝以‘乐’名圃，其谓是乎！始钱氏时，广陵王元璙者实守姑苏，好治林圃，其属徇其所好，各因隙地而营之，为台为沼。今城中遗址，颇有存者，吾圃亦其一也。钱氏去国，圃为民居，更数姓矣！庆历中，余家祖母吴夫人始构得之，先大父与叔父或游焉，或学焉，每良辰美景，则奉板舆以观于此。厥后稍广西壖以益其地，凡广轮逾三十亩，予尝请营之，以为先大父归老之地。熙宁之末，新筑外垣，尽覆之瓦，方将结宇，而亲年不待。既孤而归，于是遂卜居焉！月茸岁增，今更数载，虽敝屋无华，荒庭不甃，而景趣质野，若在岩谷，此可尚也。圃中有堂三楹，堂侧有庑，所以宅亲党也。堂之南，又为堂三楹，命之曰‘邃经’，所以讲论‘六艺’也。邃经之东，又有米廪，所以容岁储也。有鹤室，所以畜鹤也。有蒙斋，所以教童蒙也。邃经之西北隅有高冈，命之曰‘见山冈’，上有琴台。琴台之西隅有咏斋，此予尝拊琴赋诗于此，所以名云。‘见山冈’下有池水，入于坤跨，流为门水，由门萦纡曲引至于冈侧。东为溪，薄于巽隅。池中有亭曰‘墨池’，余尝集百氏妙迹于此而展玩也。池岸有亭曰‘笔溪’，其清可以濯笔。溪傍有钓渚，其静可以垂纶也。钓渚与邃经堂相直焉。有三桥，度溪而南出者，谓之‘招隐’。绝池至于墨池亭者，谓之‘幽兴’。循冈北走，度水至于西圃者，谓之‘西硼’。西圃有草堂，草堂之后有华严庵。草堂西南有土而高者，谓之'西丘'，其木则：松桧、梧柏、黄杨、冬青、椅桐、柽柳之类。柯叶相蟠，与风飘扬，高或参云，大或合抱，或直如绳、或曲如接，或蔓如附、或偃如傲，或参如鼎足、或并如钗股，或圆如盖、或深如幄，或如蜕虬卧、或如惊蛇走，名不可以尽记，状不可以殚书也。虽雪霜之所摧压，飙霆之所击撼，槎牙摧折而气象未衰。其花卉则春繁秋孤、冬晔夏倩(蒨)，珍藤幽花、高下相映，兰菊猗猗、蒹葭苍苍，碧藓覆岸、慈筠列砌，药录所收、雅记所名，得之不为不多。桑柘可蚕、麻纻可缉。时果分蹊、嘉蔬满畦，摽梅沈李、剥瓜断壶，以娱宾友、以约亲属，此其所有也。予于此圃，朝则诵羲文之易，孔氏之春秋，索诗书之精微，明礼乐之度数；夕则泛览群史，历观百氏，考古人是非，正前史得失；当其暇也，曳杖逍遥，陟高临深，飞翰不惊，皓鹤前引，揭厉于浅流，踌躇于平皋，种木灌园，寒耕暑耘。虽三事之位、万钟之禄，不足以易吾乐也。然余观群，动无一物非空者，安用拘于此以自赘耶！异日子春之疾瘳，尚平之累遣，将扁舟桴海浮游，山岳莫知其所终极。虽然此圃者，吾先光禄之所遗，吾致力于此者久矣，岂能忘情哉！凡吾众弟，若子若孙，尚克守之，毋颓尔居，毋伐尔林，学于斯，食于斯，是亦足以为乐矣！予岂能独乐哉！昔戴颙寓居、鲁望归隐，遗迹迄今犹存。千载之后，吴人犹当指此相告曰：'此朱氏之故园也。'元丰三年十二月朔，吴郡朱伯原记。")[29]

按：《乐圃记》,《乐圃馀稿》、《姑苏志》等皆有记载，转录者极多

（多出于《乐圃馀稿》），且版本不一，此篇就四库本范成大《吴郡志》而录，仅作参考。

5. 王鏊《姑苏志》载："乐圃在清嘉坊北，朱长文所居，中有高冈清池，乔松寿桧，此地在钱氏为金谷园。其父光禄卿始得之，长文营以为圃，并自作记。乡人尚其名德，知州章岵表为'乐圃坊'。有邃经堂、华严庵、招隐桥、见山冈、琴台、鹤室、墨池、笔溪及西圃草堂，共二十景。方子通、元厚之、程公辟、卢仲辛俱有诗。元末张适号甘白筑室于上，题曰'乐圃林馆'；与高季迪、倪元镇、陈麟、谢恭、姚广孝赓和为十咏。宣德间，杜琼得其东隅地，名为'东原结草'，为亭曰'延绿'。又有木瓜林、芍药阶、梨花埭、红槿籓、马兰波、桃李溪、八仙架、三友轩、古藤格、芹涧桥凡十景，一时名流俱有诗。"（朱伯原记及倪瓒等诸咏不赘）[30]

6. 王鏊《姑苏志》载："乐圃坊"（清嘉坊南，朱长文所居名"乐圃"，知州章岵建坊表之）。[31] 注：按《吴郡志》载"清嘉坊"（朱明寺桥北）。[32]

7. 朱存理《野航诗文稿·附录》之《吴文定家藏集》载："自昔吴多名园，在宋则朱伯原先生乐圃，其名载郡志可考。今吴县北一里废地数十亩，台池窿隆，犹有当时遗意也。葑门朱性父自云'出于先生，遂好求乐圃事迹'。他日得残石焉，题曰'吴中三大老诗，盖太子少保元公绛游乐圃而作，而和之者集贤修撰程公师孟、太子宾客卢公革也。'闲持墨本过余求言,惟先生邃于性命之学,著述浩秫,为时儒师圃之所辟,固将讲学以睦族,求志以俟时者。而一时宾客题咏,亦岂徒为嬉游放浪之言而已。盖余尝读先生之子发与其家人书,叹故庐毁于兵火。而谓圃中所存有朋云斋,斋中有数石刻,皆贤太守部使者,乡邦旧德、宿望耆英之诗,磨涤于墙壁间尚可观。考此石岂其一欤,今考三诗刻于元祐戊辰,至今成化戊戌,适四百年,埋没人家,忽复发露,人不敢以石易之,盖非重石也,重其人也。然则人可以不自反,而力于德耶!"[33]

综上所述,再结合王鏊《姑苏志》之《苏州府城图》,朱长文"乐圃坊"之框界,应该可以清晰地展现于眼前了。

关于乐圃的记述文献有很多,卢熊的《苏州府志》甚至对墓址的不同观点进行了分析,《吴县志》等地方志,也有不少与之相关的内容。尤其北宋以降,墨客骚人之文集中频有乐圃事迹载录,如《六研斋二笔》卷二有倪瓒《乐圃林居图》并一诗呈甘白[34]等,此处不再一一记述。但就乐圃书院这一称谓而言,笔者以往知者甚少,只是通过叶德辉所见到的米芾"肥瘦"二碑,同时存于乐圃书院,这才产生了极大的兴趣,亦由此而撰文,戏称为"双碑记"。而手边又恰有董其昌等跋《米芾书乐圃墓表》的不完全资料,及朱锡梁之八百年墓表拓本,故而使我更坚定地完成此文。我也曾在政协上海市委员会文史资料委员会主编的《海派收藏名家》一书中,就黄公望的二件《九峰雪霁图》

真伪，做过详细考证（真迹现藏北京故宫博物院）。[35]但朱长文是北宋文坛的领军人物，其事迹更是家喻户晓。而我所撰，难免会坠于挂一漏万之境，故不敢存半点臆度之言（乐圃书院是否就是乐圃坊，或另有他址等），所以秉承可靠文献就实而书，不敢擅越雷池分毫，此亦系笔之凝滞，虑之惶恐之处。本意欲随笔小文以自娱（原存资料已有丢失），恐日久而耗竭于念，遂勉力而为之矣！

朱乐圃墓址考

一、山塘街附近说

按照米芾《乐圃先生墓表》所述"六月葬至德乡，从光禄之茔"，也就是说，乐圃墓应在"至德乡"这个地方，即朱长文之父光禄公的家属坟茔之中。这段记述的文字与《宝晋英光集》卷七[36]及张景修为朱乐圃所撰写墓志铭的《乐圃馀稿》附录中所记载"元符元年六月乙酉，葬先生于吴县至德乡南峰山之西，从先茔也"[37]，是完全吻合的。《乐圃馀稿》是朱长文侄孙朱思，将经过兵燹和一系列动荡之后，遗留下来的朱长文生平所作诗文、书信、题跋等，收集、整理编辑而成的书，此中附录有张景修撰写的《朱乐圃先生墓志铭》、米芾撰写的《朱乐圃先生墓表》。由此亦证明，朱长文孙辈是认同这一墓址所在的观点，上述著录也是目前最为权威的记载。由于张景修撰写的《朱乐圃先生墓志铭》一文中，已经记述了朱长文卒后“家徒四壁”[38]的状况，故而基本可以排除朱家再建造疑墓的可能性。

按王鏊《姑苏志》之《苏州府城图》记载，府城西北有至德庙、至德坊等。又按朱长文《吴郡图经续记》自叙，吴郡市坊用名，大都为前贤功绩及讳号等命名，又记载有“至德桥在泰伯庙前以庙名桥也”。由此可知以“至德”命名的市坊、桥、庙等都集中在府城西北的阊门和西仓以东，距吴县西北方约三里起始。根据《吴郡图经续记》描述虎丘山在吴县西北九里，而《姑苏志》记载虎丘山在府城西北七里，如此类似提及地点的信息综合比较后，发现北宋吴县址和明正德元年前吴县址大致为同一块区域。而以“至德”命名的市坊、桥、庙等集中的那块区域，就是今天山塘桥以东约一里起始的那块区域。

	吴郡图经续记（朱长文）	吴郡志（范成大）	姑苏志（王鏊）
至德桥	至德桥在泰伯庙前，以庙名桥也。[39]	至德庙即泰伯庙，东汉……今庙在阊门内，东行半里余，门有大桥号至德桥。[40]	至德庙桥（有至德坊）[41]
至德坊	——	至德坊（泰伯庙前）[42]	至德坊（皋桥西泰伯庙前）[43]
至德庙	至德桥在泰伯庙前，以庙名桥也。[44]	至德庙即泰伯庙，东汉……今庙在阊门内，东行半里余，门有大桥号至德桥。[45]	至德庙祀吴太伯在吴县阊门内[46]

但这些以“至德”命名的地方，并不能代表就是至德乡所在之处，

至德乡领辖的范围究竟有多大，或者说有无独立的至德乡存在，还应该做进一步考证。

据张景修撰写的《朱乐圃先生墓志铭》中记述："元符元年六月乙酉，葬先生于吴县至德乡南峰山之西，从先茔也。"由此可知，下葬之处有山峰，且存"南峰山"等较大山系(非日久人为而可移者)。而山塘桥以东约一里之地附近，自古并无山峦存在(《苏州府境图》可证[47])。故此可以排除，朱乐圃在以"至德"集中命名地(即今山塘桥以东约一里之地附近)下葬的可能性。

再根据《姑苏志》卷十八记载："至德乡昌用里在县西管都二(十一、十二)。"[48]由此可窥知，至德乡在吴县之西。但张景修记载的至德乡南峰山之西，其中的"南峰山"究竟在何处？而《平江府境图》、《洪武苏州府境图》、《正德苏州府境图》中的南峰，都标识为靠近西常州、无锡界边附近，在府城的偏西方向(即以至德集中命名之处，向西延展之地)；而吴县界却始于府城之西南隅，一直北延与西常州交界。那么此"南峰"究竟是否就是"南峰山"，又隶属于何处管辖呢？

二、墓在至德乡南峰山(支硎山)之西

朱长文在其著作《吴郡图经续记》中记有："报恩山一名支硎山，在吴县西南二十五里，昔有报恩寺故以名云。所谓南峰、东峰，皆其山之别峰也。"[49]《吴郡图经续记》是应地方官邀请而写的，而且书中

很大一部分都是关于地理方位的介绍，故其措词应该是严谨又可信的。

范成大在提及天峰院时说到："天峰院在吴县西二十五里，南峰山亦名支硎山。"[50]南宋范成大著述所提及之南峰山，与北宋朱长文所记之支硎山，实为同一座山。而且著作成书时间又间隔最短，两者都准确地记载了距离吴县二十五里，由此可以确定"南峰山"亦名"支硎山"。

米芾书墓表所述"六月葬至德乡，从光禄之茔"。张景修的墓志铭亦记载"元符元年六月乙酉，葬先生于吴县至德乡南峰山之西，从先茔也"。可知支硎山（南峰山）之西是朱氏家族墓地。卢熊于洪武年间所编《苏州府志》卷四十四"冢墓"提到乐圃先生朱长文墓，在支硎山南峰西。王鏊的《姑苏志》卷三十四亦记载了"乐圃先生朱长文墓在支硎山南峰西"。[51]而随后的《姑苏志》以及清代多部《苏州府志》大都沿用此记载。

接下来，支硎山宋代时是否隶属于吴县至德乡，自然就成了朱长文墓址所在的关键。据记载，朱元璋因系道德文章于朱姓，曾对朱长文大为褒奖，令孤等皆效之。新建祠迹以瞻拜也不无可能。据《姑苏志》卷二十六载："西至南浔五十余里，与乌程县分界，开元间，苏州耆民请于刺史，吴县从众割太湖洞庭三乡……平望驿北，吴县界……奉敕厘开，又拨入苏州吴县。洪武元年，拨隶吴江县。"[52]这样州、县间的频繁调拨亦属常态。故而正德元年记载"至德乡昌用里，在县西管都二（十一、十二）”，是泛意层面的信息，且距北宋当时已有四百年，只能作为辅助参考而已。然而，距张景修撰写《朱乐圃先生墓志铭》不久后，宋人周必大在其志中，记载了一则关于至德乡的信息，为确定墓址的归属起到了重要的作用。《周必大志》记载：“和州防御使赵伯骕墓在至德乡观音山。”[53]观音山（徐篘亦有涉及）众所周知就是支硎山，其名沿用至今。又，王鏊《姑苏志》记载：“知潭州陈睦墓在支硎山南峰。”[54]综合以上信息，支硎山宋代时亦隶属于至德乡，而南峰山亦名支硎山。按《平江府境图》、《洪武苏州府境图》、《正德苏州府境图》中的南峰[55]，都标于支硎山的西南，由此支硎山（在南峰东北）与南峰（在支硎山西南）是连脉起伏的同一山系。即支硎山之西南为南峰（南峰山），南峰山之西是为南峰西。张景修所记载之南峰山，就是图标中的南峰（在支硎山西南）。所以朱乐圃墓址应该就在支硎山之南峰（南峰山）西。不过笔者更主张称朱乐圃墓址在至德乡南峰山（支硎山）之西，因为两者毕竟还是存在着一些认知层面上的差别。

三、灵岩山东麓说

明末《灵岩山志》及王镐《灵岩志略》都曾提出乐圃墓在灵岩山东麓。尤其黄习远还是木渎当地人，其可信度应该还是较高的，据此得出“朱光禄墓，在东麓，其子长文附焉，米芾有铭”的观点。

清徐篘于道光十七年所撰《芋香山房文稿》之《记朱长文先生墓

考》中记述:“道光丁酉(1837)春,余与同人游天平、支硎诸峰,道经灵岩,或指其东麓曰:‘此即朱长文先生之墓也。’数载前有马姓者买其地,欲葬之,先生之裔孙纠合宗族光福、阳山、无锡诸派共鸣于官,遂解此议。予闻而裴回者久之,因赋五言一首敬吊先生。明年冬偶得《长邑新洋里朱氏家谱》,亟取而读之,知此谱即创于先生,而吴郡诸朱亦大半为先生所自出也。按先生十五补州庠,选入国学上舍,十九登进士第,二十后授秘书省校书,即转许州司户参军,丁外艰幽居乐圃二十余年。天祐中以苏子瞻诸公交章,荐之起本州教授,历三考召为太学博士,转秘书省正字兼枢密院编修文字。生于庆历元年辛巳,卒于元符元年庚辰可考,俱云葬于至德乡支硎山南峰西龙池,在其父忠穆公之右。然余亲至其地尚存碑碣,其一刻守先贤邑州、舒州及秘书三先生之讳,其一字迹漫漶几不可读,于是乃知灵岩东麓之说,信而有征,不知当时胡以谬悠若斯也。先生为吴中先贤,故谨识之。”[56]

民国十五年,李根源先生在《吴郡西山访古记》(1929年曲石精庐木刻本)卷二记述:“民国十五年三月十四日、二十五日晴……。上午七时,出木渎市,经下沙三官禅院,过高家场,至朱家山,在灵岩山东北麓。访朱乐圃先生祖孙三世墓。(墓后大石盘礴,高广约十丈。)中立墓碣,题曰:‘宋先贤赠刑部尚书知邕州讳亿延年,光禄卿知舒州讳公绰成之,枢密院编修讳长文乐圃墓。’右建碑曰:‘乐圃先生之墓,江淮荆浙等路制置从事米芾表。’(行书高四尺,广二尺,十五行,行三十余字,都三百八十八字,字势飞动控纵,为余所见米书第一。余走遍吴山,元以前碑碣从未一见,况北宋原刻耶! 又为襄阳名迹,尤可宝贵。襄阳表墓之作,此外有无为章吉老一石,见《续金石萃编》。)左建《清理朱氏祖茔碑记》,同治十三年甲戌(1874)十二月,布政使衔署江南苏州布政司按察使应时宝撰并书,(正书,高七尺,载墓地为人盗卖盗葬,朱氏子孙历年涉讼不结,檄知府李铭皖、厉学渊往勘,乃得其详,复亲往周历,判悉如议,并令吴县丞每岁省护以为常。)阴镌《宋先贤乐圃朱公墓图》。"[57]

徐筠除了见到灵岩山东麓的墓地,又亲自到至德乡支硎山南峰西龙池察看,当时其地尚存碑碣。民国十五年(1926),李根源先生在灵岩山东北麓之朱家山,所见大石盘礴,高广约十丈,并光禄公绰及《米芾书乐圃墓表》碑。对米芾书法大加赞赏,称为"为余所见米书第一。"在墓左侧见到了《清理朱氏祖茔碑记》,系同治间苏州布政司按察使应时宝所撰,李根源摘录了主要内容。从碑文可知,朱长文的三代祖坟于同治前经历的那场变故。

1966年"文革"墓地泯没,仅剩《米芾书乐圃墓表》碑,宋刻原石上半截之残石被移出墓地,但在左侧之《清理朱氏祖茔碑记》和镌刻有《墓图》之碑石已泯没,而未见传之。从上述历史记载可知,从明末至道光十七年(1837),以降至民国十五年(1926),乐圃墓及墓表碑等确实存于灵岩山东麓。

正如范成大所说，至德桥毁于建炎兵燹，而后于乾道元年，郡守沈度重建至德桥(《姑苏志》亦载)，乐圃墓又岂能置之度外？朱存理《野航诗文稿·附录》亦有述及乐圃坊已处残垣断壁之境。由此推论，数百年之后，乐圃墓址的状况，确实令人堪忧。

朱姓亦是国姓，朱元璋因系道德文章于朱姓，曾对朱长文大为褒奖。有明一代，将颓废之旧址遗迹搬迁至新地，重建墓园以塑礼仪道德之楷模，这种可能性也是很大的。至于何时由至德乡南峰山(支硎山)之西，迁到灵岩山东麓之朱家山墓地，由于缺乏资料佐证，只能有待日后进一步研究。就目前所掌握的资料来看，乐圃最初下葬地点，在至德乡南峰山(支硎山)之西。这一点应该是毋庸置疑的。

《米芾书乐圃墓表》碑，原石在入清前已断损为上下二截。1966年“文革”时期，朱长文墓地被毁，此碑下半截泯灭。所存之残碑，由当时文物管理部门，从灵岩山东麓搬迁至苏州博物馆收藏。八十年代初，苏州碑刻博物馆在苏州的三元坊(原文庙遗址)成立，此残碑即移转至该馆收藏至今。苏州《沧浪区志》第三卷(文物古迹)第六章《石刻》篇载：“府学文庙碑及碑刻博物馆藏碑，朱乐圃先生墓表，高1米，宽0.88米，米芾行书，北宋元符三年(1100)立。原在灵岩山麓朱长文墓地，左上角已残。”[58]

此残碑为该馆的重宝之一，张晓旭编著《苏州碑刻》一书，详细介绍了苏州碑刻博物馆馆藏的碑石，“《米芾书乐圃墓表》碑，已风化断裂为数块，字体大部分亦漫漶不清。实测残碑高 128 厘米，宽 60 厘米，厚 16 厘米，15 行，能辨认的字只有 100 多个字(原碑有 388 字)，实在可惜。”[59] 据悉苏州碑刻博物馆所藏的此碑，由于风化较为严重，至今封存保藏，未能展出。

笔者有幸得到此残碑“文革”时的拓本影印件，经与朱锡梁拓本字迹核对，为同一之石拓本无疑，亦同于国家图书馆之本(详见后文)。现将董其昌跋《米芾书乐圃墓表》的不完全资料(以下称“董本”)，朱锡梁八百年监拓《朱乐圃墓表碑》拓本，现藏苏州碑刻博物馆《米芾书朱乐圃墓表碑》残碑之“文革”时所拓影印件等等，相关著录资料加以汇总。并就灵岩山残碑进行考证，即此碑是否来自于南峰山之西的北宋原碑，从而来剖析乐圃书院“肥、瘦”双碑，以及论证其刻石原型依据的出处。

朱乐圃墓表考

由于米书《乐圃墓表碑》非其子孙不得见，更不得拓，所以金石书目记载甚少，拓本更为稀少。正如乾隆时顾学海在董本卷的题跋起首所说：“米襄阳书《朱长文乐圃墓表》，世无刻本。”从现存的信息表明，除了叶德辉有一件，石湖草堂有一件之外，中国国家图书馆也藏有一件清拓本《朱乐圃墓表》。上述三件刻本有别于书院本和鲍漱芳本，即清人叶德辉苏城所见双碑及清代鲍漱芳刻版所拓之本（详见后文）。

《米芾书法全集》记载有一件："米芾撰并行书，北宋元符元年（1098）六月葬，江苏省苏州市出土。文十五行，行三十六字。碑横断一道。此本为清拓，整幅一张，（长）149 厘米，宽 70 厘米。缪继珊旧藏并题签，钤'景郑持赠'印。此本今藏国家图书馆。"[60]可见该拓本为苏州潘景郑旧藏，和石湖草堂与叶德辉所藏两本形态相吻，林晨编著《琴史》记述："潘本。潘景郑承弼藏旧钞本。……'琴史'二字……百尺灵岩勤（勒）翠墨（乐圃先生墓在灵岩山麓，余曾访拓墓表，分馈同好）。"[61]

此三件碑拓出自同一块碑石，即灵岩山残碑。接下来要论证此碑是否出于北宋原刻碑，墓地的主要象征性物件（墓表）是否被迁移过了，从而来判断乐圃之墓（至少在象征意义上）是否确实被迁移至灵岩山。由此必须先从墓表的母本，即米芾书《朱乐圃墓表》的真本原迹入手，从而引发出本章开篇叶德辉所疑惑之《双碑记》。

一、历史文献所记载的四件《朱乐圃墓表》的信息

1. 吴其贞《书画记》卷六："米元章《朱乐圃先生墓表》一卷。书在澄心堂纸上。识一十字曰'乐圃先生之墓江淮荆浙等路制置从事米元章表'。通共计字四百十三。书法行楷丰姿蕴藉，字字结构有似

李北海《岳麓寺碑》，绝无平日霸气，庶几得免子路未见孔子时之讽，为老米一生绝妙之书，名著古今。惟惜纸张多漶漫，间有墨色剥落，为俗子复将墨笔描上，深为可恨。前有欧阳玄一图书，后有赵松雪、杨阁老、项墨林图书，后面空纸上合缝处有元僧‘有何不可’一图书。”[62]（此卷以下称“项本卷”）

从这则著录，可见有以下主要特征和信息：

（1）所述米书“项本卷”的落款是“米元章表”。

（2）“项本卷”通共计字为四百十三字。

（3）“项本卷”的书写用纸应为澄心堂纸。

（4）所述该卷纸张漶漫间字迹有墨色剥落，为俗子复描过。

（5）有欧阳玄、赵松雪、杨阁老、项墨林、元僧“有何不可”图书。

观清叶德辉文集《郎园山居文录下卷》之《宋石刻米芾书朱乐圃先生墓表跋》云：“米书《乐圃先生墓表》自来金石书目皆不著录，以其石在朱氏祖茔，非其子孙不得见也。此本为先生裔孙梁任（注：梁任即朱锡梁）手拓贻余者，石虽断泐，字字犹可辨识。先是，苏城乐圃书院刻有肥瘦两本，嵌于院壁，瘦者笔迹与此同，后有乾隆中沈文悫公德潜跋，肥者首摹天籁阁长方印记，盖前明时项子京元汴家中物，别是一本，或者疑其赝迹。犹忆二十年前，莲花厅朱莼卿观察同年藏有此表墨迹手卷，与肥本相近，纸本滑腻，作米黄色（注：吴其贞述此为澄心堂纸），确为宋纸，收藏日久变色，非出伪染。墨色笔锋浓淡处，辨之分明，非廓填勾写之本。其卷前后有项氏各藏印，或者即肥本所自出，而肥本为俗手刻时失其步法，转有墨猪之讥。此卷观察得之善化劳文毅家，流传有绪，惜观察归田日久，不得借校。”[63]

从这则跋语中，可以得到如下重要信息：

(1) 叶德辉曾见到苏城有乐圃书院存在，在此书院内之墙上嵌有“肥瘦”二块米芾书《朱乐圃墓表》碑石（所传之拓称“书院本”）。

(2) 其中一块“瘦”本碑石字迹与朱梁任（锡梁）所赠的墓碑原石拓本相同，并述此墓碑拓片原石中间断开；乐圃书院“瘦”书碑后有乾隆时沈德潜题跋，说明乐圃书院和“瘦”碑在乾隆之前已经存在，而沈氏仅在“瘦”碑作题，而不在项本碑作题，值得细品其中原委。

(3) 另一块“肥”本字迹碑石，前面刻有“天籁阁”长方印，墨迹应出于“项本卷”，叶氏以为是别一本或者疑其为赝迹；此碑“肥”本为俗手所刻，字迹失其步法。转处有墨猪的描述和吴其贞所述“项本卷”乃“俗子墨笔复描”之相吻合。

(4) 叶德辉回忆在写此跋的二十年前，朱莼卿之善化劳文毅家“项本”墨迹手卷，字迹与乐圃书院“肥”本相近，纸本滑腻，米黄色宋纸且不是伪染之品；前后有项氏藏印，应为“肥”本所出之本。

(5) 叶德辉所见纸本细腻作米黄色，确为宋纸；吴其贞《书画记》定为澄心堂纸。此二本，应是同一本，即为项本卷。

（6）叶德辉未及将此“项本卷”与朱梁任所赠墓碑拓本比对。

（7）“项本卷”清末尚在善化（今长沙）劳文毅家中。

2. 顾复著《平生壮观》卷二载《乐圃先生墓表》。

其云：“《乐圃先生墓表》，正书寸余，绝无跳跃气，白宋纸，乌丝阑，每行六字，宋印二方，友古长印，审定真迹方印。”[64]

此为顾复所见之录，仅记述字体正楷、大小寸余。评价仅是五个字“绝无跳跃气”。特征是白宋纸，乌丝阑格，每行六字，收藏印四方。所录既无题跋，亦无评述。从米芾的书写此表的习惯看，似乎不应用乌丝阑格，每行六字带有刻意和匠气，亦并非米书习性。而在刻碑时才需要用定行定格方法，覆在碑文原件上进行“双勾”和“过朱”，并在上过蜡的碑石上复制后镌刻。先曾祖伯渊公在20世纪五十年代，于上博专此教授过《怎样鉴定双勾》之课题，钟银兰老师就此特意还对我谈起过当年如何向曾祖学习之情景。故而稍有从事刻碑拓帖经验的人，不难看出（或疑）此法应出于刻碑时，所用之定行定格的“双勾”。顾复在记述此件作品时仅以数言而记之。众所周知，《平生壮观》是顾复生平所见的过眼录，由此可见顾复所记此件作品的征信力不强（此件作品，未见有其他文献记载）。

3. 都穆著《铁网珊瑚》卷五，《寓意编》载：“《老米朱乐圃墓表》一卷非真迹，是刘以则家物，今在吴江张氏。”[65] 考《铁网珊瑚》卷五《寓意编》，都穆记“常熟刘以则家藏有《小李将军落照图》”[66]，可知刘以则为江苏常熟人。又考刘绪本,号载园(见米书),为刘氏二十八世孙。从刘氏族谱中可查,刘绪本为刘照德孙,而刘照德已是康熙人,故刘绪本应为雍乾时人,都穆在《寓意编》(嘉靖)中提到已归张氏,可见此刘非彼刘也。都穆是当时极富盛名的鉴定家和史学家,他一眼看出这件墓表非真迹,必是见到(假设)上述二卷之一。其中第二卷即《平生壮观》所载的这一件可能性更大,如果见到的是“项卷”(注:此时项墨林尚未收藏)也有可能。都元敬久居至德乡阊门外(乐圃坊附近),作为金石学家的他,对当时苏州名碑早就了然于胸,也一定见过原碑,而且对朱乐圃墓碑字体、结构、落款等都特别熟悉。从他曾在《铁网珊瑚》卷四中,对《米元晖大姚江图》有如下记述——“米氏父子本襄阳人而寓居京口,尝观海岳翁表,吾郡朱乐圃先生墓(表)云‘予昔居郡与先生游’,则海岳又尝寓苏,而其女因以嫁大姚村人”的考证可知。由此分析,他也有可能看到的是“项本卷”,吴其贞《书画记》项本卷落款是“米元章”(落款有米元章、米芾之别,见后文),据此都穆可能一眼就看出了其不同之处,故认定其卷为非真迹了。

综上三录,亦再未见其他任何典籍记载,至今也未见有实物流传的信息和相关影印资料出现。

4. 董其昌跋《乐圃先生墓表》名卷(此卷以下称“董本卷”),就现仅存的不完整资料,整理录述如下:

(1) 董本《米芾书朱乐圃墓表》文字表

第一行：乐圃 先生 之墓　　（字数 6）
（1）（2）（3）

第二行：江淮荆 浰等 路制　　（字数 7）
（4）（5）（6）

第三行：置从 事米 芾表　　（字数 6）
（7）（8）（9）

第四行：乐圃 先生吴 郡朱氏　　（字数 8）
（10）（11）（12）

第五行：名长 文字伯 原光 禄　　（字数 8）
（13）（14）（15）（16）

第六行：公之子 十九岁 登乙　　（字数 8）
（17）（18）（19）

第七行：科病 足不肯 从吏趍　　（字数 8）
（20）（21）（22）

第八行：筑室居 郡乐 圃坊有　　（字数 8）
（23）（24）（25）

第九行：山林趣 著书 阅古乐　　（字数 8）
（26）（27）（28）

第十行：尧舜 道久之 名称蔼　　（字数 8）
（29）（30）（31）

第十一行：然一邦 向服 郡守监　　（字数 8）
（32）（33）（34）

第十二行：司莫不 造请 谋政所　　（字数 8）
（35）（36）（37）

第十三行： 急 士大夫过者 必奔　　（字数 8）
（38）（39）（40）

第十四行：走乐 圃以后 为耻名　　（字数 8）
（41）（42）（43）

第十五行：动　京师 公卿荐　（字数 6）
（44）（45）（46）

第十六行：以自代 者甚　众　（字数 6）
（47）（48）（49）

第十七行：天子贤 之起为 本郡　（字数 8）
（50）（51）（52）

第十八行：教授以 为未 广也　起　（字数 8）
（53）（54）（55）（56）

第十九行：为太　学先生 以道授　（字数 8）
（57）（58）（59）

第二十行：多士未 几擢 东观仍　（字数 8）
（60）（61）（62）

第二十一行：兼枢府 属元 符元　年　（字数 8）
（63）（64）（65）（66）

第二十二行：二月丙 申遘 疾不禄　（字数 8）
（67）（68）（69）

第二十三行：享年 六十子 粕杭州　（字数 8）
（70）（71）（72）

第二十四行：盐官 尉耦 耕举 进士　（字数 8）
（73）（74）（75）（76）

第二十五行：以六月 葬至 德乡　从　（字数 8）
（77）（78）（79）（80）

第二十六行：光禄之　茔　先生道　（字数 7）
（81）（82）（83）

第二十七行：广不疵 短人人 亦乐趣　（字数 9）
（84）（85）（86）

第二十八行：先生势 不在人 上而人　（字数 9）
（87）（88）（89）

第二十九行：不敢议 盖见之 如麟 （字数 8）
（90） （91） （92）

第三十行：凤焉方 擢欲 使大施 （字数 8）
（93） （94） （95）

第三十一行：设而命 不假朝 野惜 （字数 8）
（96） （97） （98）

第三十二行：之著书 三百 卷六经 （字数 8）
（99） （100） （101）

第三十三行：有辩说 乐圃 有集琴 （字数 8）
（102） （103） （104）

第三十四行：台有志 吴郡有 续记 （字数 8）
（105） （106） （107）

第三十五行：又著琴 史其 序略曰 （字数 8）
（108） （109） （110）

第三十六行：方 朝廷成 太平 （字数 6）
（111） （112） （113）

第三十七行：之功制 礼作 乐以比 （字数 8）
（114） （115） （116）

第三十八行：隆商 周则 是书也 （字数 7）
（117） （118） （119）

第三十九行：岂虚文 哉此 先生 （字数 7）
（120） （121） （122）

第四十行：志也至 于诗 书艺 文 （字数 8）
（123） （124） （125） （126）

第四十一行：之学莫 不骚雅 造古 （字数 8）
（127） （128） （129）

第四十二行：死之日 家徒 藏书二 （字数 8）
（130） （131） （132）

第四十三行：万卷　　　　　　　　　　　　　　　　（字数 2）
（133）

第四十四行：天子知 其清 特赗缣　　　　　　　　（字数 8）
（134）（135）（136）

第四十五行：百疋呜 呼 先生　　　　　　　　　　（字数 6）
（137）（138）（139）

第四十六行：可谓 清贤 矣余 昔　　　　　　　　（字数 7）
（140）（141）（142）（143）

第四十七行：居郡与 先生游 知　　　　　　　　　（字数 7）
（144）（145）（146）

第四十八行：先生者 也表曰　　　　　　　　　　（字数 6）
（147）（148）

第四十九行：穷达 有命 出处　　　　　　　　　（字数 6）
（149）（150）（151）

第五十行：有时司 出处 者非　　　　　　　　　（字数 7）
（152）（153）（154）

第五十一行：命而谁 时与 命违　　　　　　　　（字数 7）
（155）（156）（157）

第五十二行：士能不 出出 而无　　　　　　　　（字数 7）
（158）（159）（160）

第五十三行：命孰 谂于 时升　　　　　　　　　（字数 6）
（161）（162）（163）

第五十四行：公之 堂理 公朱　　　　　　　　　（字数 6）
（164）（165）（166）

第五十五行：丝清 音不改 乐圃　　　　　　　　（字数 7）
（167）（168）（169）

第五十六行：松悲 呜呼 哀哉　　　　　　　　　（字数 6）
（170）（171）（172）

总行数：五十六行。

总字数：2＋(6×11)＋(7×10)＋(8×32)＋(9×2)＝412字

注：①——划线及括号内编号为该字相片编号。

注：②～～字者为《灵岩山残碑》碑文中之阙文部分。

（全文）

乐圃先生之墓，江淮荆浙等路制置从事米芾表。乐圃先生，吴郡朱氏，名长文，字伯原，光禄公之子，十九岁登乙科，病足不肯从吏，趋筑室居郡乐圃坊，有山林趣。著书阅古，乐尧舜道，久之，名称蔼然，一邦向服，郡守监司，莫不造请，谋政所急，士大夫过者，必奔走乐圃，以后为耻，名动京师，公卿荐，以自代者甚众。

天子贤之，起为本郡教授，以为未广也，起为太学先生，以道授多士，未几，擢东观，仍兼枢府属，元符元年二月丙申，遘疾不禄，享年六十。子耜，杭州盐官尉，耦耕举进士，以六月葬至德乡，从光禄之茔。先生道广，不疵短人，人亦乐趣，先生势不在人上，而人不敢议，盖见之如麟凤焉。方擢，欲使大施设，而命不假，朝野惜之。著书三百卷：六经有辩说、乐圃有集、琴台有志、吴郡有续记。又著《琴史》，其序略曰："方朝廷成太平之功，制礼作乐，以比隆商周，则是书也。"岂虚文哉！此先生志也。至于诗书艺文之学，莫不骚雅造古。死之日，家徒藏书二万卷。

天子知其清，特赗缣百疋。呜呼！先生可谓清贤矣。余昔居郡，与先生游，知先生者也。表曰：穷达有命，出处有时。司出处者，非命而谁。时与命违，士能不出，出而无命，孰谂于时。升公之堂，理公朱丝，清音不改，乐圃松悲，呜呼哀哉！

（2）董本《米芾书朱乐圃墓表》相片编号图录

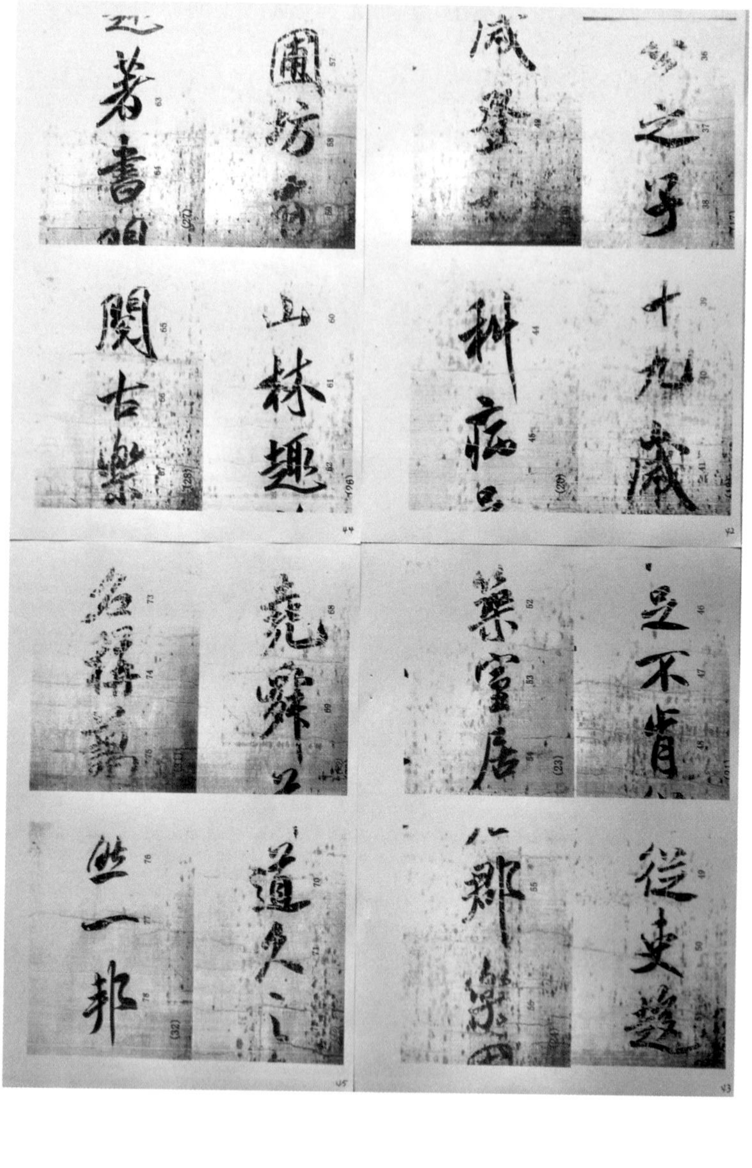

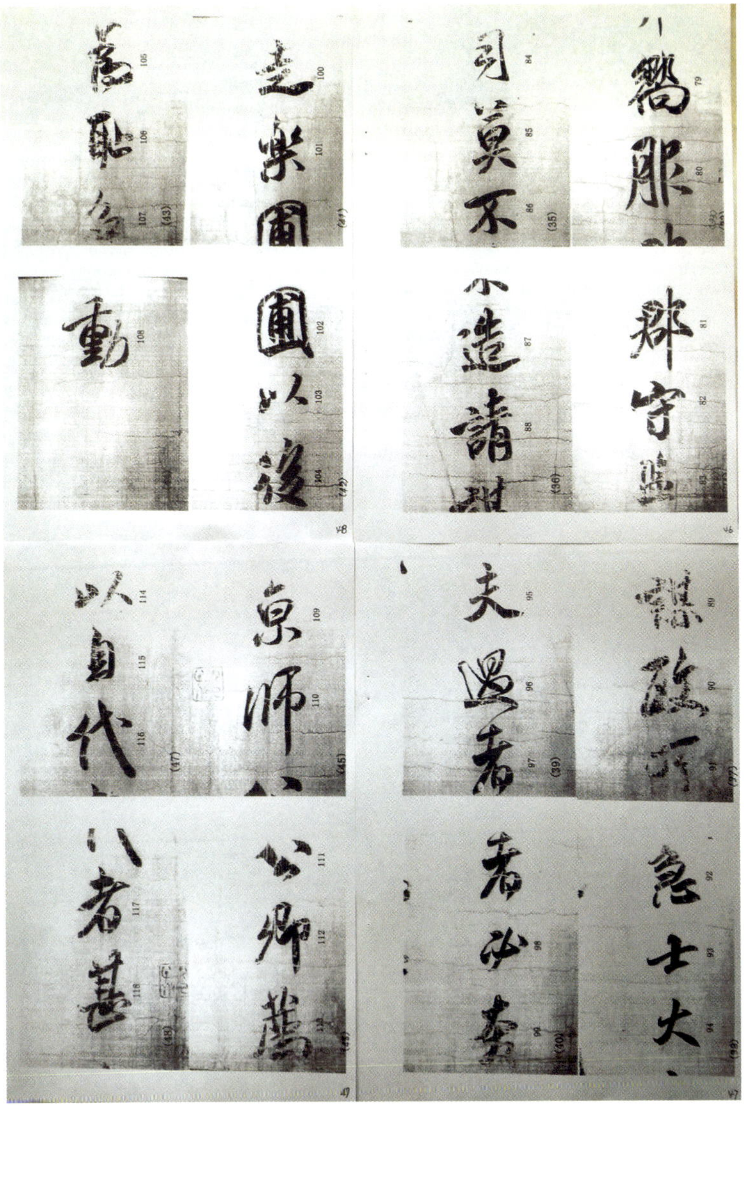

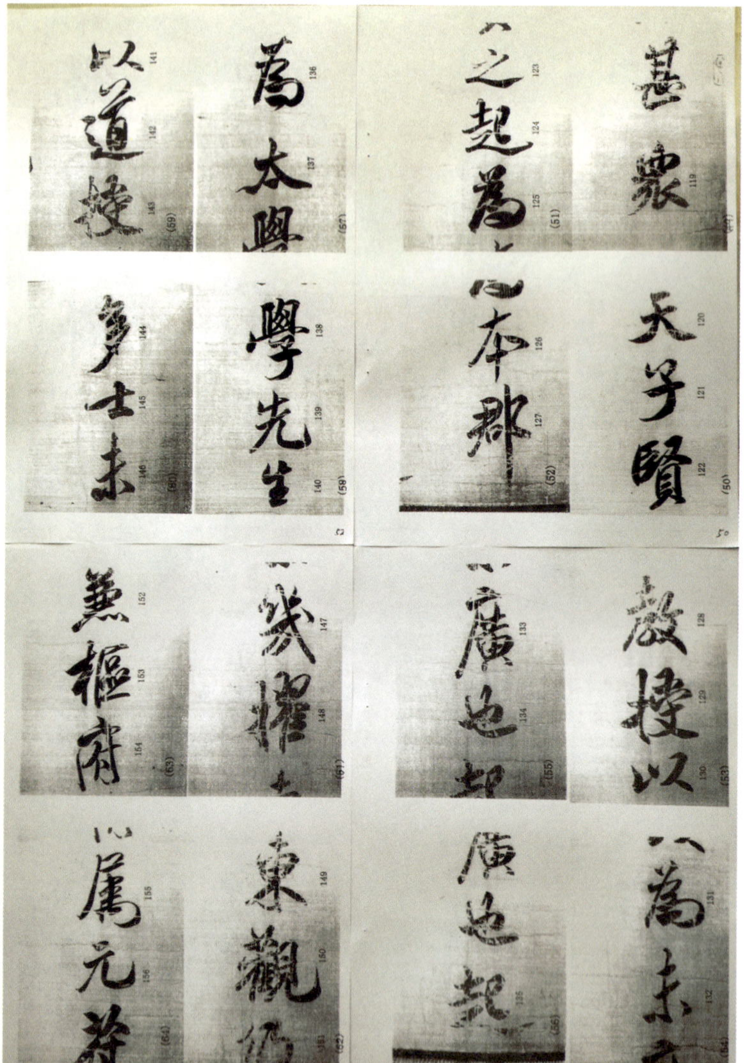

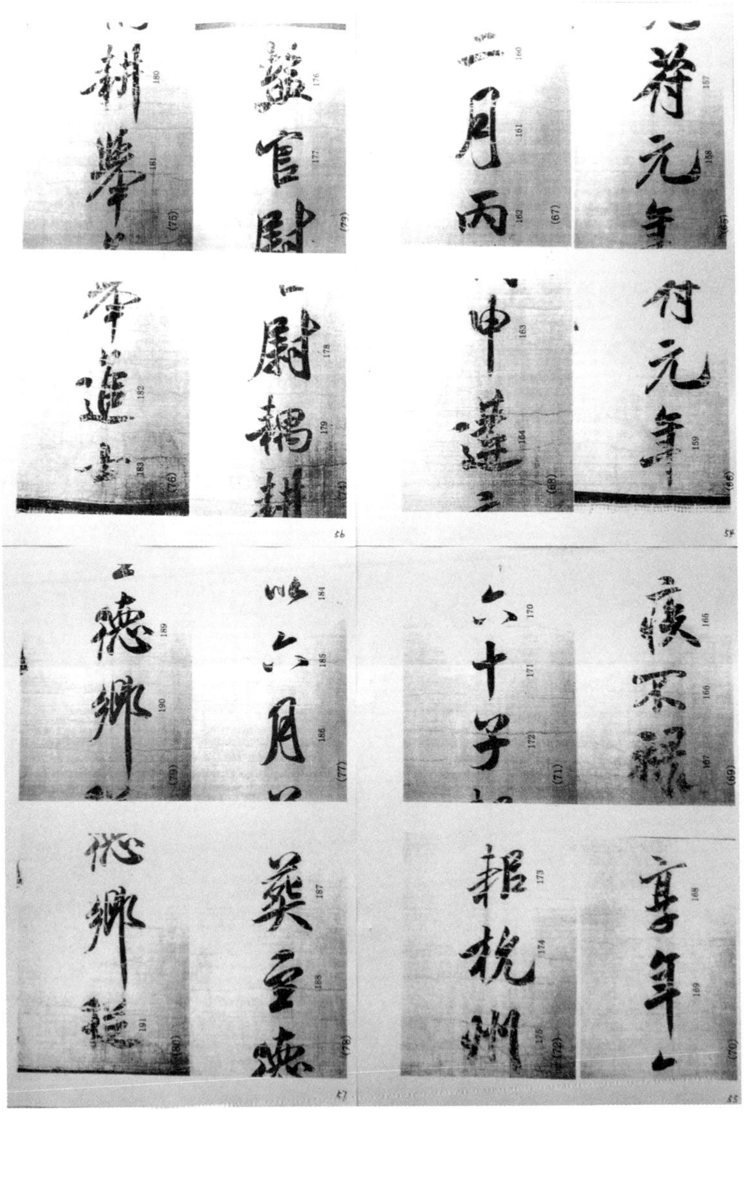

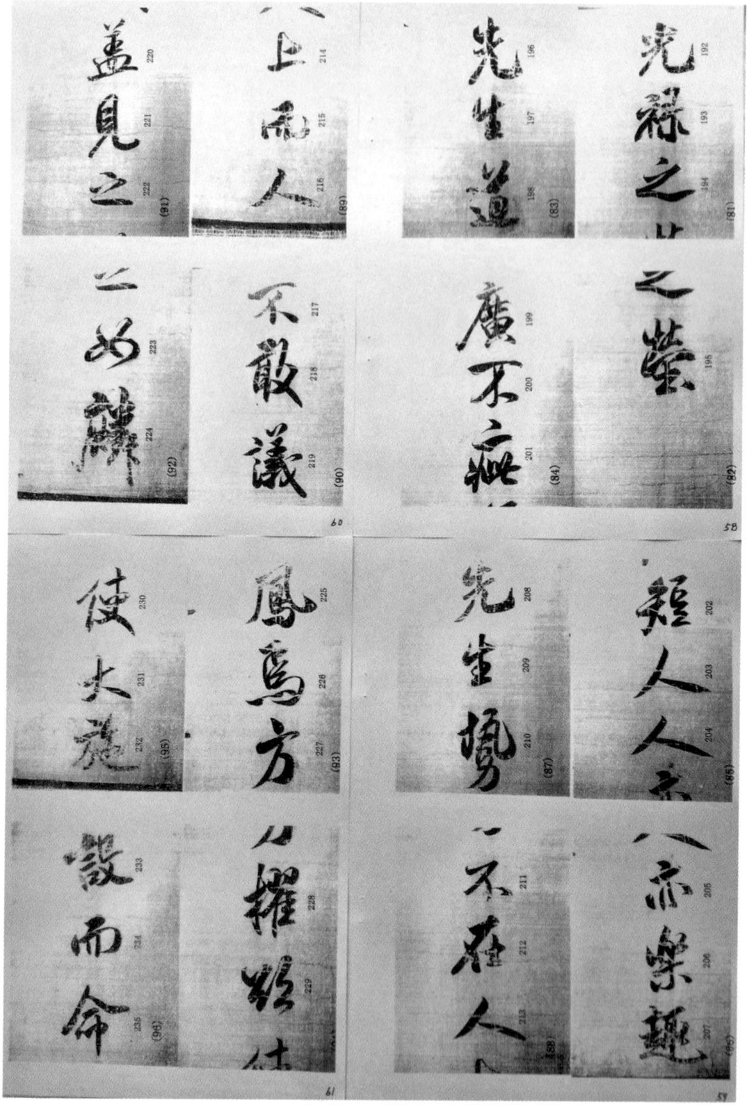

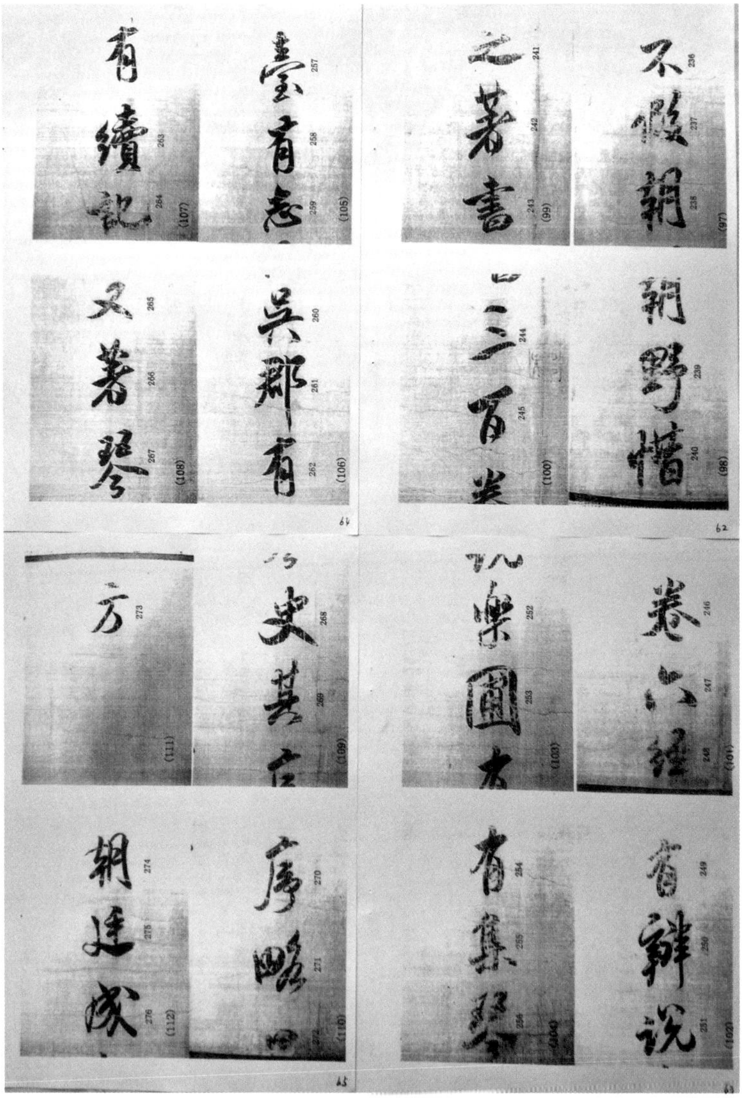

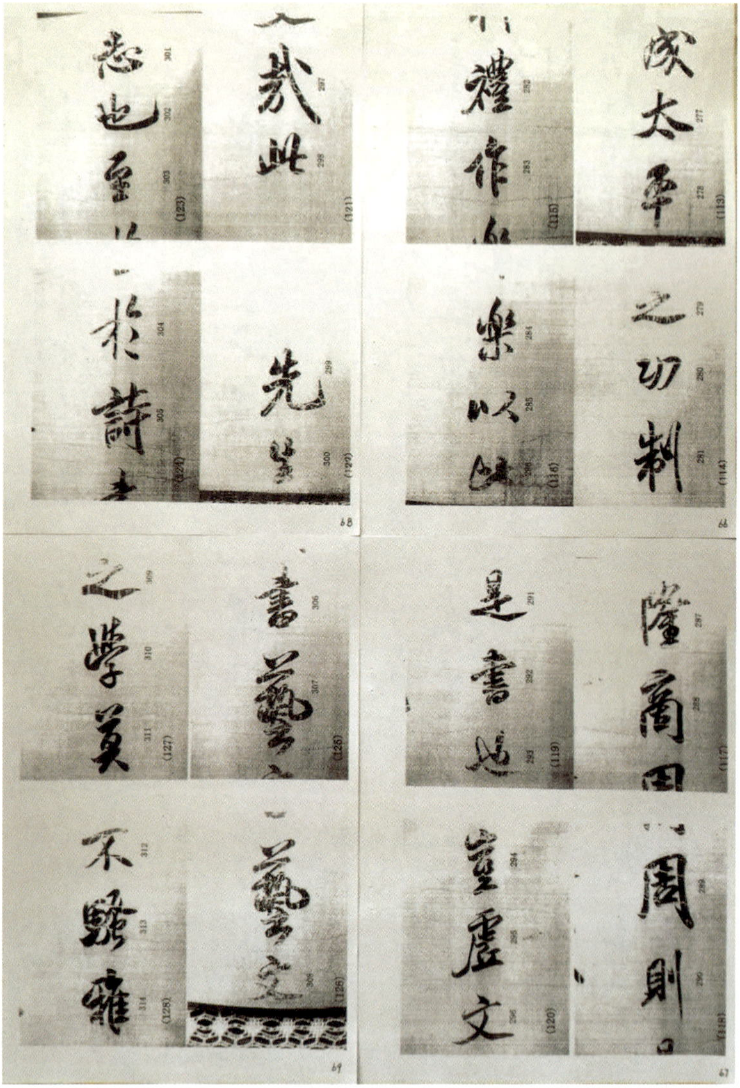

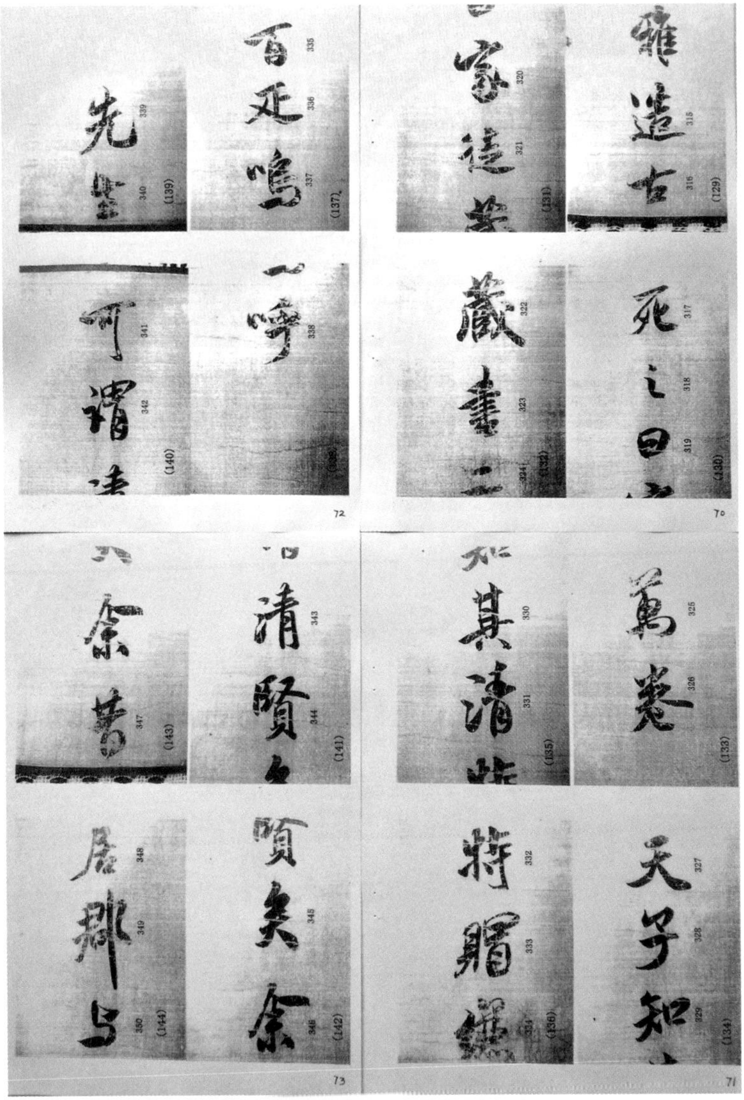

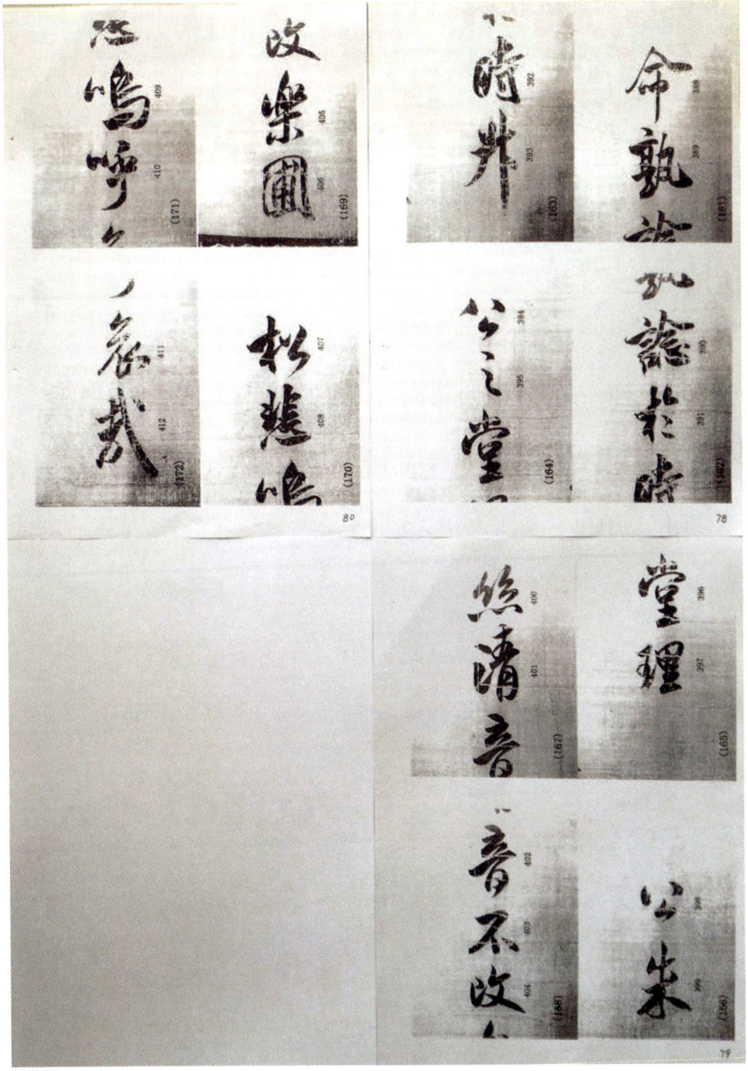

（3）董其昌跋语文字表

第一行：米元章书沉着痛快　（字数 8）

第二行：直夺晋人之神少壮未　（字数 9）

第三行：能立家一一规模古帖及　（字数 10）

第四行：钱穆父诃其刻画太甚当　（字数 10）

第五行：以势为主乃大悟脱尽本　（字数 10）

第六行：家笔自出机轴如禅家　（字数 9）

第七行：悟后拆肉还母拆骨还　（字数 9）

第八行：父呵佛骂祖面目非故　（字数 9）

第九行：虽苏黄相见不无气慑　（字数 9）

第十行：晚年自言无一点右军　（字数 9）

第十一行：俗气良有以也此为乐　（字数 9）

第十二行：圃书志遒劲奔轶又是　（字数 9）

第十三行：平生得意笔太史公　（字数 8）

第十四行：作信陵君传蔡中　（字数 7）

第十五行：郎为陈仲弓志皆以　（字数 8）

第十六行：得意人不轻赞誉正　（字数 8）

第十七行：似此书耳　（字数 4）

第十八行：丙寅秋观于吴门　（字数 7）

第十九行：舟次　董其昌　（字数 5）

总行数：共十九行。

总字数：4＋5＋(7×2)＋(8×4)＋(9×8)＋(10×3)＝157 字

（全文）

米元章书沉着痛快，直夺晋人之神。少壮未能立家，一一规模古帖及钱穆父诃。其刻画太甚，当以势为主，乃大悟，脱尽本家笔，自出机轴，如禅家悟后拆肉还母，拆骨还父，呵佛骂祖，面目非故，虽苏、黄相见，不无气慑。晚年自言无一点右军俗气，良有以也。此为乐圃书志，遒劲奔轶，又是平生得意笔，太史公作《信陵君传》，蔡中郎为《陈仲弓志》，皆以得意，人不轻赞誉，正似此书耳。

丙寅秋观于吴门舟次董其昌（如图）

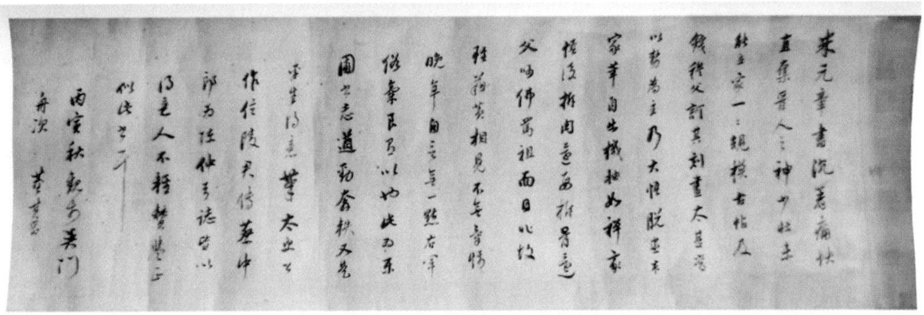

董本董其昌跋

（4）顾学海跋语文字表

米襄阳书《朱长文乐圃墓表》世无刻本，惟《书画谱》载有董思翁跋语，又《画禅室随笔》云：“曾于辰玉处见之。”似为娄东王氏所藏，王氏旧物闻其后人失守久矣。

乾隆己亥(1779)家小韩兄守瀛州,余以养疴至署,忽有一老亟持至极购得之,方知真迹尚在人间。通体数百字,虽墨气少有脱落,而纸甚坚致,自北宋至今垂七百年,神气完足,笔法如新,非有鬼神呵护不至此,真奇物也。

首有画幅,笔意简远,亦宋笺,疑即乐圃墓图,皆出米颠笔墨。或欲勒石,故降格为之耶?思翁书本以米为宗,此跋神妙超轶,洵足并垂不朽,与画可称"三绝"。惟乐圃本吴人,当思翁时尚在吴门,考其图记,曾归嘉禾李氏瀛,亦有李姓宦游吴中得之,今复归我吴人,似非偶然。学海留意临池,有年自愧,凡骨幸入桃源,终迷云路,得遇名贤墨宝而书学不进,当谋勒诸贞珉,以表彰古人嘉惠后学耳。

乾隆四十七年壬寅五月悔田居士顾学海

学海(朱文方印)　顾子(白文方印)

二、董本米芾行书《朱乐圃墓表》的考证

1. 董本卷涉及的主要人物及流传分析

(1) 余从辰玉家见之

《御定书画谱》卷九十四《明陈继儒秘籍》中记述:"米南宫《乐圃墓志》手迹,予从辰玉家见之。"[67] 考辰玉即娄东王衡(王锡爵之子),

可见在明万历已归娄东王氏所藏，由于王氏好古又精鉴别，此件作品引起了当时文坛的重视。现按董其昌、王衡、陈继儒和李日华四家的关系来探索，分析其流传过程及其他们之间信息互通的情况。

① 生卒纪年及居住地

王锡爵 1534—1610 太仓 （王衡父）

王　衡 1562—1609 太仓

王时敏 1592—1680 太仓 （王衡子）

董其昌 1555—1636 松江

陈继儒 1558—1639 松江

李日华 1565—1635 嘉兴

李肇亨 1592—1664 嘉兴 （李日华子）

② 陈继儒与王辰玉的关系

陈继儒既是董其昌的同道又是同乡，一些成就并不在董玄宰之下，某些方面甚至在董宗伯之上，同郡大学士内阁首辅徐阶特别器重之，长为诸生与董其昌齐名。内阁首辅王锡爵（徐阶、高拱、张居正、申时行之后首辅）招陈继儒为其子王衡（辰玉）读书，后又教授于王时敏。王时敏在《国朝画徵录》中述其“少时即为董宗伯、陈徵君深赏而过之”。

③ 王氏家族的遭遇

A. 王氏宗谱：

王梦祥	锡爵→衡→	鸣虞 赓虞 赞虞（出继鼎爵为嗣孙，后归宗改名时敏）
	鼎爵→术→	赓虞（衡子入继鼎爵为嗣孙） 赞虞 →

B. 万历十三年（1585）至万历三十八年（1610）期间，王氏宗族人物先后亡故情况：

万历十三年（1585）王鼎爵卒；

万历二十年（1592）王术卒；

万历二十二年（1595）王赓虞殇，终年5岁；

万历三十一年（1603）王鸣虞殇，终年17岁；

万历三十七年（1609）王衡卒，终年48岁；

万历三十八年（1610）王锡爵卒，终年77岁。

从上述宗谱和宗族人物亡故情况显示，在万历二十年（1592）前，王鼎爵、王术相继亡故后，王衡的次子赓虞入继鼎爵为嗣孙。不幸的是至万历二十三年（1595）王赓虞殇，只能将王衡的三子赞虞入继鼎爵为嗣孙。到了万历三十一年（1603）王衡长子鸣虞又殇，无奈赞虞又只能归宗，改名时敏，是年王时敏12岁。事后六年（1609）王衡卒。至此王氏仅剩王锡爵、王时敏祖孙二人。故时敏常言“某以孤孙，承先文肃公之后”，意曰“自幼依锡爵，同寝息，而锡爵晚而抱孙弥钟爱”。可是一年后，万历三十八年(1610)王锡爵卒而时敏独存，年仅十九。据此分析，王氏之珍藏，在此段特殊的时期，由其族人处向外流散的可能性极大。经董其昌作跋的米芾书画中，《米南宫诸体诗卷》、《米南宫蜀素帖》等名作，均为王衡所原藏。由此可窥，王氏一门因殇之变甚巨。而后，王时敏为继承王氏宗谱，有“独生九子以立嗣”之说。

(2) 陈继儒和董其昌的关系

陈继儒和董其昌同为华亭(今松江)人。从现存的文献中，随处可见此两公之关系甚为密切。江南地区的画坛文人，也频繁地活动于董其昌和陈继儒的周围。《南北宗论》见于董其昌的论述，亦见于陈继儒的著作。王衡、陈继儒、董其昌三者著作之间，互为之题跋和作序也是常事。《容台集》之《序》便是陈继儒为董其昌作的，《容台集》中《朱乐圃墓表卷》董玄宰跋于丙寅(1626)，而书成于崇祯三年(1630)。实际上陈继儒的著作(暂不论真伪)要远多于董其昌，因此董其昌对陈继儒的著作也是格外用心的。董、陈对书画界的影响，更是妇孺皆知的事实。2011 年北京嘉德春拍中，有一件董其昌和陈继儒十八通的来往信札，内容丰富，充分展示了两人关系之密切程度。所以董其昌在天启六年(1626)于画舫舟次，见到《米芾书朱乐圃墓表卷》而为之作跋，这与当时该地区文人雅集圈，信息共享是分不开的，更何况陈继儒又是熟知辰玉家的知情人(董、陈两人皆曾伴读于辰玉)。

（3）董其昌和李日华的关系

活跃于苏杭地区的李日华，善于书画、长于诗文。与其“道友”形成了一个文人雅集的书画家群体。李日华比董小十岁，而早卒一年，所在文坛的活动时段，几乎与董其昌相同。其鉴赏能力，为世人所公认，是明代名震南北，且在书画理论上有真知灼见，能与董其昌各有千秋的少数鉴藏家之一。而其子李肇亨，又深得董其昌赏识。

李日华题董本《米芾书朱乐圃墓表卷》的时间，应为天启七年（1627）春日。根据该条著录，《六研斋笔记》四卷中，所出现的纪年，分析统计如下：

《六研斋笔记》第一卷：出现四处纪年，分别为甲子、乙丑，可知为1624年和1625年，即天启四年和五年。

《六研斋笔记》第二卷：出现一处纪年，为甲子，可知为1624年，天启四年。

《六研斋笔记》第三卷：出现一处纪年，为丙寅二月，可知为1626年，天启六年。

《六研斋笔记》第四卷：出现二处纪年，第一处为丙寅二月，寒雨萧然……；第二处为丙寅仲冬，余与儿子从枫浦回……。

丙寅仲冬，为天启六年（1626）十一月。按其所记纪年次序，在其出现的十数条记录之后，遂有“今春得米元章书朱乐圃墓表……”。由此可知，李日华于天启七年（1627）春日，得到此董本卷。根据李日华《六研斋笔记》，所记述的时间和出现的纪年推断，此著作绝大部分记述的内容，应该出自天启四年(1624)至天启七年(1627)之间。

通过上述诸家的关系分析，陈继儒从王辰玉家所见《米南宫乐圃墓志》手迹，无疑亦是董、王、陈三者之间所共享的信息，因此董其昌必然是这一信息的知情人，而此手泽又是王辰玉本家之物。董其昌丙寅年(1626)在吴门舟次，看到了《乐圃墓表卷》，并为之题跋时，王辰玉已归道山十七载矣，而王锡爵也已故去十六年。由此也佐证了王家遭巨变后，部分藏品流散的事实。董其昌随即将所题之跋，著录于《容台集》中。从其落款的"吴门舟次"可以看出，该卷尚滞留吴门。继董其昌丙寅(1626)题跋之后，又至天启七年(1627)春日，旋即归于李日华所得，并著录于《六研斋笔记》卷四之中，后由其子李肇亨递藏。

2. 董其昌、李日华对米书的认知与分析

(1) 董其昌对米书的认知与分析

明代书法大家董其昌，对米字可谓究心颇得，因而沾染余泽。他认为北宋以降，学米字唯吴琚堪称"第一"。《画禅室随笔》卷二有云："吴琚晋陵人，书学米南宫可以夺真。今北固'天下第一江山'题榜是其迹也。"[68]事实上，董其昌对万历之前"伪米"，起到了学术辨识的指导作用。恰如有易牙之调，而后有符朗识甘露之栖鸡，荀勖知劳薪之炊饭。也正如徐邦达先生认为，经此二酉所鉴定米书，真迹无疑

（董其昌为二酉之一）。

《画禅室随笔·评书法》中云："余十七岁时学书，初学颜鲁公《多宝塔》，稍去而之钟、王，得其皮耳。更二十年，学宋人，乃得其解处。"[69]他所谓的宋人，即苏黄米诸家，而尤得力于米芾。董氏亦以巧妙为书法要诀，力求奇变生新，以破除俗书之姿媚呆板的书体风格，故在《容台别集》卷一《杂记》中又言："三十年前参米书，在无一实笔，自谓得诀；不能常习，今犹故吾，可愧也。米云以势为主，余病其欠淡，淡乃天骨带来，非学可及。"[70]米芾书法以势为主，故此董本中跋为：沉着痛快，直夺晋人之神……。而董氏认为自己书法中，"淡"是天骨所带来的。董其昌在《画禅室随笔》曾言："米海岳书无垂不缩，无往不收，此八字真言。""吾尝评米书，以为宋朝第一，毕竟出东坡之上……米颠书自率更得之，晚年一变，有冰寒于水之奇。""米元章云'吾书无王右军一点俗气'……自唐以后，未有能过元章书者，虽赵文敏亦于元章叹服，曰'今人去古远矣'……今海内能为襄阳书者绝少。"[71]

董其昌在《容台集·朱乐圃墓表卷》的跋语中言："米元章书沉着痛快，直夺晋人之神，少壮未能立家，一一规模古帖及钱穆父诃。其刻画太甚，当以势为主，乃大悟，脱尽本家笔，自出机轴，如禅家悟后，拆肉还母，拆骨还父，呵佛骂祖，面目非故，虽苏黄相见，不无气慑。晚年自言无一点右军俗气，良有以也。此为乐圃书志，遒劲奔轶，又是平生得意笔，太史公作《信陵君传》，蔡中郎为《陈仲弓志》，皆以得意，人不轻赞誉，正似此书耳。”[72]董其昌此则跋语，写出了对米芾真趣筋骨论的客观评价，同时亦成为明代以降，评价米书的经典名篇。

丙寅(1626)，董其昌为《乐圃墓表》作跋时年七十二岁。此则跋语，见载于《容台集》中。现北京大学图书馆，所藏明崇祯三年(1630)董庭刻本，《容台别集·卷二·题跋》中亦有记载。《容台集》十七卷(初刻本)，本应收入四库本《佩文斋书画谱》，但在《四库全书》(文渊阁本)中，董其昌所撰《容台集》十七卷，由于过多涉辽，仅草草载有其《容台集》二页(四库文渊阁本第823册，第413、414页)。[73]《容台集》十七卷，却被列入了四库本禁毁书列之中。由于董其昌对米氏书法可谓究心颇得，而沾染余泽，故此则跋语，也被众多著作所转录和引用。

在此则跋语中，董其昌引用了米芾在听到钱穆父呵其临古人书“集古字”的时候，米芾决定放弃以假乱真的模仿，从自我陶醉中摆脱出来，并狠下苦功改变旧貌。其如撑急水滩船，用尽力气，不离故处，执笔远而急，意前后者胜，终于自成一家。跋语中说米芾发生了开创性的变化，正如禅家悟后，拆肉还母，拆骨还父，呵佛骂祖，面目非故，此可谓是精辟之极。董其昌已看出此时的米书(朱乐圃墓表卷)为此一变之处，即钱穆父的“以势为主”之呵亦为米芾所接受。李日华在《六研斋笔记》卷四中，对董本米芾书体的评价是：“古人论行书云‘八面拱心而无横画’……今春得米元章书《朱乐圃墓表》逐字玩之，见其揉团凑合，无有间隙，乃始了然。”[74] 此亦谓，识者知羽化入微之笔。也正如李根源先生在《吴郡西山访古记》中，高度评价灵岩山残碑字迹“字势飞动控纵，为余所见‘米书第一’”[75]是一样的道理。

思翁书法博涉晋唐，时亦有爱米、学米之举，而米以势为主，故此“余病其欠淡”常出其口，天机由来即隐于此。董其昌的跋语笔力苍劲流畅，书体开门见山，是思翁书法的代表之作。曹宝麟先生在《米芾书法全集》中，评价此为“米芾晚年佳作”，一句极为贴切的评语。徐邦达先生亦曾在《米芾〈研山铭〉研究》一书中题词“沉着痛快，妙造身法”。然而，董其昌在此则跋语后，却未使用印鉴。笔者起初殊感困惑，然而经过查阅有关资料后，发现无印者反而为其得意之笔。明代文人款后不钤印记是常有事情，后有好事者为求完美，常加印于上。庞虚斋曾说“董其昌之画，无印者为最得意之作”，《吴湖帆文稿》、《名家鉴画探要》的徐邦达先生《再谈古书画

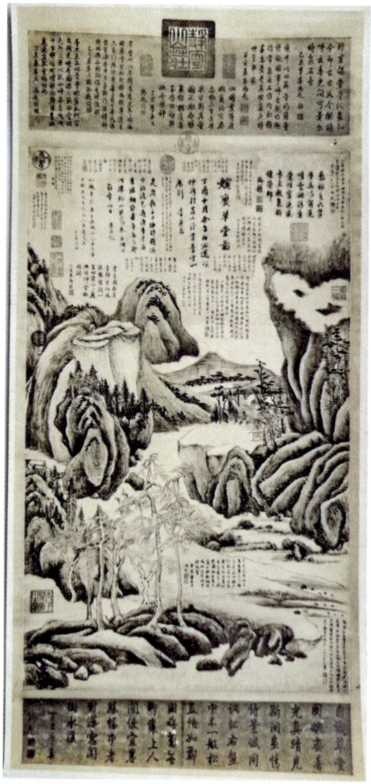

婉娈草堂图

鉴别》诸文字中，都有涉及款后无印者，为董其昌得意之作的相关记述。我的曾祖父伯渊公原藏之董其昌《婉娈草堂图》，乾隆钟爱尤加，以至于在此画上题跋十九次(凭现存相片目测)，其中董其昌款识后多处均无印章(如图)。再阅《中国书法家全集·董其昌》所载《张旭古诗四帖卷》之董其昌跋语及《杂书(二)》，其昌款后的确不用印记等等。据此，入清之前古人很多作品款后无印是可信的。[76]

(2) 经明董其昌作跋之部分米元章书画：[77]

序号	书画名称	主要著录及题跋	存世情况
1	米南宫云山图卷	《江村消夏录》卷三、文嘉、文肇祉、董其昌跋	未见存世
2	米南宫诸体诗卷	《江村消夏录》卷一、《大观录》卷六，绍兴内府藏，胡完大、董其昌、沈周、文徵明、王衡、高士奇题	未见存世
3	米南宫行书易义卷	《江村消夏录》卷二 摹入《戏鸿堂帖》，董其昌题	未见存世
4	米襄阳苕溪诗卷(徐邦达编过眼要录第313页)	《大观录》卷六、绍兴内府藏 小米奉敕题，李东阳题，刻入《戏鸿堂帖》	北京故宫藏
5	米元章易说卷	《大观录》卷六 郑明德、董其昌跋	未见存世
6	米南宫九帖册	《大观录》卷六 绍兴内府藏，小米鉴跋，董其昌跋	未见存世
7	乐章二首	《平生壮观》卷二 赵子昂、宋仲温、董其昌跋	未见存世

续表

序号	书画名称	主要著录及题跋	存世情况
8	米南宫蜀素帖（徐邦达编过眼要录第316页）	《珊瑚网》书跋卷六、吴氏《书画记》卷五、《江村消夏录》卷一、《式古堂书画汇考》卷十一、《平生壮观》卷二、《大观录》卷六、《石渠宝笈续编》，沈周、祝允明、文徵明、顾从义、王衡、董其昌、高士奇、清高宗题	台北故宫藏
9	向太后挽词（徐邦达编过眼要录第322页）	《孙氏书画抄》上、《妮古录》卷四、《清河书画舫》申集、《郁氏书画题跋记》卷二、吴氏《书画记》卷三、《平生壮观》卷二、董其昌跋（刻入《戏鸿堂帖》），陈继儒、黄道周、杨守敬、李葆恂跋	北京故宫
10	寒光二帖（徐邦达编过眼要录第333页）	《真迹目录》二集、《石渠宝笈续编》、《墨缘汇观》卷上、董其昌跋	北京故宫藏
11	乐兄帖（徐邦达编过眼要录第345页）	《墨缘汇观续录》，胡俨、董其昌跋	日本藏
12	评纸帖 四库本、美术丛书第792页	《画禅室随笔》卷一 李珂雪著《醉鸥墨君题语》 董其昌跋	未见存世

（3）李日华对米书的认知与分析

明代著名诗文学家、收藏家李日华（1565—1635），以清秀闲雅著称，人比为明代之苏轼。有《紫桃轩杂缀》、《六研斋笔记》与《味水轩日记》等著作存世。李日华工诗文，能书善鉴。他主张书法应以性、灵为根本，也就是主张书法宜直出胸臆，表现个性，必须萧散神情，吸取清和之气凝于笔端，曾写过“性灵活泼毫锋上，世界沉埋酒瓮中”的千古名句。李日华认为书法能表现人的性灵，更能表现其精神和品格，因而得出书法是诸般之品中，品第最高者的结论。尤其对于米书的八面论，可谓是得悟精髓。

《六研斋笔记》卷四言："古人论行书云'八面拱心而无横画'，余向未喻此旨。今春得米元章书《朱乐圃墓表》，逐字玩之，见其揉团凑合，无有间隙，乃始了然。今人或谓学苏米则沓拖不紧峭，是未得真迹到眼缝耳。"[78]董本有"檇李李氏鹤梦轩珍藏记"，见其米书第六字下，仅存"珂雪"二字半方印隐约可辨，考为'珂雪珍藏'（释常莹亦号'珂雪'，考虑有递承关联，故此处定为李日华之子李肇亨）。李日华对米芾书《朱乐圃墓表》的评价是"揉团凑合，无有间隙，乃始了然"。至于学苏米之书，观之沓拖不紧峭，指的是用笔无章法，有凌乱之感，系未见到真迹之故。今天看来此则跋语，亦成为李日华评价米书的又一则旨要，如真言而耐人寻味。

李日华出于文人士大夫闲适恬淡的崇尚，从而在书法理论中出现了"性灵天趣"说。他认为，书法是表现心灵的手段，主张写字时要"性灵活泼"，并于笔尖上透露出来，谓之"作无量神变，余喜其语，可为临池家三味也"（《六研斋三笔》卷一）。正是在这种思想的指导下，他所注重的在于心志品格的高迈，超然格物的志趣。曾言"今人不如古人，只气魄雌下"（《紫桃轩杂缀》卷一）。李日华还特别注重临习古人法书要在求其神，主张将古人的作品要仔细玩味，反复体会，求得从整体上熟谙其笔法用意。因此李日华在董本卷的记述中，写下了："古人论行书云'八面拱心而无横画'。今春得米元章书《朱乐圃墓表》逐字玩之，见其揉团凑合，无有间隙，乃始了然。"又言"今人或谓学苏米沓拖不紧峭"，指的是用笔无章法，是因为没有见到真迹的缘故。从这则跋语可以看出，李日华对宋人法书，特别对米书有其独特的研究和见解。

(4) 李日华对宋人法书的研究

就笔者手边，北平故宫博物院民国十九年版《宋人法书》四册中，经李日华、李珂雪父子收藏的竟有十三件之多，此批法书现藏台北故宫，均为项子京、李君实、李珂雪、安仪周收藏，大部分录入《石渠宝笈》，现为中华法书之瑰宝。

附表：钤有"槜李李氏鹤梦轩珍藏记"、"李君实"、"李肇亨"印记，经李日华父子收藏的部分宋人法书名录。[79]

1. 第一册(上卷)赵　抃　　楷书
2. 第一册(下卷)范纯仁　　行书
3. 第一册(下卷)唐　埛　　行书
4. 第二册　　　苏　辙　　行书
5. 第二册　　　蒋之奇　　行书
6. 第三册　　　蔡　卞　　行书
7. 第三册　　　蔡　翛　　行书

8. 第三册　　　李　纲　　行书

9. 第三册　　　赵　鼎　　行书

10. 第三册　　范成大　　行书

11. 第三册　　谢　谔　　草书

12. 第四册　　杜良臣　　行书

13. 第四册　　于　谟　　行书

3. 董本字迹与米芾书法字迹部分对比

（1）对比表

序号	董本字名	董本字名序号	对照碑帖名
1	乐	1	乐兄帖、春和帖(377)
2	圃	2	苕溪诗(138)
3	先	3	芜湖县学记(82)
4	荆	9	苕溪诗(477)
5	从	15	芜湖县学记、臈雪帖(220)
6	郡	25、55、127	芜湖县学记(589)
7	岁	41	鹧鸪天词帖(389)
8	过	96	葛德忱帖、烝徒帖(545)
9	者	97、117	芜湖县学记(453)
10	师	109	多景楼诗(170)
11	众	119	芜湖县学记(435)
12	授	129、143	贺铸帖(234)
13	广	133、199	芜湖县学记(150)
14	道	142	芜湖县学记(546)
15	府	154	杂书帖(147)

续表

序号	董本字名	董本字名序号	对照碑帖名
16	德	189	露筋之碑(223)
17	如	223	张都大帖(193)
18	欲	229	戏成诗(305)
19	又	265	张都大帖(111)
20	序	270	芜湖县学记(147)
21	制	281	芜湖县学记、长至帖(88、89)
22	哉	297、412	新恩帖(131)
23	于	304、391	乐兄帖(2710)
24	万	325	褚临黄绢本《兰亭》跋赞(481)
25	清	331、343、401	长至帖(345)
26	可	341	捕蝗帖、逃暑帖(118)
27	穷	361	苕溪诗(394)
28	司	369	长至帖、复官帖
29	处	371	粮院帖(455)
30	升	393	芜湖县学记(107)

(2) 对比图

董本卷字迹与米芾书法字迹部分图片对比

(董本1号)

乐兄帖

春和帖

(董本2号)

苕溪诗

（董本 3 号）

芜湖县学记

（董本 9 号）

（苕溪诗）

（董本 15 号）

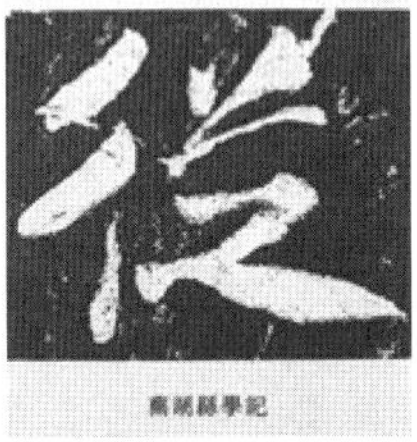

芜湖县学记

臈雪诗(帖)

（董本 25 号）

（董本 55 号）

（董本 127 号）

芜湖县学记

（董本 41 号）

鹧鸪天词帖

（董本 96 号）

葛德忱帖

烝徒帖

（董本 97 号）

（董本 117 号）

芜湖县学记

（董本 109 号）

多景楼诗

（董本 119 号）

芜湖县学记

（董本 129 号）

（董本 143 号）

贺铸帖

（董本 133 号）

（董本 199 号）

芜湖县学记

（董本 142 号）

芜湖县学记

（董本 154 号）

杂书帖

（董本 189 号）

露筋之碑

（董本 223 号）

张都大帖

（董本 229 号）

戏成诗

（董本 265 号）

张都大帖

（董本 270 号）

芜湖县学记

（董本 281 号）

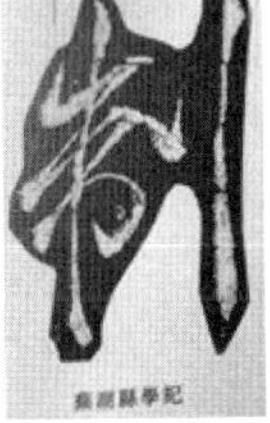

芜湖县学记

长至帖

（董本 297 号）

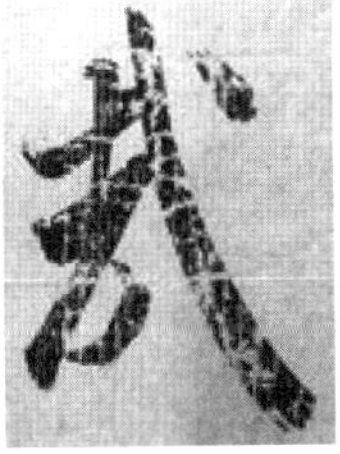

（董本 412 号）

新恩帖

（董本 304 号）

乐兄帖

（董本 325 号）

褚临黄绢本
《兰亭》跋赞

（董本 331 号）

（董本 343 号）

（董本 401 号）

长至帖

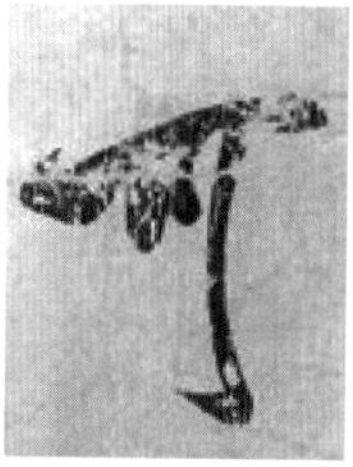
（董本 341 号）

捕蝗帖

逃暑帖

（董本 361 号）

茗溪诗

（董本 369 号）

长至帖

（董本 371 号）

粮院帖

（董本 393 号）

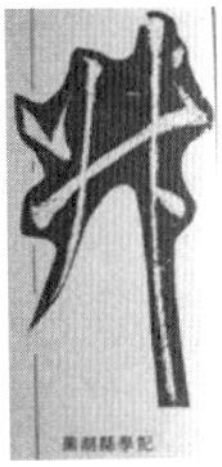

芜湖县学记

4. 董本字迹与米芾书法字迹比对表

董本字序号	字名	米芾书法大字典页次	帖名	董本行字序号
1	乐	377	乐兄帖、春和帖	1－1
2	圃	138	苕溪诗	1－2
3	先	82	芜湖县学记	1－3
4	生	415	淮山帖	1－4
5	之	18	芜湖县学记	1－5
6	墓	203	章吉老墓表	1－6
7	江	331	苕溪诗	2－1
8	淮	344	弊居帖	2－2
9	荆	477	苕溪诗	2－3
10	湘	343	观潮帖	2－4
11	等	465	太师行寄王太史彦舟	2－5
12	路	534	蜀素帖、弃识帖	2－6
13	制	88、89	长至帖、乐兄帖、方圆庵记	2－7

续表

董本字序号	字名	米芾书法大字典页次	帖名	董本行字序号
14	置	517	长至帖	3－1
15	从	220	腐雪帖、苕溪诗、芜湖县学记	3－2
16	事	29	粮院帖、《兰亭》跋	3－3
17	米	511	通判帖、方圆庵记	3－4
18	芾	471	长至帖	3－5
19	表	493	珊瑚帖、章吉老墓表	3－6
20	乐	377	乐兄帖、春和帖	4－1
21	圃	138	苕溪诗	4－2
22	先	82	芜湖县学记	4－3
23	生	415	淮山帖	4－4
24	吴	127	头陀寺碑	4－5
25	郡	589	芜湖县学记	4－6
26	朱	362	腐雪帖	4－7
27	氏	273	章吉老墓表	4－8
28	名	124	长至帖	5－1
29	长	610	长至帖	5－2
30	文	303	衰老帖	5－3
31	字	177	褚临黄绢本《兰亭》跋赞	5－4
32	伯	48	露筋之碑	5－5
33	原		（未对到此字）	5－6
34	光	83	天衣怀禅师碑	5－7

续表

董本字序号	字名	米芾书法大字典页次	帖名	董本行字序号
35	禄	419	淮山帖	5-8
36	公	75	褚临黄绢本《兰亭》跋赞	6-1
37	之	18	章吉老墓表	6-2
38	子	175	贺铸帖	6-3
39	十	105	杂书帖	6-4
40	九	23	少时帖	6-5
41	岁	389	鹧鸪天词帖	6-6
42	登	392	褚临黄绢本《兰亭》跋赞	6-7
43	乙	23	拜中岳命诗	6-8
44	科	422	龙真行	7-1
45	病	395	杂书帖	7-2
46	足	534	向太后挽词	7-3
47	不	9	衰老帖	7-4
48	肯	439	适意帖	7-5
49	从	220	臈雪帖、苕溪诗、芜湖县学记	7-6
50	吏	124	拜中岳命诗	7-7
51	趍	538	清和帖	7-8
52	筑	468	与魏泰唱和诗	8-1
53	室	156	天衣怀禅师碑	8-2
54	居	142	太师行寄王太史彦舟	8-3
55	郡	589	芜湖县学记	8-4

续表

董本字序号	字名	米芾书法大字典页次	帖名	董本行字序号
56	乐	377	向太后挽词	8－5
57	圃	138	苕溪诗	8－6
58	坊	199	元宵帖	8－7
59	有	300	葛德忱帖	8－8
60	山	165	拜中岳命诗	9－1
61	林	365	天衣怀禅师碑	9－2
62	趣	538	自叙帖	9－3
63	著	483	褚临黄绢本《兰亭》跋赞	9－4
64	书	293	褚临黄绢本《兰亭》跋赞	9－5
65	阅	602	《兰亭》跋二则	9－6
66	古	115	长至帖、天衣怀禅师碑	9－7
67	乐	377	向太后挽词	9－8
68	尧	202	黄帝帖	10－1
69	舜	521	杂诗帖	10－2
70	道	546	衰迟帖	10－3
71	久	17	清和帖	10－4
72	之	19	芜湖县学记、少时帖	10－5
73	名	124	长至帖	10－6
74	称	423	褚临黄绢本《兰亭》跋赞	10－7
75	蔼		（未对到此字）	10－8
76	然	324	杂书帖	11－1

续表

董本字序号	字名	米芾书法大字典页次	帖名	董本行字序号
77	一	1	杂书帖	11－2
78	邦		（未对到此字）	11－3
79	向		（未对到此字）	11－4
80	服	300	颜鲁公新庙记	11－5
81	郡	589	芜湖县学记	11－6
82	守	150	芜湖县学记	11－7
83	监	438	乐兄帖	11－8
84	司	121	杂书帖	12－1
85	莫	479	芜湖县学记	12－2
86	不	10	龙真行	12－3
87	造	543	芜湖县学记	12－4
88	请	563	芜湖县学记	12－5
89	谋	564	太师行寄王太史彦舟	12－6
90	政	309	芜湖县学记	12－7
91	所	267	贺铸帖	12－8
92	急	246	闰月帖	13－1
93	士	206	章吉老墓表	13－2
94	大	185	天衣怀禅师碑	13－3
95	夫	188	杂书帖	13－4
96	过	545	葛德忱帖、烝徒帖	13－5
97	者	453	芜湖县学记	13－6

续表

董本字序号	字名	米芾书法大字典页次	帖名	董本行字序号
98	必	242	露筋之碑	13－7
99	奔		（未对到此字）	13－8
100	走	536	乐兄帖	14－1
101	乐	377	乐兄帖、春和帖	14－2
102	圃	138	苕溪诗	14－3
103	以	45	芜湖县学记	14－4
104	后	217	杂书帖	14－5
105	为	263	葛德忱帖	14－6
106	耻		（未对到此字）	14－7
107	名	124	长至帖	14－8
108	动	94	龙真行	15－1
109	京	35	杂书帖	15－2
110	师	170	多景楼诗	15－3
111	公	76	张都大帖	15－4
112	卿	104	临王羲之《九月三日帖》	15－5
113	荐	487	廷议帖	15－6
114	以	45	芜湖县学记	16－1
115	自	449	芜湖县学记	16－2
116	代	43	芜湖县学记	16－3
117	者	453	芜湖县学记	16－4
118	甚	430	芜湖县学记	16－5

续表

董本字序号	字名	米芾书法大字典页次	帖名	董本行字序号
119	众	435	芜湖县学记	16－6
120	天	187	褚摹《兰亭》跋赞	17－1
121	子	175	贺铸帖	17－2
122	贤		（未对到此字）	17－3
123	之	19	芜湖县学记	17－4
124	起	537	天衣怀禅师碑	17－5
125	为	263	葛德忱帖	17－6
126	本	361	杂书帖	17－7
127	郡	589	芜湖县学记	17－8
128	教	311	方圆庵记	18－1
129	授	234	贺铸帖	18－2
130	以	45	芜湖县学记	18－3
131	为	263	天衣怀禅师碑	18－4
132	未	360	王略帖跋	18－5
133	广	150	芜湖县学记	18－6
134	也	24	乡石帖	18－7
135	起	537	天衣怀禅师碑	18－8
136	为	264	褚摹《兰亭》跋赞	19－1
137	太	186	芜湖县学记	19－2
138	学	179	长至帖	19－3
139	先	82	芜湖县学记	19－4

续表

董本字序号	字名	米芾书法大字典页次	帖名	董本行字序号
140	生	415	贺铸帖	19－5
141	以	45	芜湖县学记	19－6
142	道	546	芜湖县学记	19－7
143	授	234	贺铸帖	19－8
144	多	212	张都大帖	20－1
145	士	206	白熟帖	20－2
146	未	360	王略帖跋	20－3
147	几	212	向太后挽词	20－4
148	擢	240	褚临黄绢本《兰亭》跋赞	20－5
149	东	364	向太后挽词	20－6
150	观	577	褚摹《兰亭》跋赞	20－7
151	仍	41	觇豉帖	20－8
152	兼		（未对到此字）	21－1
153	枢	378	龙真行	21－2
154	府	147	杂书帖	21－3
155	属	143	捕蝗帖	21－4
156	元	81	褚摹《兰亭》跋赞	21－5
157	符	463	章吉老墓表	21－6
158	元	81	褚摹《兰亭》跋赞	21－7
159	年	208	芜湖县学记	21－8
160	二	29(上)	杂书帖	22－1

续表

董本字序号	字名	米芾书法大字典页次	帖名	董本行字序号
161	月	297	虹县诗	22-2
162	丙	12	鹧鸪天词帖	22-3
163	申	425	明道观壁记	22-4
164	遘		（未对到此字）	22-5
165	疾	395	天衣怀禅师碑	22-6
166	不	10(下）	龙真行	22-7
167	禄	419	淮山帖	22-8
168	享		（未对到此字）	23-1
169	年	208	芜湖县学记	23-2
170	六	77	褚临黄绢本《兰亭》跋赞	23-3
171	十	105	杂书帖	23-4
172	子	175	贺铸帖	23-5
173	粗		（未对到此字）	23-6
174	杭	363	方圆庵记	23-7
175	州	225	芜湖县学记	23-8
176	盐	647	通判帖	24-1
177	官	153	衰迟帖	24-2
178	尉		（未对到此字）	24-3
179	耦		（未对到此字）	24-4
180	耕		（未对到此字）	24-5
181	举	515	烝徒帖	24-6

续表

董本字序号	字名	米芾书法大字典页次	帖名	董本行字序号
182	进	544	知府帖	24－7
183	士	206	章吉老墓表	24－8
184	以	44	芜湖县学记	25－1
185	六	77	褚临黄绢本《兰亭》跋赞	25－2
186	月	297	虹县诗	25－3
187	葬	484	芜湖县学记	25－4
188	至	525	褚临黄绢本《兰亭》跋赞	25－5
189	德	223	露筋之碑、张都大帖	25－6
190	乡	591	芜湖县学记	25－7
191	从	220	芜湖县学记	25－8
192	光	83	天衣怀禅师碑	26－1
193	禄	419	淮山帖	26－2
194	之	18	芜湖县学记	26－3
195	茔		（未对到此字）	26－4
196	先	82	芜湖县学记	26－5
197	生	415	贺铸帖	26－6
198	道	546	芜湖县学记	26－7
199	广	150	芜湖县学记	27－1
200	不	10	章吉老墓表	27－2
201	疵		（未对到此字）	27－3
202	短		（未对到此字）	27－4

续表

董本字序号	字名	米芾书法大字典页次	帖名	董本行字序号
203	人	38	逃暑帖	27－5
204	人	38	逃暑帖	27－6
205	亦	35	露筋之碑	27－7
206	乐	377	乐兄帖、春和帖	27－8
207	趣	538	自叙帖	27－9
208	先	82	芜湖县学记	28－1
209	生	414	清和帖	28－2
210	势	96	（未对到此字）	28－3
211	不	8	褚临黄绢本《兰亭》跋赞	28－4
212	在	197	《兰亭》跋二则	28－5
213	人	38	逃暑帖	28－6
214	上	4	粮院帖	28－7
215	而	444	芜湖县学记	28－8
216	人	38	逃暑帖	28－9
217	不	8	褚临黄绢本《兰亭》跋赞	29－1
218	敢	312	久远帖	29－2
219	议	569	长至帖	29－3
220	盖		（未对到此字）	29－4
221	见	572	贺铸帖	29－5
222	之	19	芜湖县学记	29－6
223	如	193	张都大帖	29－7

续表

董本字序号	字名	米芾书法大字典页次	帖名	董本行字序号
224	麟		（未对到此字）	29－8
225	凤	643	满庭芳词帖	30－1
226	焉	321	芜湖县学记	30－2
227	方	270	乐兄帖	30－3
228	擢	240	褚临黄绢本《兰亭》跋赞	30－4
229	欲	305	戏成诗	30－5
230	使	56	韩马帖、三吴帖	30－6
231	大	185	衰老帖	30－7
232	施	271	芜湖县学记	30－8
233	设	556	芜湖县学记	31－1
234	而	444	芜湖县学记	31－2
235	命	130	拜中岳命诗	31－3
236	不	10	龙真行	31－4
237	假	65	郡官帖	31－5
238	朝	302	《王略帖》跋	31－6
239	野	586	与魏泰唱和诗	31－7
240	惜	252	淮山帖	31－8
241	之	21	褚临黄绢本《兰亭》跋赞	32－1
242	著	483	《王略帖》赞	32－2
243	书	293	拜中岳命诗	32－3
244	三	3	芜湖县学记	32－4

续表

董本字序号	字名	米芾书法大字典页次	帖名	董本行字序号
245	百	408	杂书帖	32-5
246	卷	104	褚摹《兰亭》跋赞	32-6
247	六	77	褚临黄绢本《兰亭》跋赞	32-7
248	经	505	逃暑帖	32-8
249	有	300	芜湖县学记、贺铸帖	33-1
250	辩	583	乐兄帖(中间写法不同)	33-2
251	说		(未对到此字)	33-3
252	乐	377	春和帖	33-4
253	圃	138	苕溪诗	33-5
254	有	300	贺铸帖	33-6
255	集	617	褚临黄绢本《兰亭》跋赞	33-7
256	琴	402	人安帖	33-8
257	台	525	法华台诗	34-1
258	有	300	贺铸帖	34-2
259	志	243	褚摹《兰亭》跋赞	34-3
260	吴	127	头陀寺碑	34-4
261	郡	589	芜湖县学记	34-5
262	有	300	贺铸帖	34-6
263	续		(未对到此字)	34-7
264	记	555	参政帖	34-8
265	又	111	张都大帖	35-1

续表

董本字序号	字名	米芾书法大字典页次	帖名	董本行字序号
266	著	483	褚临黄绢本《兰亭》跋赞	35－2
267	琴	402	人安帖（下部写法略不同）	35－3
268	史	119	褚摹《兰亭》跋赞	35－4
269	其	78	贺铸帖	35－5
270	序	147	芜湖县学记	35－6
271	略	426	久别帖	35－7
272	曰	291	天衣怀禅师碑	35－8
273	方	270	乐兄帖	36－1
274	朝	301	长至帖	36－2
275	廷		（未对到此字）	36－3
276	成	316	张都大帖	36－4
277	太	186	褚摹《兰亭》跋赞	36－5
278	平	208	与魏泰唱和诗	36－6
279	之	18	芜湖县学记	37－1
280	功		（未对到此字）	37－2
281	制	88、89	芜湖县学记、长至帖	37－3
282	礼	420	芜湖县学记	37－4
283	作	53	自叙帖	37－5
284	乐	377	春和帖	37－6
285	以	45	芜湖县学记	37－7
286	比	274	芜湖县学记	37－8

续表

董本字序号	字名	米芾书法大字典页次	帖名	董本行字序号
287	隆	615	杂书帖	38－1
288	商		（未对到此字）	38－2
289	周	129	方圆庵记	38－3
290	则	90	自叙帖	38－4
291	是	283	褚摹《兰亭》跋赞	38－5
292	书	294	来戏帖	38－6
293	也	24	弊居帖	38－7
294	岂	591	杂书帖	39－1
295	虚	456	中伏帖	39－2
296	文	304	褚临黄绢本《兰亭》跋赞	39－3
297	哉	131	新恩帖	39－4
298	此	388	褚摹《兰亭》跋赞	39－5
299	先	82	芜湖县学记	39－6
300	生	415	淮山帖	39－7
301	志	243	褚摹《兰亭》跋赞	40－1
302	也	25	白熟帖	40－2
303	至	523	长至帖	40－3
304	于	271	乐兄帖	40－4
305	诗	559	杂书帖	40－5
306	书	293	拜中岳命诗	40－6
307	艺	489	章吉老墓表	40－7

续表

董本字序号	字名	米芾书法大字典页次	帖名	董本行字序号
308	文	303	向太后挽词	40-8
309	之	18	芜湖县学记	41-1
310	学	179	书院帖	41-2
311	莫	479	弊居帖	41-3
312	不	10	褚摹《兰亭》诗跋	41-4
313	骚	640、641	与粮院帖(驳)字之(马) 与白熟帖(骇)字之(马)	41-5
314	雅	617	闰月帖	41-6
315	造	542	衰迟帖	41-7
316	古	115	芜湖县学记	41-8
317	死	269	依赦帖	42-1
318	之	20	葛德忱帖	42-2
319	日	291	章吉老墓表	42-3
320	家	158	来戏帖	42-4
321	徒	218	虹县诗	42-5
322	藏	488	《王略帖》赞	42-6
323	书	293	拜中岳命诗	42-7
324	二	30	陋邦帖	42-8
325	万	481	褚临黄绢本《兰亭》跋赞	43-1
326	卷	104	《王略帖》跋	43-2
327	天	186	《王略帖》赞	44-1

续表

董本字序号	字名	米芾书法大字典页次	帖名	董本行字序号
328	子	175	贺铸帖	44-2
329	知	413	向太后挽词、春和帖	44-3
330	其	78	芜湖县学记	44-4
331	清	345	长至帖	44-5
332	特	382	（未对到此字）	44-6
333	瑁	531	白熟帖	44-7
334	缣		（未对到此字）	44-8
335	百	408	丹阳帖	45-1
336	疋		（未对到此字）	45-2
337	呜	136	方圆庵记	45-3
338	呼	129	淮山帖	45-4
339	先	82	芜湖县学记	45-5
340	生	415	贺铸帖	45-6
341	可	118	捕蝗帖、逃暑帖	46-1
342	谓	565	杂书帖	46-2
343	清	346	向太后挽词	46-3
344	贤	530	向太后挽词	46-4
345	矣	412	少时帖	46-5
346	余	636	（余）褚摹《兰亭》跋赞	46-6
347	昔	280	晋纸帖	46-7
348	居	142	天衣怀禅师碑	47-1

续表

董本字序号	字名	米芾书法大字典页次	帖名	董本行字序号
349	郡	589	芜湖县学记	47-2
350	与	514	少时帖	47-3
351	先	82	芜湖县学记	47-4
352	生	415	贺铸帖	47-5
353	游	348	天衣怀禅师碑	47-6
354	知	413	向太后挽词	47-7
355	先	82	芜湖县学记	48-1
356	生	415	贺铸帖	48-2
357	者	453	芜湖县学记	48-3
358	也	25	粮院帖	48-4
359	表	493	章吉老墓表、少时帖	48-5
360	曰	291	章吉老墓表	48-6
361	穷	394	苕溪诗	49-1
362	达	547	具状帖	49-2
363	有	300	贺铸帖	49-3
364	命	130	拜中岳命诗	49-4
365	出	98	芜湖县学记	49-5
366	处	455	粮院帖	49-6
367	有	300	贺铸帖	50-1
368	时	285	少时帖	50-2
369	司	120	长至帖、复官帖	50-3

续表

董本字序号	字名	米芾书法大字典页次	帖名	董本行字序号
370	出	98	芜湖县学记	50－4
371	处	455	粮院帖	50－5
372	者	453	芜湖县学记	50－6
373	非	620	粮院帖、晋纸帖	50－7
374	命	130	拜中岳命诗	51－1
375	而	444	芜湖县学记	51－2
376	谁	562	褚摹《兰亭》跋赞	51－3
377	时	286	褚摹黄绢本《兰亭》跋赞	51－4
378	与	514	复官帖	51－5
379	命	130	拜中岳命诗	51－6
380	违	549	清和帖	51－7
381	士	206	章吉老墓表	52－1
382	能	441	贺铸帖	52－2
383	不	10	龙真行	52－3
384	出	98	芜湖县学记	52－4
385	出	98	芜湖县学记	52－5
386	而	444	芜湖县学记	52－6
387	无	322	天衣怀禅师碑	52－7
388	命	130	拜中岳命诗	53－1
389	孰	178	杂书帖	53－2
390	谂		（未对到此字）	53－3

续表

董本字序号	字名	米芾书法大字典页次	帖名	董本行字序号
391	于	271	乐兄帖	53－4
392	时	286	褚临黄绢本《兰亭》跋赞	53－5
393	升	107	芜湖县学记	53－6
394	公	76	张都大帖	54－1
395	之	20	葛德忱帖	54－2
396	堂	201	龙真行	54－3
397	理	402	贺铸帖	54－4
398	公	75	《谢赐御书诗》跋	54－5
399	朱	362	腊雪帖	54－6
400	丝	504	自叙帖	55－1
401	清	345	长至帖	55－2
402	音	631	竹前槐后诗帖	55－3
403	不	10	《王略帖》跋	55－4
404	改	309	褚摹《兰亭》跋赞	55－5
405	乐	377	春和帖	55－6
406	圃	138	苕溪诗	55－7
407	松	364	蒋永仲帖	56－1
408	悲	251	天衣怀禅师碑	56－2
409	呜	136	方圆庵记	56－3
410	呼	129	淮山帖	56－4
411	哀		（未对到此字）	56－5
412	哉	131	新恩帖	56－6

5. 董本字迹与米芾书法字迹比对汇总表

序号	创作年份/岁数	对照碑帖名称	出处	董本字迹序号
1	1080/30 岁	三吴帖	墨迹	230(1)
2	1081/31 岁	法华台诗	墨迹	257(1)
3	1083/33 岁	方圆庵记	单行本	13、17、128、174、289、337▲、409(7)
4	1087/37 岁	多景楼诗	墨迹	110(1)
5	1087/37 岁	知府帖	墨迹	182(1)
6	1089/39 岁	苕溪诗	墨迹	2、7、9、15、20、21、49、57、102、253、361、406(12)
7	1089/39 岁	蜀素帖	墨迹	12(1)
8	1089/39 岁	头陀寺碑	三希堂法帖	24、260(2)
9	1091/41 岁	闰月帖	绍兴米帖	92、314(2)
10	1092/42 岁	竹前槐后诗帖	墨迹	402(1)
11	1093/43 岁	依赦帖	绍兴米帖	317(1)
12	1094/44 岁	明道观壁记	群玉堂帖	163(1)
13	1094/44 岁	天衣怀禅师碑	群玉堂帖	34、53、61、66、94、124、131、135、165、192、272、348、353、387、408(15)
14	1094/44 岁	粮院帖	墨迹	16、214、313▲、358、366、371、373(7)
15	1094/44 岁	露筋之碑	宝晋斋法帖	32、98、189、205(4)
16	1094/44 岁	拜中岳命诗	墨迹	43、50、60、235、243、306、323、364、374、379、388(11)

续表

序号	创作年份/岁数	对照碑帖名称	出处	董本字迹序号
17	1095/45岁	逃暑帖	墨迹	203、204、213、216、248、341(6)
18	1096/46岁	乐兄帖	墨迹	1、13、20、83、100、101、206、227、250▲、273、304、391(12)
19	1097/47岁	与魏泰唱和诗	墨迹临本	52、239、278(3)
20	1097/47岁	龙真行	群玉堂帖	44、86、108、153、166、236、383、396(8)
21	1098/48岁	觊豉帖	宝晋斋法帖	151(1)
22	1098/48岁	春和帖	墨迹	1、20、101、206、252、284、405(7)
23	1098/48岁	捕蝗帖	墨迹（台北藏勾本）	155、341(2)
24	1099/49岁	葛德忱帖	墨迹	59、96、105、125、318、395(6)
25	1099/49岁	陋邦帖	绍兴米帖	324(1)
26	1099/49岁	衰迟帖	绍兴米帖	12、26、70、177、315(5)
27	1099/49岁	通判帖	三希堂法帖	17、176(2)
28	1100/50岁	淮山帖	绍兴米帖	4、23、35、167、193、240、300、410(8)
29	1100/50岁	衰老帖	墨迹	30、47、231(3)
30	1100/50岁	乡石帖	墨迹	134(1)
31	1100/50岁	廷议帖	宝晋斋法帖	113(1)

续表

序号	创作年份/岁数	对照碑帖名称	出处	董本字迹序号
32	1101/51岁	向太后挽词	墨迹	46、56、67、147、149、308、329、343、344、354(10)
33	1101/51岁	长至帖	墨迹	13、14、18、28、29、66、73、107、138、219、274、281、303、331、369、401(16)
34	1101/51岁	太师行王 太史彦舟	群玉堂帖	11、54、89(3)
35	1102/52岁	褚临黄绢本 《兰亭》跋赞	墨迹	31、36、42、63、64、74、148、170、185、188、211、217、228、241、247、255、266、296、325、377、392(21)
36	1102/52岁	褚摹《兰亭》赞	墨迹	120、136、150、156、158、246、259、268、277、291、298、301、312、346▲、376、404(16)
37	1102/52岁	新恩帖	墨迹	297(1)
38	1102/52岁	《兰亭》跋二则	群玉堂帖	65、212(2)
39	1102/52岁	来戏帖	墨迹	292、320(2)
40	1102/52岁	弊居帖	墨迹	8、293、311(3)
41	1103/53岁	《王略帖》跋赞	墨迹	132、146、238、242、322、326(6)
42	1103/53岁	晋纸帖	墨迹	347▲、373(2)
43	1103/53岁	丹阳帖	墨迹	335(1)
44	1103/53岁	适意帖	墨迹	48(1)

续表

序号	创作年份/岁数	对照碑帖名称	出处	董本字迹序号
45	1103/53岁	清和帖	墨迹	51、71、209、380(4)
46	1103/53岁	韩马帖	墨迹	230(1)
47	1103/53岁	贺铸帖	墨迹	38、91、121、129、140、143、172、197、221、249、254、258、262、269、328、340、352、356、363、367、382、397(22)
48	1103/53岁	白熟帖	墨迹	145、302、313▲、333(4)
49	1103/53岁	韩马帖	墨迹	230(1)
50	1104/54岁	复官帖	墨迹	369、378(2)
51	1104/54岁	太平州芜湖县学新记(芜湖县学记)	单印本	3、5、15、22、25、49、55、72、81、82、85、87、88、90、97、103、114、115、116、117、118、119、123、127、130、133、137、139、141、142、159、169、175、184、187、190、191、194、196、198、199、208、215、222、226、232、233、234、244、249、261、270、279、281、282、285、286、299、309、316、330、339、349、351、355、357、365、370、372、375、384、385、386、393(74)
52	1105/55岁	张都大帖	墨迹	111、144、189、223、265、276、394(7)
53	1105/55岁	烝徒帖	墨迹	96、181(2)
54	1106/56岁	虹县诗	墨迹	161、186、321(3)

续表

序号	创作年份/岁数	对照碑帖名称	出处	董本字迹序号
55	1106/56岁	杂书帖	群玉堂帖	39、45、76、77、84、95、104、109、126、154、160、171、245、287、294、305、342、389(18)
56	1106/56岁	人安帖	英光堂帖	256、267(2)
57	1106/56岁	戏成诗帖	墨迹	229(1)
58	1107/57岁	少时帖	绍兴米帖	40、72、345、350、359、368(6)
59	1107/57岁	章吉老墓表	单行本	6、19、27、37、93、157、183、200、307、319、359、360、381(13)
60	1107/57岁	臈雪帖	绍兴米帖	15、49、399(3)
61	1107/57岁	书院帖	绍兴米帖	310(1)
62		蒋永仲帖	绍兴米帖	407(1)
63		《谢赐御书诗》跋	墨迹	398▲(1)
64		中伏帖	绍兴米帖	295(1)
65		自叙帖	群玉堂帖	62、207、283、290、400(5)
66		黄帝帖	宝晋斋法帖	68(1)
67		杂抄诗帖	宝晋斋法帖	69(1)
68		新鲁公新庙记	单行本	80(1)
69		临王羲之《九月三日帖》	宝晋斋法帖	112(1)
70		久违帖	绍兴米帖	218(1)
71		郡官帖	英光堂帖	237(1)

续表

序号	创作年份/岁数	对照碑帖名称	出处	董本字迹序号
72		久别帖	绍兴米帖	271(1)
73		观潮帖	宝晋斋法帖	10(1)
74		褚摹《兰亭》跋	墨迹	16(1)
75		珊瑚帖	墨迹	19(1)
76		鹧鸪天词帖	宝晋斋法帖	41、162(2)
77		元宵帖	宝晋斋法帖	58(1)
78		满庭芳词帖	宝晋斋法帖	225(1)
79		参政帖	墨迹	264(1)
				共计对到405字

本表说明：

①《董本字迹与米芾书法字迹比对表》与《董本字迹与米芾书法字迹比对汇总表》，见汇总表之"出处"栏和《米芾书法大字典》。[80]

② 小括号()内数字为每帖计字总数。

③ 数字尾部有▲记号为局部字迹比对。

6. 董本字迹与米芾书法字迹比对分析

从以上的《董本卷字迹与米芾书法字迹部分对比》,《董本字迹与米芾书法字迹比对表》和《董本字迹与米芾书法字迹比对汇总表》比对分析后，不难得到如下信息：

第一，董本米芾行书《朱乐圃墓表》共计四百十二字，与米芾书法经典作品七十九帖作比对，共有四百零五字，笔法习惯及书写形体与董本相同。

第二，从年龄段分析，三十九岁之前的有二十六字与董本相同，其中乐圃之“圃”字董本有六处出现，与三十九岁所作的《苕溪诗》帖中的“圃”字相同。足见米芾书写是卷时（50岁）虽已步入老年，但是中年书风犹存，这一点也印证了《群玉堂》卷八中所说的“此虽心得，亦可学入。学之理，先写壁，作字必悬手，以锋抵壁，久之自必得趣也”。[81]亦佐证了中年前的米芾习书，是从写楷书大字入手，由此渐悟，而自成一家的说法。

第三，在进入中老年，其四十九岁之前，经比对有八十一个字，笔法及字形与董本相同。可见米芾书体从四十岁开始，已跃出险怪之作，并专心赏习他所得天下第一帖的《王羲之王略帖》。此间之米癫据舷而呼，其状也洵是可人韵事。他对王献之的书法也非常看重，尤其是平淡天真及变家之法而不泥古的长处，从而在其中老年之书体中，体现出更为流畅的笔法。朱长文称米书“运笔流美，亦足贵尚”，这也与朱乐圃驾鹤归道后，朱氏后裔请米芾作墓表，是不无关系的。

第四，五十岁之后的作品与董本比对，有二百九十八字相同，足见董本之书体，已步入老年巅峰之作。汇总表显示，与五十四岁所作的《芜湖县学记》比对，字体笔法相同的竟有七十四字之多。考《芜湖县学记》碑，全称《太平州芜湖县学新记》，北宋庆历四年（1044），仁宗下诏令各州县立学。哲宗元符三年（1100），芜湖始建学宫，为当时之高等学府。芜湖县令林修，请当时礼部尚书黄裳撰写了碑记。徽宗崇宁三年(1104)，米芾知无为军，到芜湖游历，林修热情款待，请米芾书写了《芜湖县学记》。《中国碑文化》一书赞誉米芾此碑所书："用笔俊迈，如龙腾舞，超妙天然，雄健清新，有沉着凝重、快刀利剑之势，被公认为是米芾书法的代表作。"清孙承泽《庚子销夏记》评其书云："字法遒劲而韶秀。"《墨林快事》跋此碑云："米老《学记》乃字字有体势，亦鲜败笔，米书中之可贵者。"[82]

《蜀素帖》(三十八岁作品，658字)，《苕溪诗》(三十八岁作品，294字)。米芾于董本所书的字数(412字)已堪称惊人，字迹笔力老结，迥出《蜀》、《苕》二本之上，应属米芾中老年作品之最了。《中国文物报》2008年11月2日第7版载沈纯理先生撰解析米芾《大行皇太后挽词》一文提及："米芾是继二王之后在传统书法中最为卓著，他的书写技法简洁明快而高超，结构奇崛之中有偏侧之势，文字中肯而又实在……唯有不足的是他真迹中没有大字楷书，难以满足基础教学的需要。"[83]而此董本米芾书《朱乐圃墓表》恰是行楷字体，可当其阙矣。

7. 董本字数与灵岩山残碑字数相差二十四字，及全文字数差异分析

经核对董本米芾书《朱乐圃墓表》，总字数为四百十二字，而刻入《朱乐圃墓表碑》(灵岩山残碑)的总字数为三百八十八字，两者相差

二十四字。董本作："朝廷成太平之功制礼作乐以比隆商周则是书也岂虚文哉此先生志也。"灵岩山残碑作："朝廷成太平志也"其中下部画线的二十二字删之。此中明显为朱氏子孙，恐触及朝廷之忌，避讳而略。另外"莫不造请谋政所急士大夫过者必奔走乐圃"中，"所急"二字亦在灵岩山残碑碑文中删去，此亦是朱氏子孙认为不妥之处而删去。

叶德辉在《郎园山居文录》下卷的《宋石刻米芾书朱乐圃先生墓表跋》中说："今但以书院本校之，其文字差异之处，颇不可解，如书院本于'莫不造请谋政'下（石本第二行）多'所急'二字，'朝廷成太平'下（石本第十一行）多'之功制礼作乐以比隆商周则是书也，岂虚文哉，此先生'共二十二字"。又说"卢抱经文弨校影宋本《乐圃馀稿》（卢校本今在江南图书馆），附录米表，其多出二十二字……考《宋史·文苑传》本传全用米表原文，其多出之字亦如此。"[84]

从上述记载可知，叶德辉所说的"颇不可解"，其原因是他未能以米芾墓表原稿校对的原故。但是他与卢抱经文弨校影宋本《乐圃馀稿》和《宋史·文苑传》校对，便找出了缺少此二十四字的原由。

（1）董本和灵岩山残碑墓表与米芾《宝晋英光集》卷七之《乐圃先生墓表》[85]比对，差异如下，见表一。

表一

序号	董本位置	董本字名	墓表碑字名	墓表碑字位置	《宝晋英光集》字名
1	第9行第3字	趣	趣	第3行第7字	癖
2	第12行第8字、第13行第1字	所急	(无此二字)	(原应在第2行末)	所急
3	第19行第2、3字	太学	太学	第6行第18、19字	国子
4	第24行第3字	尉	尉	第7行第24字	(缺此字)
5	第27行第9字	趣	趣	第8行第18字	趍
6	第37行第1字至第39行第7字	之功制礼作乐以比隆商周则是书也岂虚文哉此先生	(无此二十二字)	第11行第5字至第6字之间	之功制礼作乐以比隆商周则是书也岂虚文哉此先生
7	第53行第2字	孰	孰	第13行第29字	熟
8	第53行第3字	谂	谂	第13行第30字	稔
9	第56行第1字	松		第15行第10字	松
10	第56行第2字	悲	悲	第15行第11字	阙(缺)字

注:徐建文先生编印米芾《宝晋英光集》卷七的文字勘误情形同《钦定四库全书》文渊阁本。

(2) 再以董本和灵岩山墓表残碑与《乐圃馀稿·附录》之《乐圃先生墓表》[86]比对,差异如下,见表二。

表二

序号	董本位置	董本字名	墓表碑字名	墓表碑字位置	《乐圃馀稿》字名
1	第12行第8字、第13行第1字	所急	(无此二字)	原应在第2行末	所急
2	第27行第9字	趣	趣	第8行第18字	趋
3	第37行第1字至第39行第7字	之功制礼作乐以比隆商周则是书也岂虚文哉此先生	(无此二十二字)	第11行第5字至第6字之间	之功制礼作乐以比隆商周(则)是书也岂虚文哉此先生(阙"则"字)
4	第40行第7、8字	艺文	艺文	第11行第12、13字	文艺
5	第56行第1字	松		第15行第10字	堪

(3) 董本同书院本或鲍漱芳本(详见后)及灵岩山残碑碑文核对情况表,见表三。

表三

序号	董本位置	董卷字名	墓表碑字名	墓表碑字位置	《书》、《鲍》本(未分)
1	第12行第8字、第13行第1字	所急	(无此二字)	原应在第2行末	所(急)
2	第56行第1字	松		第15行第10字	松

(4) 差异分析(《灵岩山残碑文》以下简称“墓碑”):

第一,表一字迹分析:

① 董本和墓碑字数的差异共有二处,即墓表碑少了二十四字,其原因已在前面叙述,不再赘复。

② 董本和《宝晋英光集》卷七校对共有七处差异,即表一 1、3、4、5、7、8、10。据分析,第 1 项,“趣”和“癖”可能为传误所致,“癖”字于文中或不得解意。第 3 项,“太学”和“国子”应为旧时传承中,称谓改变之故。第 5 项,“趣”和“趍”可能为背录时误记,谐音之故。至于第 7、8 项,“熟”、“稔”明显“熟稔”为词组,二者古时同为一意,应系传抄之误。第 10 项,缺字原因待考。古人在传录过程中往往会出现上述情况,一些文字底录由于潦草而就,或誊写背临句文,其转录的过程中,时有同义字、谐音字夹杂于文中。那时,几乎都由书童(即秘书)来做底录,自然书童的文化程度,也因主人的才学不同而异。文人雅集时,书童除“四宝”之外,必寸步不离主人。故此,古代绘画中,涉及文人雅集的场景,书童常常是重要的题材之一。所以主人所出之文,自家书童即有会心处,自然称心如意。正式场合下,若无书童相左时,誊稿也多不自躬,往往他人借之,席散携稿而归。也有因宦游不遑、逆旅羁绊等,常常时隔很久之后,才得以将底录文稿收入文集中,而文集付梓过程亦多奏章节。在此期间,一些底录甚至丢失无考亦是常事,自不必说其中传误之笔又何其可计。此赘疣之言,离也。四

库所录版本差异亦如此，转录越多，讹误也越多。此篇墓表共计四百十二字，个中异误也是在所难免。而碑刻则不同，所拓之文，从古至今，字字皆同，宁阙不易，不会受到上述因素影响，可以比较真实地反映出当时原貌。

第二，表二字迹分析：

① 董本和墓表碑字迹有二处差异。

第一处差异：董本第 56 行第 1 字作“松”字，而在墓碑上刻成“”。董本墨迹为“松”字，四库本米芾《宝晋英光集》卷七亦为“松”字。[87]叶德辉在《郎园山居文录》之《宋石刻米芾书朱乐圃先生墓表跋》中亦对“松”字提出过异议，文曰：“又铭辞‘乐圃增悲’，‘增’草作‘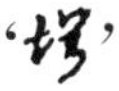’形近‘松’字，书院本即讹作‘松悲’。卢抱经文弨校影宋本《乐圃馀稿》（卢校本今在江南图书馆），附录米表，其多出二十二字及‘增’讹‘松’同。……考《宋史・文苑传》本传全用米表原文，其多出之字亦如此。”[88]叶德辉对此虽提出疑问，但所寻找的资料亦都是“松”。那么墓碑上，这个既不是“松”，也不是“增”的“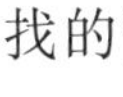”字，缘何而出？经对米芾书法习惯的研究后，发现米书中常将“木”字旁写成提手旁（扌）。这一点，在李志贤先生所著《米芾书法大字典》中也专门提到过。再审董本之“松”字，确实将“木”字旁写成了提手旁，而且下部笔画甚短，因而造成了当时为乐圃墓碑刻字勾线的刻工误刻，或者镌刻时因碑石石筋纹理爆裂等原因，而顺势修整成现在的“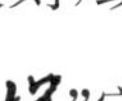”字。其实

这个“”字无论是在《古汉语字典》还是《辞源》中都未出现过。叶德辉仅将《乐圃馀稿》、碑文和“书院本”三者之间进行校对，而未及与书卷原迹校对。故以为是“增”讹“松”。另从字义分析，因为“松”、“柏”皆墓之从属，语境亦符合文句情理。何况米芾自己在《宝晋英光集》卷七，也录为“松”字可以辅证。综上情形分析，碑中之“”字应为误刻，而等到书院碑时，就已经将此字更正为“松”字了。

第二处差异：即全文最后一字“哉”。其下面口部，于碑文中刻成了连笔。此“哉”字在董本出现过二次，即第 297 号和第 412 号，但都没有连笔现象。墓碑中仅出现了第 412 号字，而第 297 号“哉”字，则是被删去的二十二字之一，故在碑文中第 412 号字是首次出现。经查阅米芾相关有“哉”字之帖，如《新恩帖》、《天衣怀禅师碑》、《章吉老墓表》、《吏民帖》、《方圆庵记》、《久郁帖》、《章圣天临殿记》等七帖后，可以断定米芾在书写“哉”字下部之“口”字时，他的书写习惯是不用连笔，而是分笔而成的，连笔绝非米芾书写“哉”字的习惯，应该属于刻碑时的顺笔修整。此差异也在其后的书院碑中加以更正。

② 董本和四库全书《乐圃馀稿》校对共有三处差异

第一处差异：董本卷为“趣”字。原文云：“先生道广不疵短人，人亦乐趣。”而《馀稿》录为“趋”。

第二处差异：董本为“艺文”，《馀稿》为“文艺”，按照句文为误录无疑。

第三处差异：董本的“松”字，《馀稿》录成“堪”字。叶德辉《郎园山居文录》载：“《馀稿》搜刻于先生（朱长文）侄孙名思者，序题绍熙甲寅，距先生没九十六年。”[89]此录亦出于《宋史》。

第三，表三字迹分析：

表三所列拓本，为笔者所获得之十页米芾书《朱乐圃墓表》的拓本影印件，悉知此拓，共有二十四页。按照史料分析，该拓本的出处有如下两种可能，现将此影印本列出，作为探索之参考。

① 叶德辉在《郎园山居文录》记述：“苏城乐圃书院刻有肥瘦两本，嵌于院壁，瘦者笔迹与此同。”[90]（注：“瘦者”笔迹与朱梁任赠叶德辉之墓碑拓本相同）

② 鲍漱芳（1763—1807），清代著名徽商，嘉庆四年（1799）延请扬州著名刻工党锡麟，勾摹镌刻有行书《朱乐圃墓志铭》等五十余册法帖，后称之为清拓鲍漱芳《安素轩法帖》。

上述二则信息表明，在苏州的“乐圃书院”内有二块《朱乐圃墓表碑》。其中的一块字迹较“瘦”的书院碑和鲍漱芳所刻的《朱乐圃墓表》与此影印件相同。两者必居其一，究竟系出哪一块，尚有待进一步考证。但从此影印件可以说明如下问题：

（下述页次为影印件注明之页次）

① 第一页：“江淮荆浙等路制置从事米芾表”，从“米芾表”之落款可见与“书院碑”之“瘦”体字碑相同。据此分析，可能出自“此碑”

或出自“董本系”亦或出自董本卷。

② 第五页:“莫不造请谋政所”缺下页,仍可断定“所急”二字,在此拓片中已经出现。

③ 第十页:“不改乐圃松悲,呜呼哀哉”,此“松”字清晰可见,已非原墓碑之“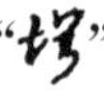”字了。

上述种种的实物信息显示,这个拓本的原石碑刻极有可能出自苏城乐圃书院墙上的“瘦”体书院碑,而“瘦”体书院碑也极有可能出自于董本。遗憾的是,苏城书院碑可能已泯没,要想见到完整的碑帖,也只能从帖海中慢慢寻找了。

(5) 附十页米芾书《朱乐圃墓表》(书院本或鲍本)拓本影印件

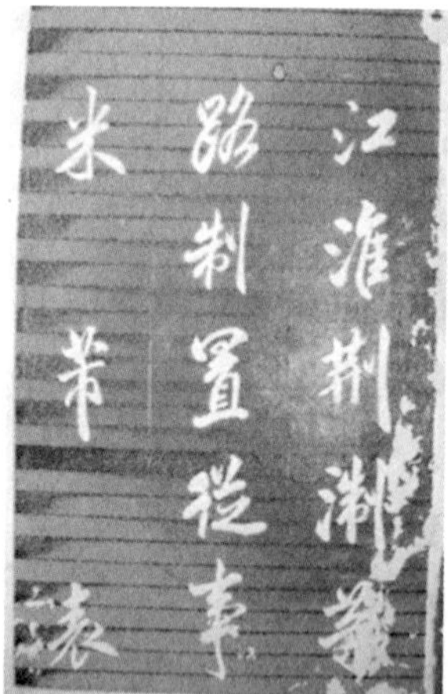

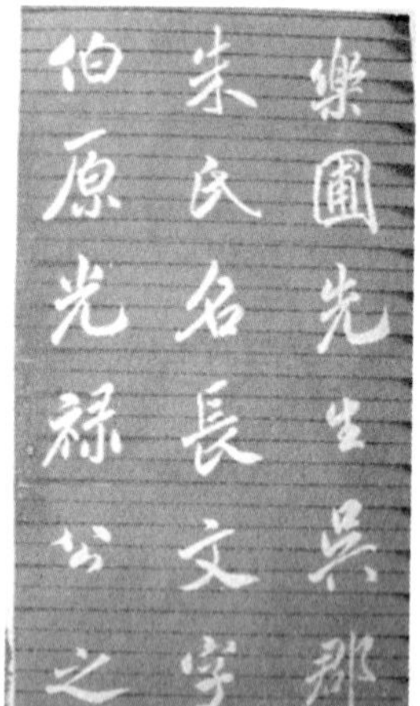

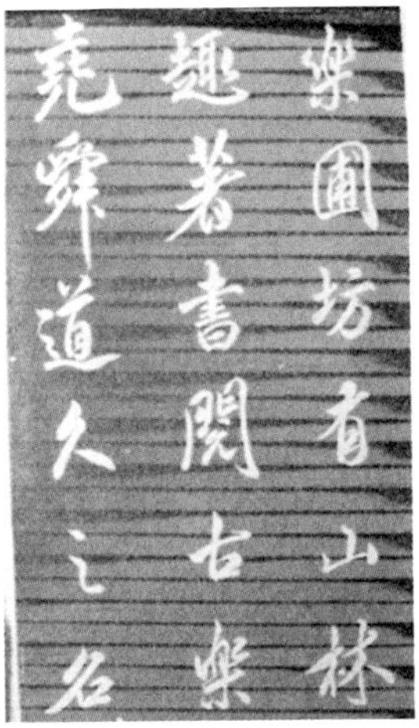
樂圃坊有山林
趣著書閱古樂
堯舜道久之名

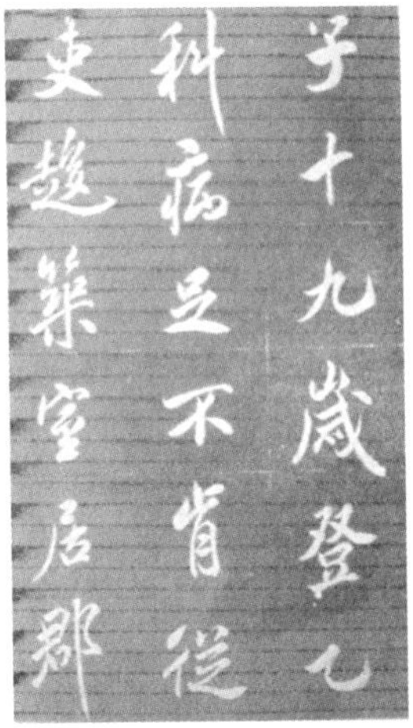
子十九歲登乙
科病足不肯從
吏遊築室居郡

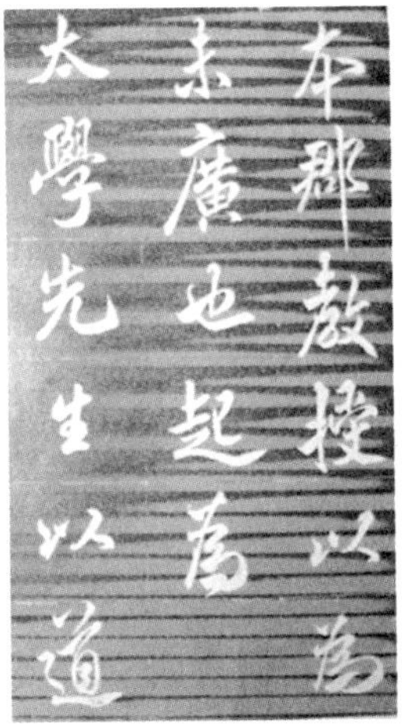
本郡教授以爲
未廣也起爲
太學先生以道

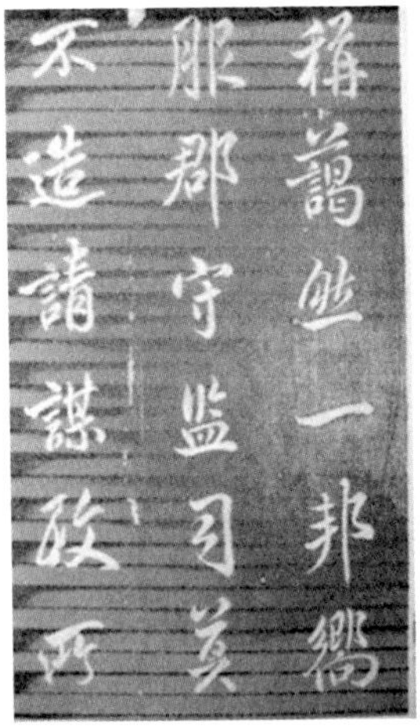
稱藹然一邦嚮
那郡守監司莫
不造請謀政所

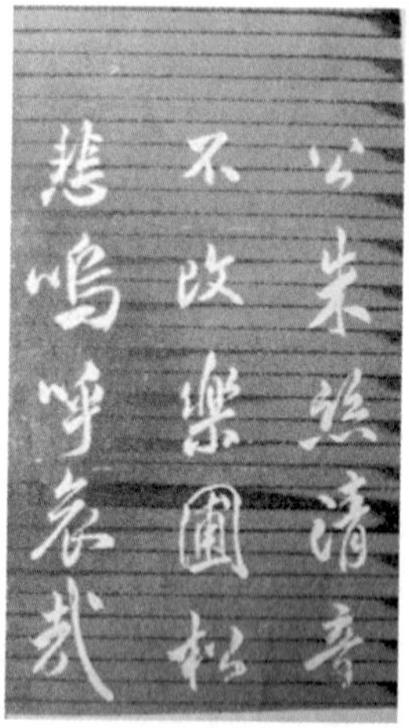

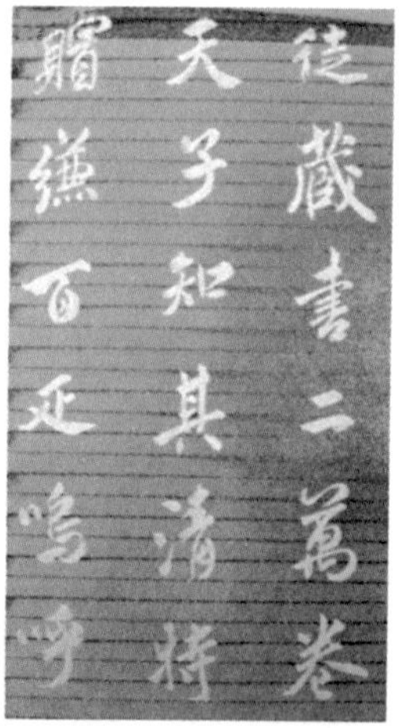

8. 董本米芾行书《朱乐圃墓表》卷有关著录

部分董本有关著录

序号	著录书名	著录名称	版本及作者	著录主要内容	附件号
1	《钦定四库全书》子部	宋米芾著《宝晋英光集》卷七	中国台湾文渊阁本 1116—133	录董本全文	[91]
2	《宋集珍本丛刊》	宋米芾著《宝晋英光集》卷七	钱建文	录董本全文	[92]
3	《钦定四库全书》子部	宋《乐圃馀稿》附录	中国台湾文渊阁本 1119—58	录董本全文	[93]
4	《卢抱经文弨校印》宋本	宋《乐圃馀稿》附录	江南图书馆	附录董本全文(叶德辉文集)	[94]
5	《钦定四库全书》史部	《宋史》文苑传　卷四百四十四	中国台湾文渊阁本 288—257	宋史文苑名录	[95]
6	《四库禁毁书丛刊》	集部 32 册《容台集》十七卷之卷二题跋	北京大学图书馆藏明崇祯三年董庭刻本	第 468 页载董其昌跋语全文	[96]
7	《钦定四库全书》子部	《御定书画谱》卷七十八　《佩文斋书画谱》《宋米芾乐圃帖》	中国台湾文渊阁本 822—353	第 368 页载《宋米芾乐圃帖》	[97]

续表

序号	著录书名	著录名称	版本及作者	著录主要内容	附件号
8	《钦定四库全书》子部	《御定书画谱》卷九十四	中国台湾文渊阁本 823—223	陈继儒(辰玉家见之)	[98]
9	《佩文斋书画谱》	卷九十四	善本(清刻本)	同上	[99]
10	《佩文斋书画谱》	卷七十八 《历代名人书跋》九十六	善本(清刻本)	录董其昌跋《宋米芾乐圃帖》全文	[100]
11	《钦定四库全书》子部	明李日华《六研斋笔记》卷四	中国台湾文渊阁本 867—566	李日华题董本文录	[101]
12	《中国书画全书》	明《妮古录》卷一	上海书画出版社 卢辅圣主编	陈继儒语录	[102]
13	《美术丛书》	《妮古录》卷一初集第十辑	黄宾虹、邓实编 江苏古籍出版社	乐圃遗址及墓表(164页)	[103]
14	《中国书法全集》	38卷宋辽金编(米芾卷二)	刘正成、曹宝麟编 荣宝斋出版社	元符三年1100年庚辰50岁作《朱长文墓表》	[104]
15	《中国书法家全集(米芾)》	米芾年表及《容台集》	莫武著 河北教育出版社	引用董其昌《容台集》中跋文	[105]

续表

序号	著录书名	著录名称	版本及作者	著录主要内容	附件号
16	《米芾书法全集》	米芾年表	紫禁城出版社	同上	[106]
17	《墨迹大观·米芾》	历代评米芾书法	朱仲岳编　上海人民美术出版社	董其昌《容台集》跋董本全文	[107]
18	《米芾书法珍本集粹与拾遗》	历代评米芾书法	于景频主编　辽海出版社	董其昌《容台集》跋董本全文	[108]
19	《朱长文·续书断》	《朱长文墓表》	徐利明主编　江苏美术出版社	米芾作《朱长文墓表》	[109]
20	《朱长文·琴史》	《乐圃先生墓表》	林晨编著　中华书局	米芾《乐圃先生墓表》	[110]
21	《钦定四库全书》史部	《金石文考略》卷十四	中国台湾文渊阁本 684—420	董其昌《容台集》跋董本全文	[111]
22	《六研斋笔记》	《紫桃轩杂缀》	凤凰出版社	李日华题董本文录	[112]
23	《米芾书法大字典》	《容台集》	李志贤主编　河南美术出版社	引用董其昌《容台集》中跋文	[113]

三、灵岩山残碑考证

1. 朱锡梁之清拓本即灵岩山残碑拓

清叶德辉著《郎园山居文录》卷下载《宋石刻米芾书朱乐圃先生墓表跋》:“米书《乐圃先生墓表》自来金石书目皆不著录,以其石在朱氏祖茔,非其子孙不得见也。此本为先生裔孙梁任手拓贻余者,石虽断泐,字字犹可辨识。”[114]考朱氏裔孙朱梁任为苏州人,朱九如先生在《苏州地方志》撰写的《吴郡红心木一株——苏州朱姓初探》一文中记述:“苏州朱氏在1949年前,较为人知的有朱梁任、朱家积,三十三世朱梁任属滚绣坊支,其父朱永璜,号小汀,同治十年(1871)武进士,官常州守备。朱梁任(名锡梁)学术湛深,书法有成就,曾考证乐圃遗址在慕家花园而非环秀山庄,《苏州市志》有传。”朱梁任(锡梁)亦曾为叶德辉《郎园六十自叙》作校勘。[115]梁任曾与柳亚子、陈巢南等人在苏州张园结社,成为闻名全国的清末首次“南社”要员。

从现存的信息表明,除了叶德辉有一件,石湖草堂收藏有一件,中国国家图书馆也藏有一本《朱乐圃墓表》清拓本。见《米芾书法全集》(第二百五十页十三)载有:“米芾撰并行书,北宋元符元年(1098)六月葬,江苏省苏州市出土。文十五行,行三十六字。碑横断一道。此本为清拓,整幅一张,(长)149厘米,宽70厘米。缪继珊旧藏并题签,钤‘景郑持赠’印。此本今藏国家图书馆。”[116]可见该拓本为苏州潘景郑旧藏。林晨编著《琴史》记述："潘本。潘景郑承弼藏旧钞本。……'琴史'二字……百尺灵岩勤(勒)翠墨(乐圃先生墓在灵岩山麓,余曾访拓墓表,分馈同好)。"[117]故此拓应为可信之物。石湖草堂旧藏一件,钤有"乐圃先生廿九世孙(朱)锡梁于八百年竣省石监拓记"朱文长方印记,《朱乐圃先生墓表》碑拓片整幅一张(原件),纵 148 厘米,宽 68 厘米。为同里挚友李根源先生在苏州时所赠曾祖公。上述二本形态特征相同,证实其字迹大小和笔画与灵岩山残碑完全吻合(半幅残碑);亦同于董本《朱乐圃先生墓表》字迹。由此可认定,此二件拓本应是朱乐圃墓碑的原石拓本(即灵岩山残碑)。

朱锡梁监拓片全文

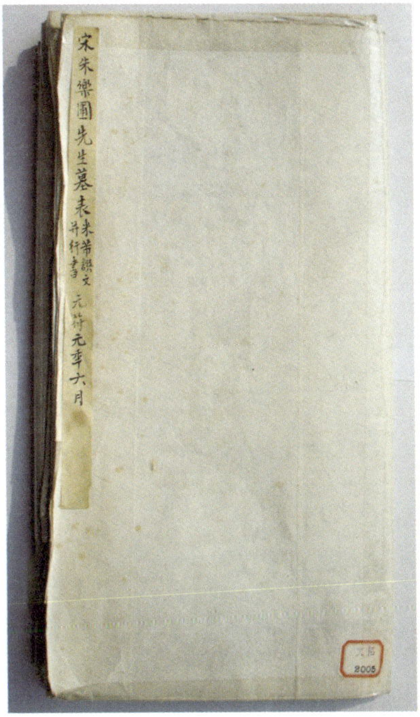

朱锡梁监拓片签条

苏州文庙外景

馆藏残碑拓本(照片)

纵观石湖草堂旧藏之墓碑拓片，由于所拓之墓碑，经历了八百年之漶漫历程，部分已风化。其特征是在中间横断为二，可证在朱梁任所拓之前，此碑已断为二截。现经逐字分类整理辨识，此碑共为十五行，每行字数不等，总字数应为三百八十八字，其中二百八十五字尚能清晰辨认，六十六字稍有模糊，十八字严重模糊，部分缺损的有七字，完全缺损不能辨认的有十二字。详见《米芾书朱乐圃墓表碑》(朱锡梁拓片)每行字数、相片编号及清晰度汇总明细表。

2. 米芾行书《朱乐圃墓表碑》(朱锡梁监拓本)每行文字字数、相片编号及清晰度汇总明细表。

阅读说明：

① 注脚 ⓐ为较清晰的字。ⓑ模糊的字。ⓒ有部分缺损的字。ⓓ严重模糊的字。ⓔ已缺损的字。

② 文字下部分画线表示相片括号内编号和每张相片对应的字数。

③ 相片编号示例：第一行(1)乐圃，(1)表示相片序号 1。

第一行(十九字)

乐圃	先生之	墓江	淮荆	湖等路	制置从
(1)	(2)	(3)	(4)	(5)	(6)
ⓐⓐ	ⓐⓐⓐ	ⓐⓐ	ⓑⓑ	ⓑⓓⓓ	ⓓⓑⓐ

事米	芾表	(乐圃先生廿九世孙锡梁于八百年竣省石监拓记)(朱文方印)(9)
(7)	(8)	(朱文方印)(9)
ⓐⓐ	ⓐⓐ	ⓐ12 字ⓑ4 字ⓓ3 字

第二行(三十六字)

乐圃先　生吴郡　朱氏名　长文字　伯原光
(10)　(11)　(12)　(13)　(14)
ⓐⓐⓐ　ⓑⓒⓒ　ⓑⓑⓑ　ⓐⓐⓑ　ⓐⓐⓑ
禄公之　子十九　岁登乙　科病　足不肯
(15)　(16)　(17)　(18)　(19)
ⓑⓑⓑ　ⓐⓐⓐ　ⓑⓑⓐ　ⓒⓐ　ⓐⓐⓐ
从吏趍　筑室　居郡　ⓐ22字ⓑ11字ⓒ3字
(20)　(21)　(22)
ⓐⓐⓐ　ⓐⓐ　ⓐⓐ

第三行(三十五字)

乐圃坊　有山林　趣著书　阅古乐　尧舜
(23)　(24)　(25)　(26)　(27)
ⓓⓓⓐ　ⓐⓐⓐ　ⓑⓐⓐ　ⓑⓐⓑ　ⓑⓔ
道久之　名称蔼　然一邦　向服郡　守监司
(28)　(29)　(30)　(31)　(32)
ⓐⓐⓑ　ⓑⓑⓑ　ⓑⓐⓐ　ⓒⓐⓑ　ⓐⓐⓐ
莫不造　请谋政　ⓐ19字ⓑ11字ⓒ1字ⓓ2字ⓔ2字
(33)　(34)
ⓐⓐⓐ　ⓐⓔⓑ

第四行(十六字)

士大夫　过者必　奔走乐　圃以后　为耻
(35)　(36)　(37)　(38)　(39)
ⓑⓑⓑ　ⓑⓑⓔ　ⓑⓐⓐ　ⓐⓑⓐ　ⓐⓑ
名动　ⓐ6字ⓑ9字ⓔ1字
(40)
ⓑⓐ

第五行(十一字)

京师　公卿荐　以自代　者甚众
(41)　(42)　(43)　(44)
ⓔⓐ　ⓑⓑⓑ　ⓐⓐⓐ　ⓐⓐⓐ

ⓐ7 字ⓑ3 字ⓔ1 字

第六行(三十五字)

天子贤　之起为　本郡　教授　以为未
(45)　(46)　(47)　(48)　(49)
ⓐⓐⓑ　ⓔⓑⓑ　ⓑⓐ　ⓐⓑ　ⓑⓐⓐ

广也起　为太　学先生　以道授　多士
(50)　(51)　(52)　(53)　(54)
ⓐⓐⓐ　ⓐⓐ　ⓐⓐⓐ　ⓐⓑⓔ　ⓐⓐ

未几擢　东观仍　兼枢府　ⓐ22 字ⓑ9 字ⓔ4 字
(55)　(56)　(57)
ⓐⓐⓐ　ⓐⓑⓐ　ⓑⓔⓔ

第七行(三十五字)

属元符　元年二　月丙申　遘疾不　禄享年
(58)　(59)　(60)　(61)　(62)
ⓐⓐⓐ　ⓐⓐⓐ　ⓐⓐⓐ　ⓐⓐⓐ　ⓐⓐⓐ

六十子　耜杭州　盐官尉　耦耕　举进士
(63)　(64)　(65)　(66)　(67)
ⓐⓐⓐ　ⓐⓑⓑ　ⓑⓐⓒ　ⓑⓐ　ⓐⓐⓐ

以六月　葬至　德　ⓐ28 字ⓑ5 字ⓒ1 字ⓔ1 字
(68)　(69)　(70)
ⓐⓑⓐ　ⓐⓐ　ⓔ

第八行(三十五字)

乡从　光禄之　茔　先生道　广不疵　短人人
(71)　(72)　(73)　(74)　(75)　(76)
ⓐⓐ　ⓐⓑⓐ　ⓑ　ⓐⓐⓐ　ⓐⓐⓐ　ⓐⓐⓐ

亦乐趣　先生势　不在人　上而人　不敢议
(77)　(78)　(79)　(80)　(81)
ⓐⓑⓓ　ⓑⓑⓓ　ⓐⓔⓐ　ⓐⓐⓐ　ⓐⓐⓐ

盖见之　如麟　ⓐ23 字ⓑ6 字ⓓ5 字ⓔ1 字
(82)　(83)
ⓐⓑⓓ　ⓓⓓ

第九行(三十五字)

凤焉　方擢欲　使大施　设而命　不假朝
(84)　(85)　(86)　(87)　(88)
ⓐⓑ　ⓐⓐⓐ　ⓐⓐⓐ　ⓐⓐⓒ　ⓐⓐⓐ

野惜之　著书三　百卷六　经有　辩说
(89)　(90)　(91)　(92)　(93)
ⓐⓐⓐ　ⓓⓓⓓ　ⓓⓐⓔ　ⓐⓐ　ⓐⓐ

乐圃有　集琴台　有志
(94)　(95)　(96)
ⓐⓐⓓ　ⓓⓑⓓ　ⓔⓓ

ⓐ22 字ⓑ2 字ⓒ1 字ⓓ8 字ⓔ2 字

第十行(十四字)

吴郡有　续记又　著琴　史其序　略曰方
(97)　(98)　(99)　(100)　(101)
ⓐⓐⓐ　ⓐⓐⓐ　ⓐⓐ　ⓐⓐⓐ　ⓐⓐⓐ

ⓐ14 字

第十一行(三十一字)

朝廷成 太平志 也至于 诗书 艺文之
(102) (103) (104) (105) (106)
ⓐⓐⓐ ⓐⓐⓐ ⓐⓐⓐ ⓐⓐ ⓐⓐⓐ

学莫 不骚雅 造 古死之 日家徒
(107) (108) (109) (110) (111)
ⓐⓐ ⓐⓐⓐ ⓑ ⓐⓐⓑ ⓐⓒⓑ

藏书二 万卷 ⓐ26字ⓑ4字ⓒ1字
(112) (113)
ⓐⓐⓐ ⓐⓑ

第十二行(三十四字)

天子知 其清特 赗继百 疋鸣呼 先生可
(114) (115) (116) (117) (118)
ⓐⓐⓐ ⓐⓐⓐ ⓐⓐⓐ ⓐⓐⓐ ⓐⓐⓐ

谓清 贤矣 余昔 居郡 与先
(119) (120) (121) (122) (123)
ⓐⓐ ⓐⓐ ⓐⓐ ⓐⓐ ⓐⓐ

生游知 先生者 也表曰 ⓐ33字ⓑ1字
(124) (125) (126)
ⓐⓐⓐ ⓐⓐⓐ ⓐⓑⓐ

第十三行(三十三字)

穷达 有命出 处有 时司出 处者非
(127) (128) (129) (130) (131)
ⓐⓐ ⓐⓐⓐ ⓐⓐ ⓐⓐⓐ ⓐⓐⓐ

命而谁 时与命 违士能 不出出 而无
(132) (133) (134) (135) (136)
ⓐⓐⓐ ⓐⓐⓐ ⓐⓐⓐ ⓐⓐⓐ ⓐⓐ

命孰　谂于　时升　ⓐ32字ⓑ1字
（137）（138）（139）
ⓐⓐ　ⓐⓐ　ⓑⓐ

第十四行(四字)

公之　堂理　ⓐ4字
（140）（141）
ⓐⓐ　ⓐⓐ

第十五行(十五字)

公朱丝　清音不　改乐圃　悲　呜呼　哀哉
（142）（143）（144）（145）（146）（147）
ⓐⓐⓐ　ⓐⓐⓐ　ⓐⓐⓐ　ⓐⓐ　ⓐⓐ　ⓐⓐ
ⓐ15字

《米芾·朱乐圃墓表碑》(朱锡梁监拓本)字迹及清晰度汇总：

（1）行数：共十五行

（2）总字数：19＋36＋35＋16＋11＋35＋35＋35＋35＋14＋31＋34＋33＋4＋15＝388字。

（3）ⓐ较为清晰字数：12＋22＋19＋6＋7＋22＋28＋23＋22＋14＋26＋33＋32＋4＋15＝285字。

（4）ⓑ较模糊的字数：4＋11＋11＋9＋3＋9＋5＋6＋2＋4＋1＋1＝66字。

（5）ⓒ有部分缺损的字数：3＋1＋1＋1＋1＝7字。

（6）ⓓ严重模糊的字数：3＋2＋5＋8＝18字。

（7）ⓔ已缺损的字数：2＋1＋1＋4＋1＋1＋2＝12字。

3. 米芾行书《朱乐圃墓表灵岩山残碑》(朱锡梁监拓本)相片图录

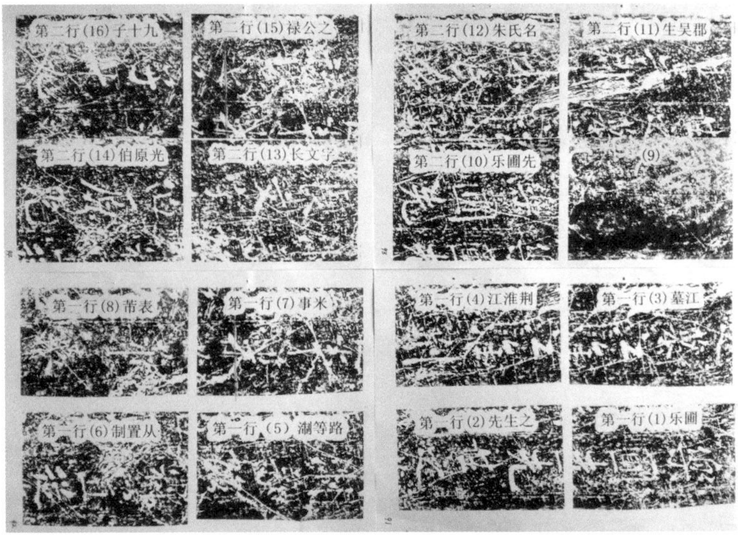

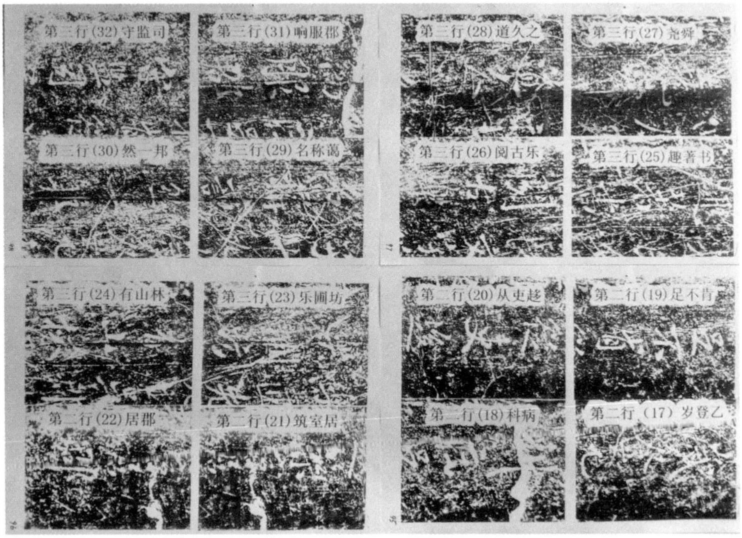

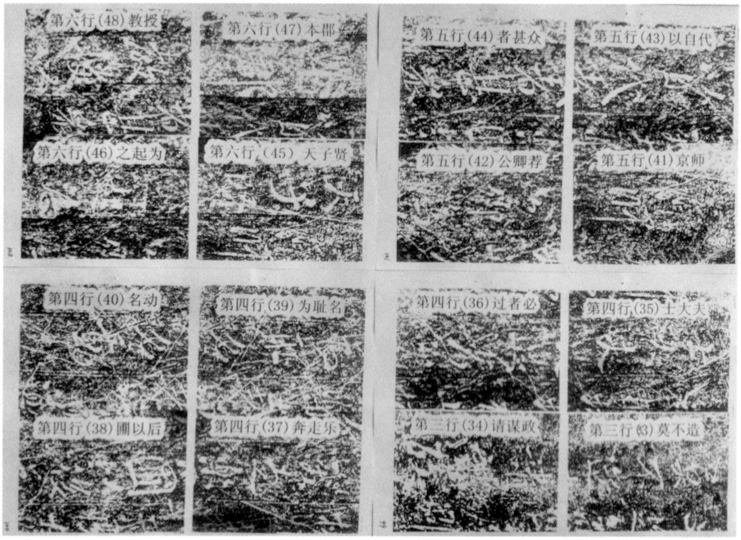
第六行(48)教授
第六行(47)本郡
第五行(44)者甚众
第五行(43)以自代
第六行(46)之起为
第六行(45)天子贤
第五行(42)公卿荐
第五行(41)京师
第四行(40)名动
第四行(39)为耻名
第四行(36)过者必
第四行(35)士大夫
第四行(38)圃以后
第四行(37)奔走乐
第三行(34)请谋政
第三行(33)莫不造

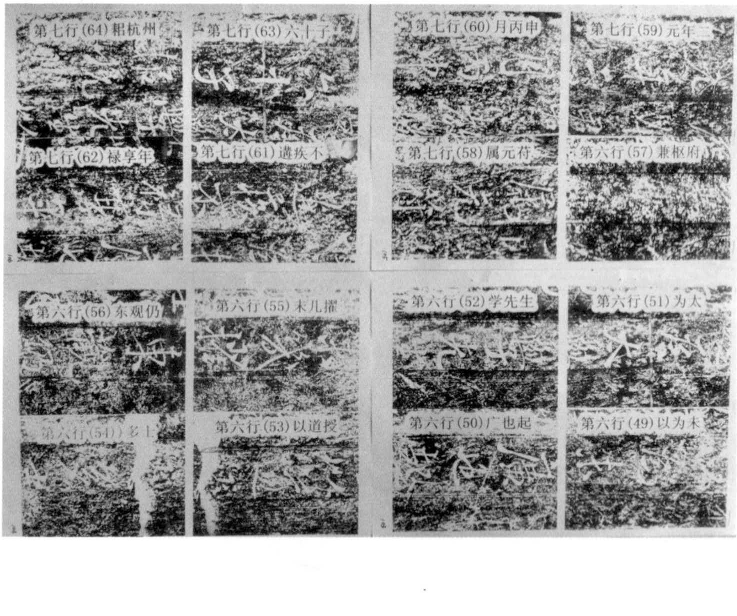
第七行(64)租杭州
第七行(63)六十子
第七行(60)月丙申
第七行(59)元年二
第七行(62)禄享年
第七行(61)遘疾不
第七行(58)属元符
第六行(57)兼枢府
第六行(56)东观仍
第六行(55)未几擢
第六行(52)学先生
第六行(51)为太
第六行(54)多士
第六行(53)以道授
第六行(50)广也起
第六行(49)以为未

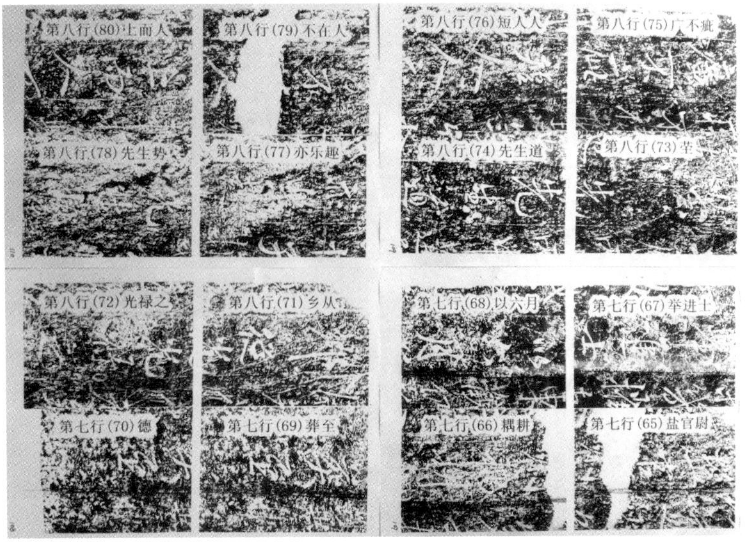

第八行(80)上面人
第八行(79)不在人
第八行(76)短人人
第八行(75)广不
第八行(78)先生势
第八行(77)亦乐趣
第八行(74)先生道
第八行(73)荦
第八行(72)光禄之
第八行(71)乡从
第七行(68)以六月
第七行(67)举进士
第七行(70)德
第七行(69)葬至
第七行(66)耦耕
第七行(65)盐官尉

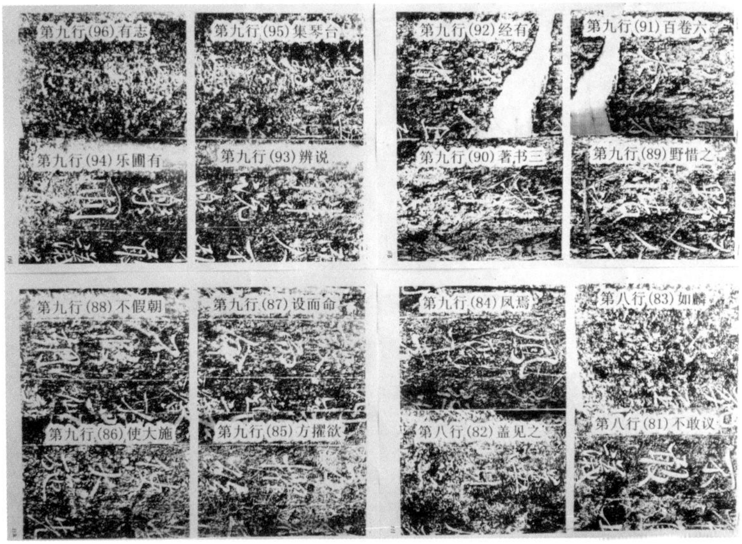

第九行(96)有志
第九行(95)集琴台
第九行(92)经有
第九行(91)百卷六
第九行(94)乐圃有
第九行(93)辨说
第九行(90)著书三
第九行(89)野惜之
第九行(88)不假朝
第九行(87)设而命
第九行(84)凤焉
第八行(83)如麟
第九行(86)使大施
第九行(85)方擢欲
第八行(82)盖见之
第八行(81)不敢议

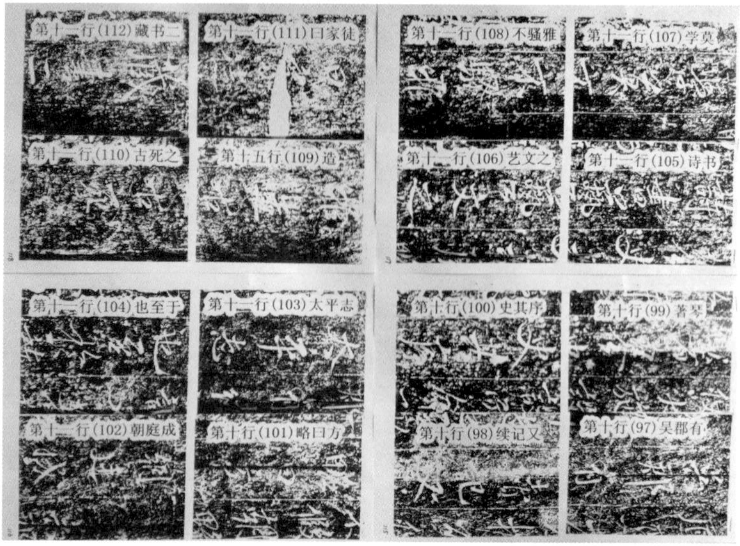
第十一行(112)藏书二
第十一行(111)曰家徒
第十一行(108)不骚雅
第十一行(107)学莫
第十一行(110)古死之
第十五行(109)造
第十一行(106)艺文之
第十一行(105)诗书
第十一行(104)也至于
第十一行(103)太平志
第十行(100)史其序
第十行(99)著琴
第十一行(102)朝庭成
第十行(101)略曰方
第十行(98)续记又
第十行(97)吴郡有

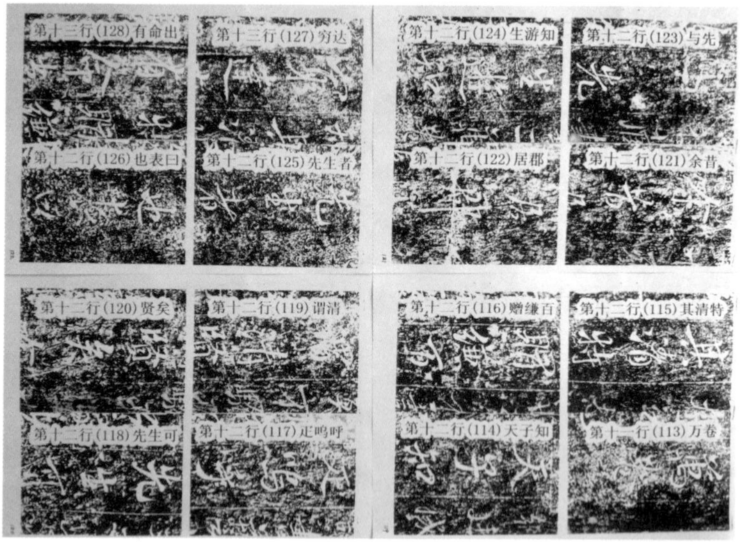
第十三行(128)有命出
第十三行(127)穷达
第十二行(124)生游知
第十二行(123)与先
第十二行(126)也表曰
第十二行(125)先生者
第十二行(122)居郡
第十二行(121)余昔
第十二行(120)贤矣
第十二行(119)谓清
第十二行(116)赠缣百
第十二行(115)其清特
第十二行(118)先生可
第十二行(117)疋呜呼
第十二行(114)天子知
第十一行(113)万卷

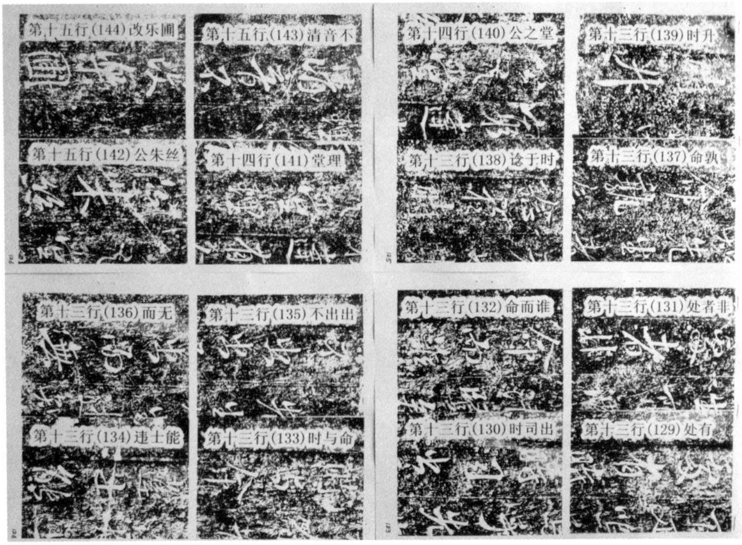
第十五行(144)改乐圃
第十五行(143)清音不
第十四行(140)公之堂
第十三行(139)时升
第十五行(142)公朱丝
第十四行(141)堂理
第十三行(138)诠于时
第十三行(137)命孰
第十三行(136)而无
第十三行(135)不出出
第十三行(132)命而谁
第十三行(131)处者非
第十三行(134)违士能
第十三行(133)时与命
第十三行(130)时司出
第十三行(129)处有

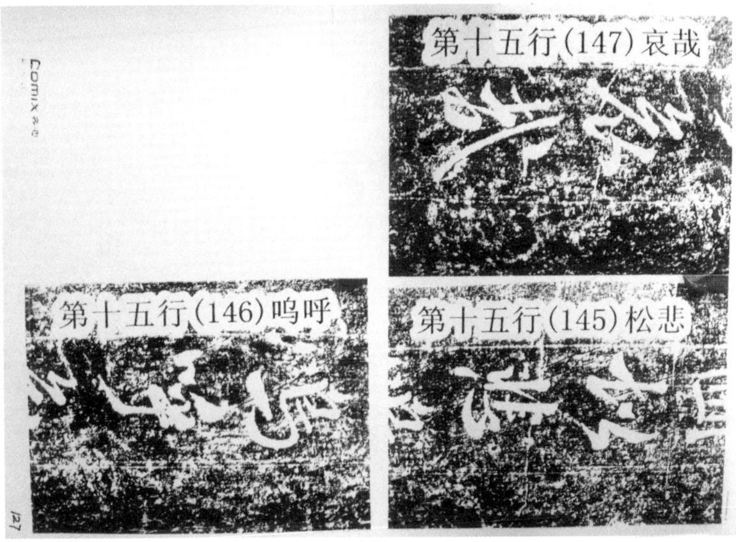
第十五行(147)哀哉
第十五行(146)呜呼
第十五行(145)松悲

四、考证结语

1.《朱乐圃墓表碑》确由至德乡南峰山（支硎山）之西迁至灵岩山东麓

首先，通过对董其昌题跋米芾书《朱乐圃墓表》的考证尽可能确保母本真实的前提下，从而找到了朱锡梁监拓本（即灵岩山残碑）的母本。在其两者之间进行分析，考证朱锡梁监拓本亦出于董本。而灵岩山残碑字迹，既同于朱锡梁监拓本字迹又同于董本卷（有微别，详见差异分析），从而证实灵岩山残碑，正是北宋米芾书《朱乐圃墓表》之原刻石碑。故此得出《朱乐圃墓表碑》确由至德乡南峰山（支硎山）之西，迁至灵岩山东麓的结论。

从现存的《乐圃先生廿九世孙〈朱〉锡梁于八百年竣省石监拓记》墓碑原石拓片，与款识"米芾表"的董本卷字迹核对，可以明显看出，董本就是用于刻灵岩山残碑的原稿本。董其昌《画禅室随笔》云："行书十行，不敌楷书一行，米南宫语也。"[118]董本米书通篇行楷四百十二字，可见确为老米用力之作，只是朱氏子孙因稿文所涉及内容恐有不妥，于原稿文中删去了二十四字入碑。

2. 董本为灵岩山残碑的母本

从各类著录中发现，董本米芾书《朱乐圃墓表》名卷，历来受到了不同时期学者的关注及好评，尤其是董其昌、陈继儒、李日华都还将董本《朱乐圃墓表》收入了各自的文集中。据不完全统计,《钦定四库全书》记载了七次(不包括《容台集》因涉辽列入四库的二页)。四库中《金石文考略》所录董本,更是经过雍乾时期金石学家的层层考核,这些著录也算是为灵岩山残碑之母本考证起到了铺垫作用。尽管有如此之多的著录佐证,单就考证一件北宋作品,尤其是米芾的书法而言,应该赋予极其谨慎之态度。虽然本书中也记述了几处皮毛小考,但是仅仅于书中所表述而言,这些考证工作还是远远不够的,如:澄心堂纸考(纸本滑腻,作米黄色;吴其贞定为澄心堂纸)、印鉴考(此刘非彼刘等)、横裂纹考(宋纸时代特征)、非廓填考(急处飞白)、双勾描摹考(纸张厚薄,形神兼备)、墓图考(顾学海、李根源所见)等等。由于鉴定工作来不得半点之疑,秉以一票否定的观念,故此笔者对董本之信息,又作了不少考证工作,因为版面问题,遂不能再赘述于斯文。

王世贞曾言米书云:“元章妙得晋人笔,而以神俊发之,往往于结构外取姿韵。余尝评其书如儿驹试风,剑侠入道。”[119]弇州山人此番语悟,是有一定深意的。经过综合考虑之后,董本作为灵岩山残碑的母本,这一点是应该肯定的,即灵岩山残碑确由至德乡南峰山(支硎山)之西,迁移至灵岩山东麓。董本与此原石碑文之间,也正如四溟山人谢榛的《形问影》所云:“我自无中生,尔自有中出,日间相随动千里,灯下相依静一室。”[120]

3. 书院碑之双碑母本即董本卷和项本卷

《书画记》所载的项本卷《米元章朱乐圃墓表》，从该卷收藏印鉴看，有欧阳玄、赵松雪、项子京等名家印记。据此分析，此本应至少在元时已从朱家流出，并被当时文人收藏，直到清代后期尚在善化劳文毅家中。所谓之流传有绪，在历代书画著录中却找不到项本卷的其他记载。另外顾复在《平生壮观》中记，用乌丝阑格所写的一卷，历代书画著录中亦未见有其他片言只字的记载。各种资料表明，上述二卷在史上并未受到藏家的重视。《书画记》所记均无题跋，仅有藏章而已，可能是都知道此墓表有数卷存世，或清楚墓碑所刻墓表是“米芾表”（项本卷为“米元章表”）的缘故。然而叶德辉在《郎园文集》中记述，在苏城乐圃书院墙内，同时嵌有二块《乐圃墓表》碑石，且一瘦一肥，肥的如同所见之“项本卷”，而瘦的则与朱梁任（锡梁）赠予他的墓碑拓片字迹相同。这一事实也同样吻合于《书画记》所载的项本卷“为俗子复将墨笔描上，深为可恨”的记述。这也可能使得朱氏后辈和当时部分学者认为这二通字迹，均出自米芾之笔。而沈德潜在“瘦碑”上作跋，更可证实“瘦碑”为墓表的第一稿本（即母本）。再从顾学海的跋语中“首有画幅，笔意简远，亦宋笺，疑即乐圃墓图，皆出米颠笔墨”，亦可佐证董本卷出自朱氏家族藏本的历史事实。

朱长文卒于元符元年（1098）二月。元符三年（1100）由当时朱长文的好友米芾撰写《朱乐圃墓表》。米芾写此墓表也有可能是二卷。

一卷为四百十二字，题名为“江淮荆浙等路制置从事米芾表”；另一卷为四百十三字，题名为“江淮荆浙等路制置从事米元章表”。用“米芾”及“米元章”署名，以示两卷的区别，可供朱家选用。正如现代书家替人题耑书名、签条或者店斋匾额时，往往都会写二张或二张以上相同内容文字的字样，以供求者选用，这也是十分合乎情理的。此推理的依据是：书院双碑，吴其贞描述四百十三字，项本卷收藏者，三者分析基础上，来假设项本卷也为真迹，此处属个人臆断。由此或可得出，叶德辉苏城乐圃书院所见之“双碑记”，其原形母本为“董本卷”和“项本卷”的结论。

韫椟片笺之识，其益有奚庸哉！房山可作米家山，坐观烟云笑世人。今卧游于千载之上，与米颠列峰相见。除此，焉能咨觏乐圃，觌面南宫哉！离也。于是搦管纵笔，遂直欲醒古，然扃牖之人，亦未敢恣肆。仆以私淑羽化亲炙门下，当以缣楮象外瓣香奉之，可乎？

参考书目

[1] 叶德辉：《叶德辉文集》，华东师范大学出版社，2010 年版，第 56 页、第 57 页。
[2] 中国台湾文渊阁：《四库全书・集部》，《乐圃馀稿》附录，第 1119 册，第 58 页。
[3] [日]见城光威（日本东京学芸大学）撰：《2007 年日本的五代宋元史研究》，《中国史研究动态》2009 年第 8 期，第 5 页。
[4] 中国台湾文渊阁：《钦定四库全书・史部》，《吴郡志》卷十四，第 485 册，第 99 页。
[5] 中国台湾文渊阁：《钦定四库全书・集部》，《乐圃馀稿》附录，第 1119 册，第 57 页。
[6] 中国台湾文渊阁：《钦定四库全书・集部》，《乐圃馀稿》附录，第 1119 册，第 59 页。

[7] 中国台湾文渊阁:《钦定四库全书·集部》,《乐圃馀稿》附录,第1119册,第57页。

[8] 中国台湾文渊阁:《钦定四库全书·集部》,《乐圃馀稿》附录,第1119册,第56页。

[9] 中国台湾文渊阁:《钦定四库全书·集部·别集类二》,《宝晋英光集》卷七,第1116册,第133页。

[10] 中国台湾文渊阁:《钦定四库全书·集部》,《乐圃馀稿》附录,第1119册,第58页。

[11] 中国台湾文渊阁:《钦定四库全书·集部》,《乐圃馀稿》附录,第1119册,第57页。

[12] 徐利明主编:《朱长文·续书断》,江苏美术出版社,2009年版,第14页。

[13] 中国台湾文渊阁:《钦定四库全书·集部·别集类二》,《宝晋英光集》卷七,第1116册,第133页。

[14] 朱长文著、林晨编著:《琴史》,中华书局,2010年版,前言。

[15] 徐利明主编:《朱长文·续书断》,江苏美术出版社,2009年版,第8页。

[16] 中国台湾文渊阁:《钦定四库全书·史部》,《吴郡图经续记》提要,第484册,第2页、第3页。

[17] 徐利明主编:《朱长文·续书断》,江苏美术出版社,2009年版,第7页。

[18] 中国台湾文渊阁:《钦定四库全书·子部》,《画禅室随笔》第867册,第441页。

[19] 中国台湾文渊阁:《钦定四库全书·子部》,《御定书画谱》卷十,第819册,第322页、第323页;《历代书法论文选》,上海书画出版社,1997年版,第320页,且《书品论》作《品书论》,据朱长文《墨池编》中之自著《续书断》。

[20] 中国台湾文渊阁:《钦定四库全书·子部》,《画史》第813册,第14页。

[21] 中国台湾文渊阁:《钦定四库全书·集部》,《乐圃馀稿》附录,第1119册,第57页。

[22] 中国台湾文渊阁:《钦定四库全书·集部》,《乐圃馀稿》附录,第1119册,第58页。

[23] 徐利明主编:《朱长文·续书断》,江苏美术出版社,2009年版,第5页。

[24] 徐利明主编:《朱长文·续书断》,江苏美术出版社,2009年版,第21页。

[25] 中国台湾文渊阁:《钦定四库全书·史部》,《吴郡图经续记》卷下,第484册,第38页。

[26] 中国台湾文渊阁:《钦定四库全书·史部》,《姑苏志》卷十八,第493册,第344页。

[27] 中国台湾文渊阁:《钦定四库全书·史部》,《吴郡志》卷六,第485册,第39页。

[28] 中国台湾文渊阁:《钦定四库全书·史部》,《吴郡志》卷二,第485册,第11页。

[29] 中国台湾文渊阁:《钦定四库全书·史部》,《吴郡志》卷十四,第485册,第99

页、第 100 页。
[30] 中国台湾文渊阁:《钦定四库全书・史部》,《姑苏志》卷三十二,第 493 册,第 595 页。
[31] 中国台湾文渊阁:《钦定四库全书・史部》,《姑苏志》卷十七,第 493 册,第 333 页。
[32] 中国台湾文渊阁:《钦定四库全书・史部》,《吴郡志》卷六,第 485 册,第 39 页。
[33] 中国台湾文渊阁:《钦定四库全书・集部》,《野航附录》,第 1251 册,第 626 页。
[34] 中国台湾文渊阁:《钦定四库全书・子部》,《六研斋二笔》卷二,第 867 册,第 600 页。
[35] 政协上海市委员会文史资料委员会、上海联文艺术咨询有限公司编著《海派收藏名家》(下卷),上海教育出版社,第 402—406 页。
[36] 中国台湾文渊阁:《钦定四库全书・集部・别集类二》,《宝晋英光集》卷七,第 1116 册,第 133 页。
[37] 中国台湾文渊阁:《钦定四库全书・集部》,《乐圃馀稿》附录,第 1119 册,第 58 页。
[38] 中国台湾文渊阁:《钦定四库全书・集部》,《乐圃馀稿》附录,第 1119 册,第 57 页。
[39] 中国台湾文渊阁:《钦定四库全书・史部》,《吴郡图经续记》卷中,第 484 册,第 15 页。
[40] 中国台湾文渊阁:《钦定四库全书・史部》,《吴郡志》第 485 册,第 85 页、第 86 页。
[41] 中国台湾文渊阁:《钦定四库全书・史部》,《姑苏志》卷十九,第 493 册,第 365 页。
[42] 中国台湾文渊阁:《钦定四库全书・史部》,《吴郡志》卷六,第 485 册,第 39 页。
[43] 中国台湾文渊阁:《钦定四库全书・史部》,《姑苏志》卷十七,第 493 册,第 333 页。
[44] 中国台湾文渊阁:《钦定四库全书・史部》,《吴郡图经续记》卷中,第 484 册,第 15 页。
[45] 中国台湾文渊阁:《钦定四库全书・史部》,《吴郡志》第 485 册,第 85 页、第 86 页。
[46] 中国台湾文渊阁:《钦定四库全书・史部》,《姑苏志》卷二十七,第 493 册,第 472 页。
[47] 中国台湾文渊阁:《钦定四库全书・史部》,《姑苏志》卷一,苏州府境图,第 493 册,第 6 页、第 7 页。
[48] 中国台湾文渊阁:《钦定四库全书・史部》,《姑苏志》卷十八,第 493 册,第 344 页。

[49] 中国台湾文渊阁:《钦定四库全书·史部》,《吴郡图经续记》卷中,第484册,第25页。
[50] 中国台湾文渊阁:《钦定四库全书·史部》,《吴郡志》卷三十二,第485册,第246页。
[51] 中国台湾文渊阁:《钦定四库全书·史部》,《姑苏志》卷三十四,第493册,第630页。
[52] 中国台湾文渊阁:《钦定四库全书·史部》,《姑苏志》卷二十六,第493册,第467页。
[53] 中国台湾文渊阁:《钦定四库全书·史部》,《姑苏志》卷三十四,第493册,第633页。
[54] 中国台湾文渊阁:《钦定四库全书·史部》,《姑苏志》卷三十四,第493册,第631页。
[55] 中国台湾文渊阁:《钦定四库全书·史部》,《姑苏志》卷一,苏州府境图,第493册,第6页、第7页。
[56] 徐筠:《芋香山房文稿》,苏州图书馆藏,善本。
[57]《苏州史志》,2007年刊,资料选辑,第197页。
[58]《沧浪区志》第三卷(文物古迹),第六章《石刻》,第5页。
[59] 张晓旭:《苏州碑刻》,苏州大学出版社,2007年版,第65页。
[60] 王连起、薛永年编:《米芾书法全集》,紫禁城出版社,2010年版。
[61] 朱长文著、林晨编著:《琴史》,中华书局,2010年版,第7页。
[62] 吴其贞:《书画记》,善本,卷六。
[63] 叶德辉:《叶德辉文集》,华东师范大学出版社,2010年版,第56页、第57页。
[64] 卢辅圣主编:《中国书画全书·第四册》,上海书画出版社,2000年版,第901页。
[65][66] 吴郡都太仆编:《铁网珊瑚》卷之五,善本,本衙藏板。
[67] 中国台湾文渊阁:《钦定四库全书·子部》,《御定书画谱》卷九十四,第823册,第223页。
[68] 中国台湾文渊阁:《钦定四库全书·子部》,《画禅室随笔》卷二,第867册,第451页。
[69] 中国台湾文渊阁:《钦定四库全书·子部》,《画禅室随笔》卷一,第867册,第422页。
[70] 王镇远:《中国书法理论史》,黄山书社出版,1990年版,第397页。
[71] 中国台湾文渊阁:《钦定四库全书·子部》,《画禅室随笔》卷一,第867册,第421页、第423页、第425页。
[72] 四库禁毁书丛刊编纂委员会:《四库禁毁书丛刊》,《容台集》十七卷之卷二题跋,北京大学图书馆藏,明崇祯三年董庭刻本,北京出版社,集32—468。
[73] 中国台湾文渊阁:《钦定四库全书·子部》,《御定书画谱》卷一百,第823册,第413—414页。
[74] 中国台湾文渊阁:《钦定四库全书·子部》,《六研斋笔记》卷四,第867册,第566页。

[75]《苏州史志》,2007 年刊,资料选辑,第 197 页。
[76] 吴元京审订:《吴湖帆文稿》,中国美术学院出版社,2006 年版,第 11 页。
薛永年主编《名家鉴画探要》之徐邦达《再谈古书画鉴别》,中国青年出版社,2008 年版,第 93 页。
刘建龙:《中国书法家全集·董其昌》,河北教育出版社,2004 年版,第 77 页、第 86 页。
[77]《江村消夏录》、《大观录》、《戏鸿堂帖》、《平生壮观》、《珊瑚网》、《书画记》、《式古堂书画汇考》、《石渠宝笈续编》、《孙氏书画抄》、《清河书画舫》、《真迹目录》、《墨缘汇观》、《墨缘汇观续录》、《画禅室随笔》。
[78] 中国台湾文渊阁:《钦定四库全书·子部》,《六研斋笔记》卷四,第 867 册,第 566 页。
[79]《宋人法书》北平故宫博物院编辑,民国十九年版,四册。
[80] 李志贤主编:《米芾书法大字典》,河南美术出版社,2007 年版。
[81] 莫武:《中国书法家全集·米芾》,河北教育出版社,2003 年版,第 134 页。
[82] 金其桢:《中国碑文化》,重庆出版社,2002 年版,第 538 页、第 539 页。
[83] 沈纯理:《解析米芾〈大行皇太后挽词〉》,《中国文物报》,2008 年 11 月 12 日。
[84] 叶德辉:《叶德辉文集》,华东师范大学出版社,2010 年版,第 57 页。
[85] 中国台湾文渊阁:《钦定四库全书·集部》,《宝晋英光集》卷七,第 1116 册,第 133 页。
[86] 中国台湾文渊阁:《钦定四库全书·集部》,《乐圃馀稿》附录,第 1119 册,第 58 页。
[87] 中国台湾文渊阁:《钦定四库全书·集部》,《宝晋英光集》卷七,第 1116 册,第 133 页。
[88] [90] 叶德辉:《叶德辉文集》,华东师范大学出版社,2010 年版,第 57 页。
[89] 叶德辉:《叶德辉文集》,华东师范大学出版社,2010 年版,第 58 页。
[91] 中国台湾文渊阁:《钦定四库全书·集部》,《宝晋英光集》卷七,第 1116 册,第 133 页。
[92] 钱建文编:《宋集珍本丛刊》,《宝晋英光集》,清初钞本。
[93] 中国台湾文渊阁:《钦定四库全书·集部》,《乐圃余稿》附录,第 1119 册,第 58 页。
[94] 叶德辉:《叶德辉文集》,华东师范大学出版社,2010 年版。
[95] 中国台湾文渊阁:《钦定四库全书·史部》,《宋史》卷四百四十四,第 288 册,第 257 页。
[96] 四库禁毁书丛刊编纂委员会:《四库禁毁书丛刊》,北京大学图书馆藏,明崇祯三年董庭刻本,北京出版社,《容台集》十七卷,集 32—468。
[97] 中国台湾文渊阁:《钦定四库全书·子部》,《御定书画谱》卷七十八,第 822 册,第 353 页、第 368 页。
[98] 中国台湾文渊阁:《钦定四库全书·子部》,《御定书画谱》卷九十四,第 823 册,第 223 页。

[99]《佩文斋书画谱》卷九十四，善本（清刻本）。
[100]《佩文斋书画谱》卷七十八，历代名人书跋九十六，善本（清刻本）。
[101] 中国台湾文渊阁：《钦定四库全书・子部》，《六研斋笔记》卷四，第 867 册，第 566 页。
[102] 卢辅圣主编：《中国书画全书・第三册》，上海书画出版社，2000 年版，第 1039 页。
[103] 黄宾虹等编：《美术丛书》，江苏古籍出版社，1997 年版，第 619 页。
[104] 刘正成主编：《中国书法全集》，荣宝斋出版社，1992 年版，曹宝麟主编《宋辽金编・米芾》卷二，第 188 页。
[105] 莫武：《中国书法家全书・米芾》，河北教育出版社，2003 年版，第 131 页。
[106] 王连起、薛永年编：《米芾书法全集》，紫禁城出版社，2010 年版。
[107] 朱仲岳：《墨迹大观・米芾》，上海人民美术出版社，1989 年版，第 150 页。
[108] 于景颊主编：《米芾书法珍本集粹与拾遗》，辽海出版社，2005 年版，第 327 页。
[109] 徐利明主编：《朱长文・续书断》，江苏美术出版社，2009 年版，第 3 页。
[110] 朱长文著　林晨编著：《琴史》，中华书局，2010 年版。
[111] 中国台湾文渊阁：《钦定四库全书・史部》，《金石文考略》卷十四，第 684 册，第 420 页。
[112] 李日华撰：《六研斋笔记・紫桃轩杂缀》，凤凰出版社，第 81 页。
[113] 李志贤主编：《米芾书法大字典》，河南美术出版社，2007 年版，第 4 页。
[114] 叶德辉：《叶德辉文集》，华东师范大学出版社，2010 年版，第 56—57 页。
[115] 叶德辉：《叶德辉文集》，华东师范大学出版社，2010 年版，第 278 页。
[116] 王连起、薛永年编：《米芾书法全集》，紫禁城出版社，2010 年版。
[117] 朱长文著、林晨编著：《琴史》，中华书局，2010 年版，第 7 页。
[118] 中国台湾文渊阁：《钦定四库全书・子部》，《画禅室随笔》卷一，第 867 册，第 434 页。
[119] 中国台湾文渊阁：《钦定四库全书・集部》，《弇州四部稿》卷一百三十，第 1281 册第 179 页。
[120] 中国台湾文渊阁：《钦定四库全书・集部》，《四溟集》卷二，第 1289 册，第 624、625 页。

《画筌》、《画跋》馀舫本初探

“文革”劫后，整理残存旧物，我的祖父大人堃镕公为使《馀舫随笔》笺纸存稿不致泯灭，遂将此《画筌》、《画跋》委托上海博物馆万育仁先生（曾祖弟子），亲手装裱，合为一册。

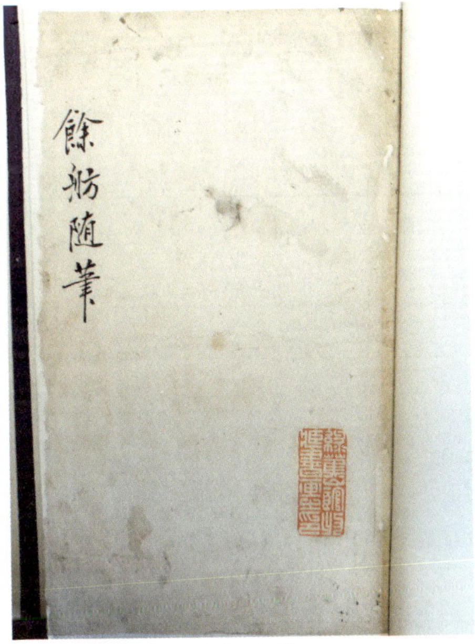

馀舫随筆

此抄本中缝鱼尾下，印有“馀舫随笔”四字，为象鼻所对封为二。单面行款十格，界行直路宽舒，乌丝清晰明了。《画筌》、《画跋》皆书于此“馀舫随笔”笺纸上。《画筌》二十四面，十二页；《画跋》五十八面，二十九页；另存卷首旧题“馀舫随笔”四字行书一页，卷末书衣一页，钤有“楞伽居士”朱文方印，又绿竹书衣一页，

共三页。凡八十八面，四十四页。（文后以面为单位）

一、收藏信息

此抄本书衣处，旧题有“馀舫随笔”四字行书，下钤“绿蕉山馆收藏书画之印”白文长方印记。此印为《绿蕉山馆集》著者陶琯收藏印。按其“常得其从姊婿计儋石（芬）讨究”[1]，故此页暂附于《画筌》。《画筌》首页正上方钤“丰华堂书库宝藏印”朱文大方印，右上角钤有“秀水计氏珍藏书画”朱文长方印。右下角自上而下，依次钤有“吴锡麒印”白文小印、“榖人”朱文小印、“汪大镛印”白文方印、“鸣盛”朱文方印、“澄兰室藏”朱文方印。《画筌》文中第二十一面书眉处，有“六平”圆形闲章印记。

兹将有关收藏者简况列表如下。

《画筌》收藏者			
王鸣盛	1722—1797	字凤喈，号西庄	嘉定
吴锡麒	1746—1818	字圣征，号榖人	杭州
汪大镛	？—？	字芗圃	秀水
计芬	1783—1846	字小隅，号儋石	秀水
陶琯	1794—1849	字梅石，号梅若，“绿蕉山馆”	秀水
邵松年	1848—1923	字伯英，号息盦，“澄兰室”	常熟
杨复	1866—？	字见心，“丰华堂”	杭州
孙国栋	1898—1984	字伯渊，“石湖草堂”	苏州

《画跋》首页右上角钤“小李山房图籍”白文大方印，右下角钤“柯溪藏书”白文方印；第四十八面钤“芗圃汪大镛印”白文方印，上下各二方；“楞伽居士”朱文方印一方。自第四十九面至五十六面，为《历代名人画略》(暂附《画跋》)。第五十七面至五十八面，另附词赋一页(暂附《画跋》)。尾后，绿竹书衣前，有“楞伽居士”朱文方印一方，钤于书衣上。

《画跋》收藏者			
李宏信	1737—1816	字柯溪，“小李山房”	萧山
汪大镛	？—？	字芗圃	秀水
孙国栋	1898—1984	字伯渊，“石湖草堂”	苏州

二、断代信息

“馀舫者”为谁？存于何时、何地？断代的依据是什么？值得注意的是，《画筌》、《画跋》皆书于馀舫笺上，均曾为汪大镛所拥有。汪大镛字芗圃，生卒不可考，秀水人，官知县，能画。是否为馀舫主人，有待进一步考证。

按：王又曾《题馀舫》云：“闲身天地沙鸥似，借得溪堂畅远襟。白日尽吹残雨冷，碧梧高坐　蝉吟。狂来飞动江湖思，懒极生疏礼法心。枕上红酣秋梦阔，窈然三十六陂深。”[2]从诗中内容来看，此馀舫主人过着不拘理法，闲逸似鸥的湖野小隐生活。王又曾（1706—1762）字受铭，号谷原，秀水人。

又：馀舫本《画跋》第十六面记有“吾乡故人张浦山（1685—1760）……似与前幅较胜一筹”。馀舫本《画跋》第二十五面记有“乙未（1775）仲春……适研友焦麓见而欣赏……以当缟纻之赠”。

据：王又曾《题馀舫》，此“馀舫”应为秀水之“馀舫”无疑。综合以上收藏者信息，也可辅证“馀舫”存于秀水，而且至少存于1762年前（王又曾卒前）。但可以肯定“馀舫”绝非王又曾本人使用之斋名。因为整部《馀舫随笔》最晚的纪年，出现在乙未年（1775），馀舫主人此时尚健在。从《画跋》第二十五面不难看出，此时馀舫主人笔墨口吻，完全出于长者，而毕涵执事，更是敬以晚辈礼。且全书只有第二十五面笔墨涂改明显，可见并非承抄，而是自撰。此间馀舫主人与毕涵，就如同玄宰与烟客，亦似西庐和石谷。而此后不久，馀舫本中之《画筌》，便归藏于当朝内阁学士，兼礼部侍郎的王鸣盛（1722—1797）。这从时间上（乾隆四十年，1775年），也同馀舫主人当时所值高龄相吻合。

综上所述，依据最晚时间断代原则："馀舫"斋名，至少存于乾隆二十七年（1762）前；馀舫主人生辰，应该相等于张庚至王又曾生辰前后，即康熙二十四年至四十五年（1685—1706）左右；乾隆四十年（1775）馀舫主人尚健在，毕涵时年四十四岁，对馀舫主人奉晚辈礼；

徐舫者，秀水人，善绘事，寿高而卒。

列表如下，提供参阅。

《画跋》纪年内容涉及较晚的部分人物			
笪重光	1623—1692	字在辛，号江上外史	句容
王翚	1632—1717	字石谷，号耕烟散人、乌目山人	常熟
恽格	1633—1690	字寿平、正叔，号南田	毗陵
高简	1634—1707	字澹游，号旅云	苏州
王原祁	1642—1715	字茂京，号麓台	太仓
杨晋	1644—1728	字子鹤，号西亭	常熟
查昇	1650—1707	字仲韦，号声山	海宁
王謩	1670—1756	字孝澂，号梅冶（王原祁长子）	太仓
张庚	1685—1760	字浦山，号弥伽居士	秀水
李鱓	1686—1756	字宗杨，号复堂	兴化
毕涵	1732—1807	字有涵，号焦麓	阳湖

三、文字对比

《画筌》

《画筌》作者笪重光，清初著名书画家，字在辛，号江上外史，句容（今属江苏）人。顺治壬辰（1652）进士，著有《松子阁集》、《书筏》、《画筌》等。

此馀舫本《画筌》，应为馀舫主人承抄笪重光之《画筌》。至于其母本如何，馀舫主人并无述及，只能通过比对来分析。

《画筌》版本流传，此处不究。现就 1982 年四川人民出版社出版吴思雷先生《画筌》一书，与馀舫本《画筌》参校后发现：

1. 此二本正文基本相同。

2. 此二本中后部，评处先后严重不一，评文则基本相同。

3. 此二本评文中有字别。

例：馀舫本《画筌》第一面评处作"……此言人与画合，真伪定论"，四川人民版作"……此言人与画合，真为定论"。[3]"伪"同"为"。《画筌》全文见《馀舫随笔》，于此不赘。

《画跋》

馀舫本《画跋》抄本，与《南田画跋》文字内容较为相近（部分内容，未见于已刊之《南田画跋》）。但从馀舫本《画跋》笔墨语规，思评论迹之处，和流传及收藏的信息考虑，或可考定为现存《南田画跋》之更早母本。

《南田画跋》由于版本复杂，此处不究。现就 2019 年浙江人民美术出版社出版刘子琪先生《南田画跋》一书[4]（此版本较详尽，且注有条序），同馀舫本《画跋》参校后发现如下情况。

1. 笔墨语规，思评论迹，如出一辙，却未见于《南田画跋》者。

馀舫本《画跋》第九面"毗陵半园唐氏，所藏董宗伯小册……即景有会心也。”此条未见载于《南田画跋》。唐半园即唐宇昭(1602—1672),其所居庭园称“半园”。兄唐宇量,弟唐宇全(人玉)、唐宇肩(若营),子唐炗(匹士),匹士弟良士。《南田画跋》第79(半园唐孝廉)、91(毗陵唐氏)、117(半园唐先生)、142(半园唐氏)、143(半园唐氏)、189(半园良士)、272(半园先生)、317(毗陵唐孝廉)、455(半园唐氏)条,数次有记载。馀舫本《画跋》此称谓者,应出自南田之笔,而此条未见载于《南田画跋》。

2. 馀舫本《画跋》内容,见载于《南田画跋》之中,而语有别者。

一例:馀舫本《画跋》第三面:“梅花庵主与一峰老人同学董、巨,然吴尚沉郁,黄贵萧散,两家神趣不同,而各尽其妙。予于此研思十年,犹在门外。”《南田画跋》第51条:“梅花庵主与一峰老人同学董、巨……而各尽其妙。”此二则,馀舫本《画跋》比《南田画跋》多出“予于此研思十年,犹在门外”十一字。

二例:馀舫本《画跋》第六面:“高逸一种,盖欲脱尽纵横习气,淡然天真。正所谓无意为文乃佳,故以逸品置神品之上。若用意摹仿,去之愈远。倪高士作画,不过写胸中逸气耳,此语最微,然可与知者道也。(临曹知白《石壁横雪图》跋)”《南田画跋》第49条:“高逸一种,盖欲脱尽纵横习气,澹然天真。所谓无意为文乃佳,故以逸品置神品之上。若用意模仿,去之愈远。”第50条:“倪高士云:‘作画不过写胸中逸气耳。’此语最微,然可与知者道也。”馀舫本《画跋》比《南田画跋》第49条、50条字数之和还多出“临曹知白《石壁横雪图》跋”十个字。此外，亦有三处字别。其中一处：馀舫本《画跋》作“倪高士作画……”，《南田画跋》作“倪高士云：作画……”。由此一处可见端倪，馀舫本为南田之言；而后者变为倪云林之语。结合上下文不难得知，此处明显为后人断句时所添加。

3. 馀舫本《画跋》属有南田名款，却未见于《南田画跋》，或有异者。

一例：馀舫本《画跋》第五十六面：“……蒋君诸人，吟啸其中……东园樵客恽寿平……”，馀舫本《画跋》此条“蒋君诸人”应为《南田画跋》157条之蒋氏书斋主人和诸子。馀舫本《画跋》此条，明确记有寿平名款，《南田画跋》却未见记载。

二例：馀舫本《画跋》第三十二面至三十三面：“方壶老树云西石，竹似丹邱雪村笔。莫笑披离点墨浓，天真幽澹无人识。（方壶画树石，全不似树，略得其景象耳。画石亦然。余犹拘于形似，未能尽忘法度也。未识鉴者，以为何如。南田题《竹石画》并跋。）”此间比《南田画跋》第483条，多出七律诗一首，及题《竹石画》之出处。馀舫本《画跋》所描述的此件作品实物，于2010年在拍卖行出现，系一幅扇面（尺寸19厘米×55厘米），所记内容、所书格式，竟然和馀舫本《画跋》所载完全吻合。

四、综合分析

《馀舫随笔》所载之《画筌》、《画跋》，为馀舫主人之抄录本。书中承抄迹象明显，遍布于书中天头、行格、地脚，甚至于版框之间。从《画跋》第二十五面可知，馀舫主人亦善绘事。由此可见，馀舫主人对《画筌》、《画跋》应该是非常重视的。古人行文称谓常相互混淆，未置出处时，往往难辨抄录、自述抑或转载。至于馀舫本《画跋》，哪些出自恽氏之著，哪些为馀舫主人之语，抑或是转载所记，则需个别甄鉴。如：馀舫本《画跋》第二十一面至第二十二面："乙未秋杪，先府君麓台公病剧……（娄东王謩识）……余在京师时……（《锦田林之涉》石谷王翚补远山一角）。"此则内容出处明确，为馀舫主人所转抄。又如：馀舫本《画跋》第三十面（写意梅花、水仙、茶炉。以上五首见李鱓），亦为馀舫主人所抄录。通过此二则，或许可以看出：凡非出自恽氏或馀舫主人之语，多标注出处。当然这不包括，馀舫本《画跋》中，已明确注明为"南田"款的五十余处。故此馀舫本《画跋》，是以《南田画跋》条目为主，辅以零星转录及自述，实为馀舫主人自用之画跋书稿。

馀舫本《画跋》从第四十九面至五十六面，出现了《历代名人画略》，可以说是通篇《馀舫随笔》的第二个部分。但《历代名人画略》是馀舫主人所著录，还是抄录《南田画跋》，抑或另有其人，已不得而知。

只是通过分析，不难发现：第一，《南田画跋》中，所论及者，无不涉及历代画家，这和南田所熟知历代画家，是有一定关联的。第二，《画跋》承抄迹象明显，《画跋》第四十三面、第四十五面所载“砚底呼云云不开……秋雨未歇，在高澹游书斋……”之内容相同，显然是隔时而复抄，这和《历代名人画略》中所记载之高简也是有关联的，鉴者可于笔墨零乱处思之。第三，高澹游即高简（1634—1707），比南田小一岁，非馀舫主人所处时代。而《历代名人画略》，所载二百余位画家，至高简而止。《历代名人画略》之作者，可能与高简所处同一时代，即与南田同时代。第四，馀舫本《画跋》第三面：“洪谷子，荆浩，河内人。常语人曰‘吴道子画山水，有笔而无墨，项容有墨而无笔。当采二子成一家体，故关仝师事之’。”与馀舫本《画跋》第四十九面《历代名人画略》中所述“荆浩”文字评论相同。显然前后撰文者皆是出自郭若虚《图画见闻志》[5]所涉及观点的承接者。凡此种种，不胜枚举。至于《历代名人画略》，是否为恽格所撰，尚有待进一步探究。

馀舫本《画跋》，开篇即恽南田《晴川揽胜图》（现藏辽宁省博物馆）的跋文。这是有别于其他版本《南田画跋》的重要标志，似有几分蒋光煦的《补遗诗补遗画跋》之意。馀舫本《画跋》所涉《南田画跋》条目，也零星散见于叶钟进《画筏》、《画鉴》、《画品》、《画馀》之间，但未见其有序载录。各种版本《南田画跋》（包括母本）之间，也是差异极大。《借月山房汇钞》本、《啸园丛书》本所载之《画跋》皆有标题；叶氏刻本编有卷分，《美术丛书》本等亦类之，而《画论丛刊》本则合叶氏之卷分、删去题画诗；《瓯香馆集》本所录最丰，大致为现刊《画跋》之主体。以上诸版本源流及优劣，我自不便评之，然就席次而言，鉴者知之。

通过参稽此馀舫本《画跋》，不难看出，所谓的《南田画跋》，很可能是恽寿平当时的《随录手稿》，似有李长吉清溪投囊之意。既有南田本人之题稿，又有抄载他人之心得文字。后人整理，认定恽氏之语，归为《南田画跋》之名。故此各种版本之间差异、重复，在所难免。而馀舫本《画跋》似乎皆早于上述已知版本，且极有可能出自《南田手稿》之原稿。按存序分析，应为手稿之后部分。现存馀舫本《画跋》之序，为万育仁先生当年装裱之序。至于有无前部分馀舫本《画跋》，或馀舫主人是否见到过前部分《南田手稿》，就不得而知了。

从馀舫本《画跋》字里行间，包括天头、行款、地脚等细枝末节处，无不透露出看似杂乱的信息之间，处处呈现着原来面貌的真实性。恰如馀舫主人在保留原貌和抄书自用这两个层面上，随着时间的变化，而发生过复杂的心理调整。如：馀舫本第三十六面："余以栖遁深山，与石谷别，忽忽七载矣……亦此游快事也。（江上外史）"，此处用朱笔承抄。诸如此类，馀舫本《画跋》除了笔墨，别有一种灵气氤氲其间。贯得恽南田之语，谓此口："此语最微"（馀舫本《画跋》第六面），"用意最微"（《南田画跋》第114条、馀舫本《画跋》第三十六面），

“两语最微”(《南田画跋》第25条),非鉴者而不可识也。

馀舫主人墨妙,所获仅此。盖太工者、太奇者,如荆缚足,咸非自然。荒率过甚者反显刻意,似有刻鹄类鹜之感。纵横淋漓者,未免儿戏。铭心者未识我先者,所爱而赏之秘籍也。名贵者尝为豪金者所辇,以至泯灭于烟巷之间也。古物之凌替,欲获而难也。此余拙见,非敢自谓解事也。此“馀舫”本两种,流传有序,似有神护。楮、印气息,墨色深浅俱不为掩,愿与识者共鉴之。

今余扃镉斗室,愚拙于毫楮间,居平质驽才下,惭怍敢竭鄙怀,贤者恕吾稚悖,颙祈不吝斧正。

注释:

[1] 俞剑华编:《中国美术家人名辞典》,上海人民美术出版社,1981年版,第964页。
[2] 周天啸主编:《元明清名诗鉴赏》,四川人民出版社,2001年版。
[3] 笪重光著、吴思雷注:《画筌》,四川人民出版社,1982年版,第1页。
[4] 刘子琪译注:《南田画跋》,浙江人民美术出版社,2019年版。
[5] 中国台湾文渊阁《钦定四库全书·子部》,《图画见闻志》卷二,第812册,第522页。

附录一 《画筌》(馀舫本)

画筌

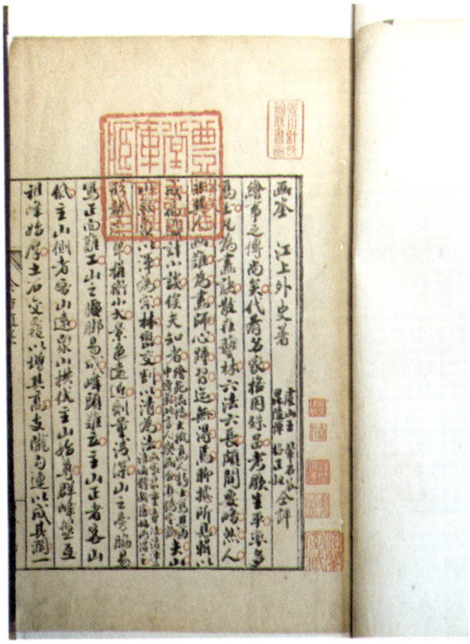

画筌-1

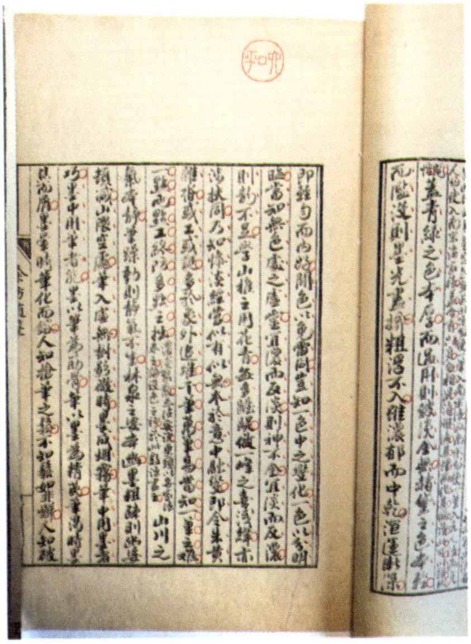

画筌-2

一

格文:

江上外史著（虞山王翚石谷、毗陵恽格正叔　同评）

绘事之传尚矣。代有名家，格因殊品，考厥生平，率多高士。凡为画诀，散在艺林。“六法”、“六长”，颇闻要略。然人非其人，画难为画，师心踵习，迄无得焉。聊摅所见，辑以成篇，纤计小谈，俟夫知者。【绘苑流传，大抵高人韵士，写其胸中逸气。此言人与画合，真伪定论。】夫山川气象，以浑为宗；林峦交割，以清为法。【画家最重章法，“清”、“浑”二语，通体断落，始两得之。】形势崇卑，权衡小大；景色远近，剂量浅深。山之旁胁易写，正面难工；山之腰脚易成，峰头难立。主山正者客山低，主山侧者客山远。众山拱伏，主山始尊；群峰盘互，祖峰始厚。土石交覆，以增其高；支陇勾连，以成其阔。一

二

格文：

收复一放，山渐开而势转；一起又一伏，山欲动而势长。背不可睹，仄其峰势，恍面阴崖；坳不可窥，郁其林丛，如藏屋宇。【起、伏、收、放，括尽纵横运用之法。】山分两麓，半寂半喧；崖突垂膺，有现有隐。近阜下以承上，有尊卑相顾之情；远山低以为高，有主客异形之象。【山头山足，俯仰照顾有情；近峰远峰，形状勿令相犯。】危崖削立，全依远岫为屏；巨岭横开，还借群峰插笏。【此章法紧要处，学者勿轻放过。】一抹而山势迢遥，贵腹内陵阿之层转；一峰而山形崒嵂，在岭边树石

之缤纷。数径相通，或藏而或露；诸峰相望，或断而或连。峰夭矫以欲上，仰而瞰空；砂逦迤以同奔，俯而薄地。山从断处而云气生，水到交时而水口出。【水道

三

格文：

乃山之血脉贯通处，水道不清，则通幅滞塞，所当刻意研求者。】山脉之通，披其水径；水道之达，理其山形。地势异而成路，时为夷险；水性平而画沙，未许欹斜。近水潆洄，每于村边石脚；远沙迢递，见之峰顶。山腰树中有屋，屋后有山，山色时多沉霭；石旁有沙，沙边有水，水光自爱空蒙。平远一派，水陆有殊。【画中平远最难作，此分江湖、村野、雨景，说景处即是画法。】江湖以沙岸、芦汀、帆樯、凫雁、刹竿、楼橹、戍垒、渔罾为映带，村野以田庐、篱径、菰渚、柳堤、茅店、板桥、烟墟、渡艇为铺陈。【野景以赵大年为宗，江景则江、燕诸公为妙。观此点缀尽矣。】山本尽，水流则动；石本顽，树活则灵。土无全形，石之巨细助其形；石无全角，石之左右藏其角。土载石而宜审重轻，石垒

四

格文：

石而应相表里。石之立势正，走势则斜；坪之正面平，旁面则仄。半山

交夹，石为齿牙；平垒逶迤，石为膝趾。【山水画石，与寻常不同，须令土石浑成。虽极奇险之致，而位置天然，方为合格。】山脊以石为领脉之纲，山腰用树作藏身之幄。山实，虚之以烟霭；山虚，实之以亭台。山形欲转，逆其势而后旋；树影欲高，低其余而自耸。山面陡面斜，莫为两翼；树丛高丛矮，少作并肩。石壁巑岏，一带倾欹而倚盼；树枝撑攫，几株向背而分挐。横崖泉落，景已伏而忽通；孤嶂石飞，势将坠而仍缀。树排踪以卫峡，石颓卧以障墟。山外有山，虽断而不断；树外有树，似连而非连。榆、柳，茂于邨舍；松、桧，郁于岩阿。坡间之树扶疏，石上之枝偃蹇。【此段言隐现断续之妙，如文章家龙门序事法，变化无方。】

五

格文：

短树参差，忌成一片；密林蓊翳，犹喜交柯。密叶偶间枯槎，顿添生致；纽干或生剥蚀，愈见苍颜。枝缀叶而参互错综，弗生窒碍；叶附枝而横斜纡直，欲使联翩。菀枯，或因发叶之早迟，舒屈多由引干之老稚。一本之穿插掩映，还如一林；一林之倚让乖承，宛同一本。正标侧抄，势以能“透”而生；叶底花间，影以善“漏”而豁。透则形脞而似长，漏则体肥而若瘦。烟中之干如影，月下之枝无色。雨叶暗而淋漓，风枝亚而摇曳。木皮之肤理如生，蟠根之植立宜固。春条擢秀，夏木重阴。霜株叶零，寒柯枝琐。表挺而秀立，影互而成行。【作画树居其半，诸家画法，变态多种，不过为造化传神，若非静观，难得其理。此段洗发，曲尽元微。一本一林，“透”、“漏”之法，画树秘要，前人所不传，今于江上先生之文发之，令人玩索

六

格文：

不尽。】幽崖古梼，老状离奇；片石疏丛，天真烂熳。山拥大块而虚腹，木攒多种而疏颠。众山交会，借丛树以为深；细路斜穿，缀荒林而自远。沙如漂练，分水势而复罗村势；树若连栅，围山足而兼衬山峦。沙边水荡，偶借石旁防；峰里云生，还容树隐。【沙之交插处，作树有法，惟痴翁最为擅胜。荒林细路，南宋诸公妙境也。】林麓互错，路暗藏于山根；岩谷遮藏，境隐深于树里。树密凭山，而根株迭露，能令土石分明；近山嵌树，而坡岸稍移，便使柯条别异。树根无着，因山气之横空；峰顶不连，以树色之遥蔽。峰棱孤侧，草树为羽毛；坡脚平斜，石丛为缀嵌。树虽巧于分根，即数株而地隔；石若妙于劈面，虽百笏而景殊。【妙在心传，非能口授。】石看三面，有圭端、

七

格文：

刀错、玉尺、银瓶、香案、琴墩、虫窠、鱼砌、覆盂、欹帽、缺折、蹲兽、蚌

壳、螺躯、鸟罩、犀首之异状，须离象而求；树分单夹，有散蝶、聚蜂、蛇惊、鸦集、鸡翎、燕剪、珠缀、冰凌、竹介、棕团、帘垂、穗结、飘缕、簇角、攒针、叠纨之殊形，贵相机而作。石有剥藓之色，土有膏泽之容。树劲则清，水柔则秀。麓拖砂而势匝，背隐树而境深。【形容树色之法，不离此种种，而其妙处，全在脱化。】瀑乱泻者源长，崖倒悬者脚稳。原巘交回，起空岚而气豁；云崖耸矗，画修坂而势悠。山巍脚远，水无近麓之情；地廓村遥，树少参天之势。山浅莫为悬瀑，树大无作高山。砂势勿先成，按峰头而后定；远墅勿先作，待山空而徐添。悬坪叠石，即作山峦；低岸交沙，便成津浦。濑层

八

格文：

层如浪转，石泛泛似浮沤。众水汇而成潭，两崖逼而为瀑。阔狭因乎石碛，夷险视乎崖梯。无风而澜平，触石而湍激。折流如倾沸，涌浪若腾骧。派流远近，为断续之分；波纹有无，由起灭之异。水涨阔而沙岸全无，水烟浮而江湖半失。平波之行笔容与，激湍之运腕回旋。浪花迅卷而笔繁，涛势高掀而笔荡。山劈两崖，树欹斜而援引；水分双岸，桥蜒蜿以交通。【五代北宋诸公，多工画水，溪、涧、江、湖，画法迥异，玩此不特取势之法，明析无余，而运笔之妙，发挥略尽。】布局观乎缣楮，命意寓于规程。统于一而缔构不棼，审所之而开阖有准。

【二语画禅也，知其解其解者，旦暮遇之。】尺幅小，山水宜宽；尺幅宽，丘壑宜紧。卷之上下，隐截峦垠；幅之左右，吞吐岩树。一纵一横，会聚山形树影；有结有散，应知境辟神开。巧

九

格文：

在善留，全形具而妨于凑合；圆因用闪，正势列而失其机神。眼中景现，要用急追；笔底意穷，须从别引。偶尔天成，加以人工而或损；此中佳致，移之彼处而多违。【画法不离“聚、散、纵、横”四字，此所谓“一阴一阳”之谓道。】理路之清，由低近而高远；景色之备，从简淡而绸缪。絜小以成巨，心欲其静；完少以布多，眼欲其明。目中有山，始可作树；意中有水，方许作山。【此“四语”，即所谓“胸有成竹”也。今人作画时，胸中了无主见，信笔填砌，纵令成图，神气索然，参此“四语”可悟画法。】作山先求入路，出水预定水源。择水通桥，取境设路。分五行而辨体，峰势同形，暗于地理；象庶类以殊容，景色一致，昧其物情。【讲究丘壑，只在路径、水口，二者安置稳贴，丘壑之理，思过半矣。】树无表里，不知隐现之方；山少阴阳，岂识渲皴之法。水迟引导，难以奔流；树早生根，无从转换。瀑水

十

格文：

若同檐溜，直泻无情；石块一似土坯，模棱少骨。坡宽石巨，崇山翻似培塿；道直沙粗，远地犹同咫尺。坪增桶案之形，山厌瓜棱之状。地薄崖危未帖，峰高树壮非宜。近山平田，患其壁立；离村列树，勿似篱横。挺然者树容，木本毋同草本；油然者树色，生枝休似伐枝。峰峦雄秀，林木不合萧条；岛屿孤清，屋舍岂宜丛杂。异景未可多为，田圃只堪戏作。【此段论绘事中疵病，洗剔略尽，若不细加体认，即蹈其敝辙，犹尔茫然无绪。】宫殿盘郁而壮观，寺观清邃而嵯峨。园亭之屋幽敞，旅舍之屋骈填。渔舍荒寒，田家朴野。山居僻其门径，村聚密其井烟。界画之工，无亏折算；写意之妙，颇擅纵横。人、屋质无伤于雅，沙、草剧不失于文。【画屋宇法，诸家体格

十一

眉文：

作画者意在笔先，此为要诀。于画时，安闲恬适，扫尽俗肠，默对素幅凝神静气，看高下，审左右，幅内幅外，来路去路；胸有成竹，然后濡毫吮墨，先空气势，次分间架，次布疏密，次别浓淡，转换敲击，东呼西应，自然水到渠成，天然凑拍，其为淋漓尽致无疑矣。

格文：

不同，大约意象用笔。】雪意清寒，休为染重；云光幻化，少作勾盘。雨景霾痕宜忌，风林狂态堪嗔。晓雾昏烟，景色何容交错；秋阴春霭，气象难以相干。　前人有题后画，当未画而意先；今人有画无题，即强题而意索。云里帝城，山龙蟠而虎踞；雨中春树，屋鳞次而鸿冥。仙宫梵刹，协其龙砂；村舍茅堂，宜其风水。山门敞豁，松、杉森列而成行；水阁幽奇，藤、竹萧疏而垂影。平沙渺渺，隐蒹苇之苍茫；村水溶溶，映垂杨之历乱。林带泉而含响，石负竹以斜通。草媚芳郊，蒲绿幽涘。潮落沙交，水光百道；山寒石出，树影千重。爱落影之开红，值山岚之送晚。宿雾敛而犹舒，柔云断而还续。危峰障日，乱壑奔江；

十二

格文：

空水际天，断山衔月。雪残青岸，烟带遥岑。日落川长，云平野阔。地表千镡，高表插溪；波间数点，远黛浮空。匿秀岭于重峦，立奇峰于侧嶂。两崖峭壁，倒压溪船；一架危楼，下穿岩瀑。孤亭树覆，危磴阑扶。溪深而猿不得下，壁峭而鸟不敢飞。惊涛拍乎怒石，丛木拥乎飞梁。江上千峰积雪，海中孤岛云浮。霞蔚林皋，阴生洞壑。雨气渐沉暮景，夜色乍分晨光。散秋色于平林，收夏云于深岫。月映园林之潇洒，风生野渚之飘飒。云拥树而村稀，风悬帆而岸远。修篁荫映于幽

涧，长松倚薄乎崇崖。近溆鹭飞，色明初霁；长川雁渡，影带沉晖。水屋轮翻，沙堤桥断；凫飘浦口，树

十三

格文：

映津门。石屋悬于木末，松堂开自水滨。春萝络径，野筱萦篱。寒甃桐疏，山窗竹乱。柴门设而常关，蓬窗系而如寄。樵子负薪于危峰，渔父横舟于野渡。临津流以策蹇，憩古道而停车。宿客朝餐旅店，行人暮入关城。幅巾杖策于河梁，被褐拥鞍于栈道。贾客江头夜泊，诗人湖畔春行。楼头柳扬，陌上花稀；散骑秋原，荷锄芝岭。高士幽居，必爱林峦之隐秀；农夫草舍，常依陇亩以栖迟。摊书水槛，须知五月江寒；垂钓沙矶，想见一川风静。寒潭晒网，曲径携琴。放鹤空山，牧牛盘谷。寻泉声而蹑足，恋松色以支颐。濯足清流之中，行吟绝壁之下。登高以望远，临水以送归。卧看沧江，醉题红叶。松根共酒，

十四

格文：

洞口观棋。见丹井而如逢羽客，望浮屠而知隐高僧。看瀑观云，偶成独立。寻幽访友，时见两人。人不厌拙，只贵神清。景不嫌奇，必求境实。【此段论画中诸景，凡画家无有不知者。但笔墨粗疏，即竭意

布置，终不能逼出实景，是有景与无景同也。览者勿徒爱其词句之工，当于景色中有会心处。】董巨峰峦，多属金陵一带；倪黄树石，得之吴越诸方。米家墨法，出润州城南；郭氏图形，在太行山右。摩诘之《辋川》、关仝之《桃源》，华原《冒雪》、营丘《寒林》。《江寺》图于晞古，《鹊华》貌于吴兴。【散步郊原，留心山水，采取之用，正如写照。惟有会心者，删奇得纯为要。】从来笔墨之探奇，必系山川之写照。善师者师化工，不善师者抚缣素；拘法者守家数，不拘法者变门庭。叔达变为子久，海岳化为房山。黄鹤师右丞而自具苍深，梅花祖巨然而独称浑

十五

格文：

厚。方壶之逸致，松雪之精妍，皆具澄清气象，各成一家；会境通神，合于天造。画工有其形而气韵不生，士夫得其意而位置未稳。前辈脱作家习，得意忘象；时流托士夫气，藏拙欺人。是以临写工多，本资难化；笔墨悟后，格制难成。十幅如一幅，胸中丘壑易穷；一图胜一图，腕底烟霞无尽。全局布于心中，变态生于指下。气势雄远，方号大家；神韵幽闲，始称逸品。寓目不忘，为之名迹；转瞬若失，尽属庸裁。山下恍似经过，即为实境；林间如可步入，始足怡情。聚林屋于盈寸之间，拓峰峦于千里之外。仰视岩峣，讶跻攀之无路；俯观薿邃，喜寻览之多途。无猿鹤而恍闻其声，有湍濑而莫窥其迹。近睇勾

十六

格文：

皴潦草，无从摹拓；远览形容生动，堪使留连。浓淡叠加，而层层相映；繁简互错，而转转相形。无层次而有层次者佳，有层次而无层次者拙。状成平褊，虽多丘壑不为工；看入深重，即少林峦而可玩。真境现时，岂关多笔？眼光收处，不在全图。【资分工力，兼之者难，百年来，不一二觏。故有童而习之，老无所得，或恃其聪明，终亏学力。此成家立名之所以不易也。】含景色于草昧之中，味之无尽；擅风光于掩映之际，紧而愈新。密致之中，自兼旷远；率易之内，转见便娟。山之厚处即深处，水之静时即动时。林间阴影，无处营心；山外清光，何从着笔？空本难图，实景清而空景现；神无可绘，真境逼而神境生。位置相戾，有画处多属赘疣；虚实相生，无画处皆成妙境。得势则随意经营，一隅皆是；失

十七

格文：

势则尽心收拾，满幅都非。势之推挽，在于几微；势之凝聚，由乎相度。画忌板，以其气韵不生，虽飞扬何益？画嫌稚，以其形模非似，即到老奚庸？粗简或称健笔，易入画苑之魔；疏拙似非当家，适有高人

之趣。披图画而寻其为丘壑则钝，见丘壑而忘其为图画则神。【画家“六法”，以气韵生动为要。人人能言之，人人不能得之。全在用笔、用墨时，夺取造化生气。惟有烟霞泉石之癖者，心领神会。不然，虽毕生传抚古法，终隔数层。此篇阐发气韵，最微妙处，议论精深，语无虚下，学者字字作禅句参之，默契其旨。凡理路不明，随笔填凑，满幅布置，处处皆病。至点出“无画句”，更进一层，尤当寻味而得之。人但知有画处是画，不知无画处皆画。画之空处，全局所关，即虚实相生法。人多不着眼，空处妙则通幅皆灵，故云“妙境”。丘壑忘之为图画，是天地之灵也，所谓游艺而至者，则神传矣。从上画苑诸家，各立门户，皆由皴法不同。自唐、五代、南北宋以至元明，其笔法有如方枘圆凿之不相入者。然其中自有一贯之理，故能精于一家法，而得其变化离合处，则诸家画法一以贯之，更无凝滞。今人之蔽，只在不能专攻一家，故诸家皆无实处也。观此论皴法精详，开妙墨之元秘，补前人之缺略，俱“六法”之微言。】盖山容凭皴淡以想象，毋泥皴淡而著其伪；树态假

十八

眉文：

淡墨重叠，旋而取之曰“斡”（音管，旋也，运也，转也）；淡以锐笔横卧，惹而取之曰“皴”；再以水墨三四淋之曰“渲”（音选）；以水墨滚

同，泽之曰“刷”；以笔直往，而指之曰“捽”（音浊，援也，抽也，夆也，用也）；以笔头特下，而指之曰“擢”；擢以笔端，而注之曰“点”；点施于人物、苔树，界引笔去，谓之曰“画”；画施于楼阁、松针，就缣素本色萦拂，以淡水而成烟光，全无笔墨踪迹曰“染”；露墨笔踪迹而成云缝、水痕曰“渍”；瀑布用绢素本色，但以焦墨晕其旁曰“分”；山凹树隙，微以淡墨滃滃（音答，湿也），成气上下相接曰“衬”。

格文：

点抹以形容，勿拘点抹而忽其真。勾之斜正，即峰峦之起伏；皴之分搭，即土石之纹痕。顿挫乃勾劈之流行，浅深为渲染之变化。虚白为阳，实染为阴。山坳染重，端因阴影相遮；山面皴空，多是阳光远映。山以分披脊生，石用重勾面出。山脚伏而皴侧，坡脊起而皴圆。“麻皮”虚脚而山空，兼让长林之多致；“丁头”露额而石豁，又资丛树以托根。墨带燥而苍，皴兼于擦；笔濡水而润，渲间以烘。衬腹而内晕，勾简而外工。勾灵动似乎皴，皴细碎同于擦。劈而不皴，知渲染之有法；皴而不染，知勾劈之未全。着笔为皴，留空痕以成廓；运墨为染，间滃迹以省勾。点之圆活，与皴无殊；皴之沉酣，视染匪异。勾之

十九

格文：

漫处，可以资染；染之着处，即以代皴。复染于勾内，而石面棱棱；增

染于廓外，而石脊隐隐。皴未足，重染以发其华；皴已足，轻染以生其韵。“解索”动而“麻皮”静，“烂草”质而“牛毛”文。“钉头”莽于“木柹”，长短并施；“豆瓣”泼于“芝麻”，小大易置。“卷云”、“雨点”各态，“乱柴”、“荷叶”分姿。“劈斧”近于作家，文人出之而峭；“鬼脸”易生习气，名手为之而遒。“大劈”内带凿痕，“小劈”中含锈迹。石棱面而隐叠千重，山没骨而融成一片。“灰堆”乃“矾头”之片境，“叠糕”乃斧劈之后尘。勾多圭角而俗态生，皴若团圞而清韵少。皴之俯仰，披似风芦，而垂如露草；皴之填密，明同屋漏，而隐若沙龙。连勾带染，机到笔随；似石如山，形忘意会。点分多种，用

二十

格文：

在合宜。圆多用攒，侧多用叠。秃锋用屻，破笔用松。掷笔者芒，按笔者锐。含润若滴，带渴为焦。细等纤尘，粗同坠石。淡以破浓，聚而随散。繁简恰有定形，整乱因乎兴会。丹青竞胜，反失山水之真容；笔墨贪奇，多造林丘之恶境。怪僻之形易作，作之一览无余；寻常之景难工，工者频观不厌。墨以破用而生韵，色以渍用而无痕。轻拂轶于秾纤，有浑化、脱化之妙；猎色难于水墨，有藏青、藏绿之名。【画中惟皴法最难，所宜亟讲。各家画法，未易兼宗，然须画北宋勿使一笔入南宋法；画南宋勿使一笔入元人法；画元人勿使入南宋诸家法。

盖各有门庭，勿相混淆，惟通其理而化其偏，读此可以豁然开悟。】盖青绿之色本厚，而过用则皴淡全无；赭黛之色本轻，而滥设则墨光尽掩。粗浮不入，虽浓郁而中干；渲运渐深，

二一

格文：

即轻匀而内好。间色以免雷同，岂知一色中之变化；一色以分明晦，当知无色处之虚灵。宜浓而反淡，则神不全；宜淡而反浓，则韵不足。学山樵之用花青，每多龌龊；仿一峰之喜浅绛，亦涉扶同。乃知惨淡经营，似有似无，本于意中融变；即令朱黄杂沓，或工或诞，多于象外追维。千笔万笔易，当知一笔之难；一点两点工，终防多点之拙。【浓、淡、聚、散，点法要诀，更须以各家法参之。论设色之妙，于此数语尽之。】山川之气本静，笔躁动则静气不生；林泉之姿本幽，墨粗疏则幽姿顿减。山限空处，笔入虚无；树影微时，墨成烟雾。笔中用墨者巧，墨中用笔者能。墨以笔为筋骨，笔以墨为精英。笔渴时墨焦而屑，墨晕时笔化而融。人知抢笔之松，不知松而非懈；人知破

二二

格文：

墨之涩，不知涩而非枯。墨之倾泼，势等崩云；墨之沉凝，色同碎锦。

【此言一色中变化，已造妙境；至论及无色处，精凝之理，几于入道。】笔有中锋、仄锋之异用，更有着意、无意之相成。转折流行，鳞游波驶；点次错落，隼系花飞。“拂”为斜脉之分形，“磔”作偃坡之折笔。“啄”毫能令影疏，“策”颖每教势动。石圆以“努”之内擫，沙直以“勒”之平施。故点画清真，画法原通于书法；风神超逸，绘心复合于文心。抒高隐之幽情，发书卷之雅韵。点笔闲窗，寓怀知己；偶逢合作，庶几古人。【画之神妙处，必有静气，盖扫尽纵横习气，无斧凿痕，静气方生于纸墨间。静气今人所不讲也，画至于静，其登峰矣乎。】至于人物花卉，鸟兽虫鱼，冠服审其时代，衣纹应有专家。顾盼想其性情，爪发更无遗憾。春葩秋萼，花叶全师造化，写艳如浮其香；云

二三

格文：

翼霜蹄，飞走合乎自然，传神兼肖其貌。鲜鳞缭绕于溪潭，荇藻弄影；草虫飞缀于条叶，风日摇姿。顾、陆、徐、黄，韩、吴、戴、李，昔号擅长，世称遗迹，援毫傅采，造于精深。能事此者，览而自悟。绘法多门，诸不具论。其天怀意境之合，笔墨气韵之微，于兹编可会通焉。【此复拈“八法”以示人，见书画同源，真千古不易之论。笪先生《书筏》、《画筌》并著之意也。前段“高隐”下四句，尤为作画根本，慎勿轻易读过。】

仆以患足，守拙深山。离群索居，同于木石。偶著有《书筏》、《画筌》二篇，聊用遣怀，非敢自谓解事也。稿本为童子携置行箧，秋翁曹先生见而悦之，命仆付梓。窃笑艺林卮言，无稗身世，谢以未遑。及返棹吴门，虞

二四

格文：

山王子"石谷"、毗陵恽子"正叔"，两友过访虎阜，讨论书画，索观此篇，深为许可。因相与纵谈生平所见唐、宋、元、明诸大家流传真迹。幸篇中无不吻合者，遂参较评阅，力怂予镂板，以为初学者铅椠之助。同所编《书筏》一篇，取正大方为幸也。

附录二 《画跋》(徐舫本)

画跋

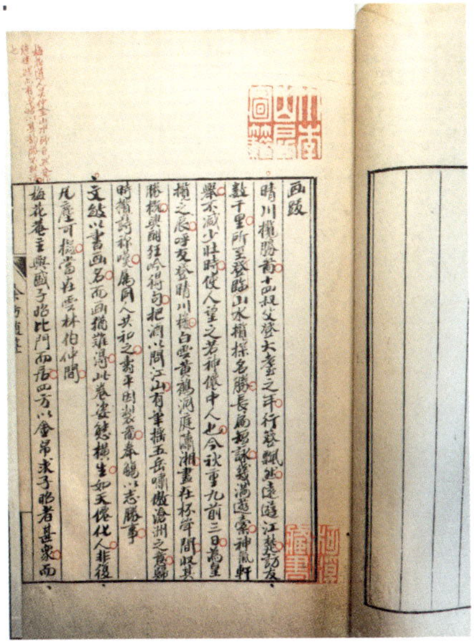

画跋-1

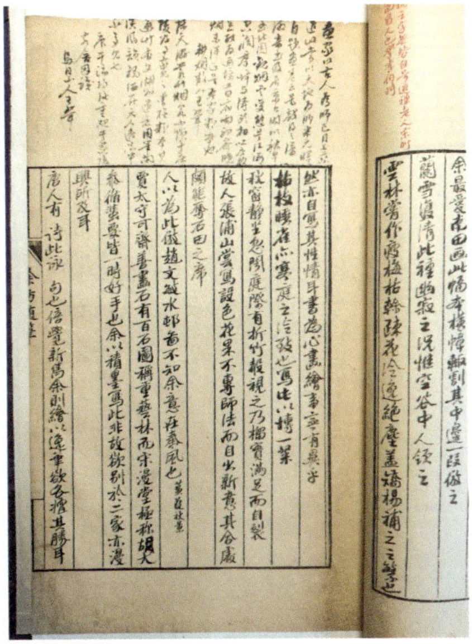

画跋-2

一

眉文：

梅花道人吴仲圭，山水师巨然，合作绝佳。然亦有率略，以其韵胜不能诘也。

格文：

《晴川揽胜图》，十四叔父登大耋之年，行篴飘然，远游江楚，访友数千里。所至山水登临，揽探名胜，长篇短咏，几满游橐，神气轩举，不减少壮时，使人望之若神仙中人也。今秋重九前三日，为皇揽之辰。呼友登晴川楼，白云黄鹤，洞庭潇湘，尽在杯斝间，收其胜概，兴酣狂吟得句，把酒以问江山，有笔摇五岳啸傲沧洲之意，归时揽诗称叹，属同人共和之。寿平因制图，奉觞以志胜事。

文敏以书画名，而画犹难得。此卷姿态横生，如天仙化人，非复凡尘可拟，当在云林伯仲间。

梅花庵主与盛子昭比门而居，四方以金帛求子昭者甚众。而

二

眉文：

子昭，名懋，嘉兴人。

高士字元镇，名瓒，号云林，无锡人。画林木平远竹石，殊无尘埃气。先字泰宇，东海倪瓒，或曰懒，变姓名曰奚玄朗，或曰玄暎，别号又曰荆蛮民、净名居士、朱阳馆主、萧闲乡云林子，又曰沧浪漫士、净明庵主，又曰幻霞。

营丘，名成，字咸熙。

云林天真烂然，余所见以倪太仆藏幅为最佳，虽未及《狮子林》、《水竹居》等作，民间藏本未有过之者。

格文：

吴生之门阒然，妻子颇笑之，吴生曰："二十年后不复尔。"果如其言。学吴生画，须有其品，风雨闭门，意在千古，独游倪以遨游当世，庶几进光远之流。其落纸破墨，不为时径，所远有以也。

房仲最爱予画倪高士法。秋堂宴语、蕉雨梧风，虚斋致有爽气，偶得此幅，研墨相属，乘兴立就，得意秋毫，如惊风骤雨势不可止。观者洒然，即此以尽云林而云林尽矣。

李营丘画多危峰乔林，云烟深杳，笔墨灵妙，蔚然天成，其迹留人间者绝少。昔米襄阳犹作"无李论"，况今时乎。余尝于娄东王氏，见一小帧，为平远山水寒林烟滩，有咫尺千里之势，与世所传者迥乎不侔。余过毗陵，客馆阒寂，略仿其意而用笔稍异。大约李法

三

眉文：

洪谷子，荆浩，河内人。常语人曰："吴道子画山水，有笔而无墨，项容有墨而无笔。当采二子成一家体，故关仝师事之。"

格文：

出于右丞，余则杂以洪谷耳。二兄博雅好古，笔墨同趣，当蒙鉴别也。

深岩邃如磅礴郁积之气，蒸云藏雾，渊洞不测，正非宁（□），亦构想所及，得题曰夏寒，庶几似之。

梅花庵主与一峰老人同学董、巨，然吴尚沉郁，黄贵萧散，两家神趣不同，而各尽其妙。予于此研思十年，犹在门外。

迂翁笔墨极简，贵幽淡天真，在黄、吴上，今人便以率易当之，谬矣。

仲□（圭）吴先生笔力苍浑，梅花宗旨。君家旧物，聊以相印。当勿吝举，似导我先迷。

米元晖《潇湘白云图》自题云："夏雨初霁，晓烟欲出，其状若此，

四

眉文：

晞古，名唐，河阳三城人。笔致清隽，可比大李将军。

参，字贯道，江南人。师董、巨笔意，下笔清旷，有咫尺千里之势。宋绍熙间，被召，明日引见，是夕遂殂。人生穷达，信乎不能强也。

格文：

不用多点，惟以浓墨破深凹。"屋舍林树甚精工，画云用拘笔，真人间希有墨宝也。寿平略仿虎儿《潇湘图》意，为此因识。

云崖飞瀑学李晞古，昔六如居士用笔超逸绝伦，而降格为南宋李

唐,画法一变,焕然神明,此图盖以六如法拟晞古也。

痴翁《陡壑密林》,昔在娄东王奉常家。痴翁妙迹与《夏山浮峦》,声价相埒。吾友石谷子抚本最佳,余此帧略有出入。

临江参《江山暮雪》,贯道师巨然,笔力雄厚,但过于刻画,未免伤韵。予欲以秀逸之笔,化其纵横,然正未易言也。雪夜秉烛,在梅花楼识。

元人一派简淡荒率,真得象外之趣,无一点俗尘风味,绝

五

眉文:

黄鹤老人,字叔明,赵文敏之甥也。晚年深得巨然意,一变文敏法,平远疏秀之笔,一时推为巨手。

格文:

非工人所知。

笔墨峭拔则本大痴,山容浑厚则法梅道人。善摹古者原在脱化,不取形似也。

鸥波老人《华溪渔隐》,在娄东王奉常家。予客西湖,背临此本。白华斋抚古,坐竹影树声中,驰毫洒墨,恍如秋在笔端。

昔倪元瓒画《狮子林图》,以荆、关自喜,辙欲傲王蒙诸人。余且未似云林,敢望洪谷。

高尚书与方壶外史，皆得法于南宫墨戏，而变化各有不同。

山势欲到天，白云在其麓，寒林削壁，辟径甚幽。芰晞古之刻画，索关仝之险劲，子畏而后，未见其人。

六

格文：

米敷文《山云图》，飘渺迷漫，别有神境可游，正不必十洲三岛，然后轻举。

剪取梅花庵主《溪山无尽图》中一片石耳。

巨然行笔如龙，若于尽幅中雷轰电激，其势变幻不可知，直从半空掷笔而下。正是潜移造化而与天游，非时史所能梦见也。丁巳六月，北堂销昼，抚巨公《溪山无尽图》。

余画树善作高柯古干，爱其昂霄之姿，含霜激风，挺立不惧，可以况君子。惟营丘能得其意，当以片香奉之。

高逸一种，盖欲脱尽纵横习气，淡然天真。正所谓无意为文乃佳，故以逸品置神品之上。若用意摹仿，去之愈远。倪高士作画，不过写胸中逸气耳，此语最微，然可与知者道也。（临曹知白《石壁横雪图》跋）

七

眉文：

杜工部诗云:“尤工远势古莫比,只尺应须论万里。”惟米南宫、高彦敬近之。余此图荒率,亦学两家山势耳。

格文:

寒林昔推营丘、华原,得古劲苍寒之致。余曾见营丘雪山,画树多作俯枝,势则剑拔弩张,笔则印泥画沙也。此图师其意而少变其法,似与古人略有合处,与知者鉴之。

石壁鸣泉,云烟杳冥,不入时趋,殊有古趣,似得之于洪谷也。

赵善长师董源,笔墨有逸气,此图戏似之,不为古人束缚也。

元人竹石最为超妙,余独爱云西、丹丘,有离尘绝俗之想。

余所见云林十余本,最爱唐氏《柯乔修竹图》,为有劲气。

学云西不必似云西,而潇洒之致自合。

赵大年《烟泉图》,清闲有致,余稍涉其涯,波澜未广耳。

白云渡岭而不散,山势接天而未止。(《米家云山图》)

八

眉文:

晓阁吟秋得句迟,抽毫点石带云移。藤花细落松风趣,帘卷山窗读易时。

若营大兄以小帧索《松风水阁图》,秋夜秉烛,得此甚不合意,异日得佳纸,当别构奇境,供知己卧游,此帧聊取障壁。南田弟寿平。

大帧难于得势，小景难于得趣，余曾见董宗伯有此，戏抚其意，庶几于趣矣。

得势得趣，自以谓绘苑名言，研求斯义者，当不易吾言，未必以为诞也。寿平。

格文：

北苑正峰，有峨眉天半之势。“云山墨戏”在房山、虎儿之间。

笔思在善长山水之间。“寒林平远”有咫尺千里之势。

元人平远秋林，有逸气动人，非时史所能拟议。

观丹丘生《树石卷》得此意，或以为近代荆蛮民。

枯槎翠竹，在柯敬仲、天游之间。“春雨初夏”想东郊柳色，戏图。

树石再学云林，未免邯郸之笑。拟北苑《溪山》半幅。

敷文“云山墨戏”未敢为似也。如此荒寒之境，令人可思。

石崖雨歇，千丈奔流。曾见江道贯（贯道）有此。

亭无俗物为之幽，木不臃肿为之秀。古人尝绘图，世无解其意者。昌黎云：“坐茂树以终日，当作嘉树，则四时霜松雪竹，

九

眉文：

毗陵半园唐氏，所藏董宗伯小册，见此景布置甚奇逸，深草中着

一茅屋，上有平坡横冈，澹极而有余思。境不在深远，即景有会心也。

瑶老东游，属临《富春》一曲。

绿云晴不散，风雨晓窗声。烟月阑干夜，闲吹碧玉笙。云西竹石小景，有文湖州之风，因戏临之。寿平。

偶从梁溪见王孟端石，学梅沙弥法，致佳。戏识于此。一之日灯下，园客。

格文：

虽凝寒亦自堪对。”（《幽亭秀木》跋）

余与南田为笔墨，同客娄东，荏苒岁月，已成往事。见行笔破墨直透纸背，如书家沉着痛快，腕力不可及。此册气韵位置，机趣横生，得董、巨三昧，可谓划俗入雅。把玩之下，如晤前辈风流，漫缀一言用志心折。

此册写生更胜，山水间有本色，然皆真虎也。

倪迂翁在胜国时，可称逸品，昔人以逸品置神品之上，历代惟张志和、卢鸿可无愧色。宋人中，米襄阳在蹊径之外，余皆从陶铸而来。元之能者虽多，然禀承宋法，稍加萧散耳。吴仲圭大有神气，黄子久特妙风格，王叔明奄有前规，而三家皆有纵横习气，

十

眉文：

余乃知古人之画，俱千笔万笔，千折万折，其偶然得一两笔而称妙者。每人生不多几本，如何谓百忙不及草书，非虚语也。

格文：

独云林古淡天然，米痴后一人而已。

赵荣禄枯树法郭熙、李成，不知实从飞白、结字中来也；文君眉峰点黛，不知从董双蛾远山衲带来也。知此，省画法。

云山不始于米南宫，唐时王洽泼墨已有其意。北苑喜作烟景云霞变没，即米画也。余于《潇湘白云图》悟墨戏，故以写楚山。

画家初以古人为师，后以造物为师，吾见黄石公子久《天池图》皆赝本。昨年，游吴山策筇石壁下，快心洞目，狂叫曰："黄石公！"同游者不测。余曰："今日遇吾师耳。"（以上四则思翁跋）

客有携北苑真迹《云烟变灭》、《草木郁葱》，真骤心动目之观，

十一

眉文：

闲梦依高林，赋心在半壑。烟翠不胜收，多向空毫落。

旧游都门，见荆浩《层云叠巘图》，笔力遒劲，墨汁淋漓，真古今一大奇赏也。予偶摹此，大率类鸟，所谓寓意笔墨之内，设想笔墨之外者欤？

画中设色之法，与用墨无异，全在火候，不在取色，而在取气，故

墨中有色，色中有墨。古人眼光直透纸背，大约在此。今人但取傅彩悦目，不问节奏，不入窍要，宜其浮而

格文：

乃知米氏父子深得其意。余家有虎儿迹，政复相类，画不师北苑，乌能梦见南宫。

秋景惟宋玉最工，寥栗兮若远行，登山临水兮将送归，无一语及秋，而难状之景，多在语外极力摹写。犹是坡老所谓“写画论形似，作诗必此诗”（注：论画以形似……作诗必此诗）耳。右丞渡头余落日，韦苏州落叶满空山，差足嗣响，因画《秋林》及之。

大痴笔平淡天真，而峰峦浑厚，全得董、巨妙用，为四家第一无疑。山樵酷似其舅，笔能扛鼎，晚年更师巨然，一变本家法，可称冰寒于水矣。巨然衣钵惟仲圭传之，此余从《溪山无尽》、《关山秋霁》两图得来。

十二

眉文：

不实也。余作此图，因有所感，遂弁数语于前。康熙甲午中秋下浣，仿大痴笔意于穀诒堂，王原祁年七十有二。

六经莫奇于易，莫简于春秋。夫岂以奇为胜哉，势自然耳。画莫奇于虎头，莫简于云林。盖亦无意于奇，简而奇简者，亦自然之

至也。

格文：

大痴晚年入道，人传为仙去。余见《富春长卷》，陡壑密林，及仿北苑诸迹，笔墨中皆具神通，游戏何道无疑，盖痴翁之立格命意，平淡天真，无矜奇取胜处。予学四十年，近始得其畦径，毫端气韵间有恍惚可模拟者，但促促京华，头须渐白，有志未逮，欲如前贤之老而益妙，不可得矣。

云林之画，可学而不可能就，其萧疏淡荡处，点染一二，着之入室未能也。（王司农跋三则）

画至宋元乃为大备，而此册中，又宋元之出类拔萃者也。余性嗜名绘，生平厚幸，友人索题，因识数语，以志高山仰止之怀。董思翁画法简淡高古，深得笔墨三昧，为之神品，亦无间然。

十三

眉文：

从城南望西沆，南山苍翠，半入云雾中，芦风刷柳，帆影出没，此米颠所谓一片江南也。时方与上仞大兄，倾盖论交，因写即目所见，似当缟缔之赠。南田。

格文：

云林品格超乎元季四大家，早年学董源，晚乃自成一家，以简淡为主。

此仿高士笔也，树似营丘；寒林、石，宗关仝；皴似北苑而各有变局。学古人不能变，便是篱堵间物，去之转远，乃由绝似耳。

湖上客携麓台《松亭云岫图》见示，真快心洞目之观。戏为仿此，余既为友人作《绿杉野屋诗》，复补此图。然画中剩水残山，不能尽其胜概，命之曰《寒窗读易图》云。

叔明画以摩诘、北苑为宗，故纵逸多姿，往往出文敏规格之外。予嗜其法，前后数十百年，真迹不易见，因追拟之，未知几及万一否？

十四

眉文：

补之，字无咎，自号逃禅老人。宋时南昌人也，学李伯时。

格文：

山樵画从吴兴风韵中来，故酷似其舅。至于灵机独诣，变化纵横，毫无辙迹可寻，学者何处得参妙谛。静斋索画，勉强为之，亦能粗解其意趣，恨规规形似，不免效颦之诮耳。

此旧句也，余曾作此景以贻友人，某复强余为之，似与前幅较胜一筹。

方壶峰峦奇秀，不肯蹈前人畦径，真属妙品。

王石谷画，苍深秀润，前人所谓气韵生动也，偶仿之，殊愧未似。

余最爱南田画，此幅本横幛，辄割其中边一段仿之。

“兰雪双清”，此种幽寂之况，惟空谷中人领之。

云林尝作瘦梅，枯干疏花，冷逸绝尘，盖矫扬补之之繁也，

十五

眉文：

画家以古人为师，已目上乘，进此当以天地为师。米元晖自题画卷云：“墨戏得之潇湘奇书，及居京口，时以秋早至北固观烟云变态，是江海空阔，群峰与涛头相吐广启，是故为画境。”又曰：“夜雨初霁，晓烟来伴，正是吾家粉本也。”耕烟散人王翚。

陆天游《丛竹烟泉》小帧，于广陵好事家见之，曾模粉本。其画竹有文湖州遗意，用笔闲淡，风韵飘洒，在元人逸品中不多见也。庚午端阳后，重观于毗陵客舍因识。乌目山人王翚。

格文：

然亦自写其性情耳。书为心画，绘事宁有异乎？

枯枝睡雀，亦寒庭之冷致也，写此以博一粲。

秋窗静坐，忽闻庭际有折竹声，视之乃榴实满足而自裂。

故人张浦山尝写设色花果，不专师法，而自出新意，其合处，颇能夺石田之席。

人以为此仿赵文敏《水村图》，不知余意在秦风也。（蒹葭秋景）

贾太守可斋善画石，有《百石图》称重艺林。而宋漫堂极称胡大参循蜚，要皆一时好手也。余以积墨写此，非故欲别于二家，亦漫兴所及耳。

唐人有诗，此咏句也，倍觉新隽，余则绘以逸笔，欲各擅其胜耳。

十六

眉文：

笔墨得荆、关之郁密，追辋川之风范，标映一时，擅长千古，戏抚以鉴赏音。

巨然画虽繁实简，简处更不可及也。

高简非浅也，郁密非深也。以简为浅，则迂老必见笑于王蒙；以密为深，则仲圭遂阙清疏一格。画贵深远，天游、云西荒荒数笔，近耶远耶？

格文：

倪黄合作，赝本甚多。独李司马家藏为最，特仿之。

南宫一正画家谬习，观其高自标置，谓无一点吴生气。唐人画法，至宋乃畅，至米又一变相。余素不学米，恐流入率易，兹戏仿之，犹兢兢不敢失董、巨意。行笔破墨、种种自超，可谓划俗入雅。

自燕至楚山水间，探历两月，未曾作画。今日目青初佳，梁溪有客携巨然图见示，乘兴为此，吴绢如水，恨手涩不称耳。

南田作米虎儿墨戏，不减高尚书，阅此欲焚吾砚。

吾乡故人张浦山，作《铁网珊瑚图》，全师黄鹤意。余客苴兰，背临数本，似与前幅较胜一筹。

叔明曾为顾阿瑛写《玉山草堂》，因拟其意。

十七

眉文：

吴中绘事自曹、顾、僧繇以来，郁乎云兴，萧疏秀妙，将无海峤精灵之气，偏于东土耶？亦无风流余韵，前沾后渍耶？癸亥秋日，卧病斋居，雨深巷寂，掩扉散发，展焙所藏，名画累累。满壁丹青，粉墨苍润，淋漓竹坞，竹烟花林，尺霭图石，疑云写川，欲浪人鬼，夺幽明之粤禽，虫俨飞舞之色。于是，瞻名邦之多彦，感妙匠之苦心，断自吴都，肇乎昭代，援毫小纂，传信将来。若夫四海辽平，千龄邈矣，偏充简积，我则不暇。嘉靖癸亥七月，病士王穉登序。

格文：

画家霜景与烟景淆乱，余未有以易也。丁酉冬，燕山道上，乃始悟之，题诗译楼云。（晓角寒声散柳堤，千林雪色亚枝低。行人不到邯郸道，一种烟霜也是迷。董思翁诗）

六如画法沉郁，风骨奇峭，刊落庸琐，务求浓厚，连江叠巘，洒洒不穷，洵士流之雅作，绘事之妙诣也。评者谓其画，远攻李唐，近交沈

周，可当半席。（浩荡纵横，大痴遗法）

南田此幅，风神位置，与方壶外史《幽涧寒山图》绝类。

冬夜秉烛，与王山人对谈。兴发拈笔得此景，石谷极赏许之。（南田写《乔林坡石》，剑门补远山一角）

草衣生画柳，石谷子补双燕。

腊月墐户烘研，偶忆徐幼文《溪山高逸》，戏仿其意。寿平。

十八

眉文：

《江天霁雪》（临江贯道）

雪图右丞以降，惟称李、范，然李、范之迹，寥寥不可见。庶几江参，犹有前贤壁垒。

《寒山行旅》（郭河阳）

郭熙画法，谲宕奇逸，每以山谷真云入囊中，徐放之以似其飘渺之象为山形，故辟境奇妙，下笔灵变无方，盖得之于造化者深矣。

《太行山色》（临关仝）

石谷王山人云："真有北地沉雄之气，不以姿致取妍，庶几得之矣。"

《溪林秋霁》

黄鹤山樵有《秋山萧寺图》，真人间第一墨宝也。此帧即用其法。

格文：

山亭空翠碧溪深，灵气能生静者心。岚雨松风何处听，秋声不断在弦琴。

幼文笔致秀耸，有逸趣，在云西、丹丘之间。石谷拟议神明，直是后来居上。（南田）

古松亭亭高出群，一双鸣鹤夜深闻。幻霞竹树扶疏甚，挂向山堂生白云。壬子十月，予与江上笪先生、乌目王山人，及杨子子鹤同聚西郊。泊舟夜谈，与江上翁合成此图，相对笑乐。但石谷子从壁上观，得毋不战屈人耶。

垂柳秋塘度石桥，绿阴修竹夜堂高。隔溪月出寒烟底，照见深林宿鸟巢。池风吹面酒初醒，闲爱林皋夜景清。何处瑶笙云外听，满庭梧竹起秋声。观乌目山人

十九

眉文：

《翠岫春云》

观摹赵伯驹，小变刻画之迹，归于清润。此鸥波老人，一生宗尚如是，足称大雅。

《岭路寒烟》（抚李咸熙本）

宋法刻画，元人超逸，然超逸本由于刻画，妙在相参而无碍，如

程、李用兵，宽严异路。然李将军何难于刁斗，程不识不妨于野战，拟议神明，无取定法也。

《江天楼阁》

郭恕先纨扇本，宗徽(徽宗)庙所题，董文敏称为宋画第一。

格文：

画《卢鸿草堂图》，深得唐人遗意，墨光古澹，笔趣超逸，南宋诸公皆为却步。

碧柳青杉夹道浓，红裳绿盖晚摇风。幽人跂足北窗下，可是当年叱石翁。庚申冬季，积雪凝寒，偶过涵春堂，因题断句，想荷香渌水、羽扇轻衫时，另是一番境界也。(海昌查声山题)

乌目山人为余言："生平所见王叔明真迹，不下廿余本，而真迹中最奇者有三。吾从《秋山草堂》一帧悟其法；于毗陵唐氏观《夏山图》会其趣；最后见《关山萧寺》本，一洗凡目，焕然神明，吾爱其变焉。"大谛《秋山》天然秀润，《夏

二十

眉文：

《风声出谷》(抚北苑)

绘风易，绘声难。昔人画树，多作偃枝低亚，以状风势。此图独画流云奔涌，与岩林石泉相激荡，万窍怒呺之态，洒然洞目。若闻吹

笛之声出指腕间，可以补前人所未备也。

赵大年有《湖庄清夏卷》，此景戏用其法。

令穰笔思秀洁，赋色清润，风华掩映，妩媚有余，平远之宗古人无两。

格文：

山》郁密沉古，《关山图》则离披零乱，飘洒尽致，殆不可以径辙求之，而王郎于是乎进矣。因知向者之所为山樵，犹在云雾中也。石谷沉思既久，暇日戏汇三图笔意于一帧。芟荡陈趋，发挥新意，徊翔放肆，而山樵始无余蕴。今夏石谷自吴门来，余搜行笈得此帧，惊叹欲绝。石谷亦沾沾自喜，有十五城不易之状。置余案头，摩娑十余日，题数语归之。盖以西庐老人之矜赏，而石谷尚不能割所爱，矧余辈安能久假为韫椟之玩耶？（庚戌夏五月，毗陵南田草衣恽格，题于静啸阁）

偶过徐氏水亭见此帧，乃为金沙潘君所得，既怪叹

二一

眉文：

鸥

笔笔有天际，真人想若纤毫尘圻之点，便无下笔处。

秃管戏拈一两折，生烟欲飞，灵气百变，得之巨然《夏山图》也。

关仝气象，凌厉高视，人表如绮里、东园。衣冠甚伟，危坐宾筵，下视五陵年少，裘马轻鲜，不觉气索。

昔人论李成画，宗师造化，笔尽意在，扫千里于咫尺，写万趣于指下，思清笔老，古无其人。

格文：

且妬甚。不对赏音牙徽不发，岂西庐、南田之矜赏尚不及潘君哉！米颠据舷而呼，信是可人韵事，真足歎慕也。但未知石谷见西庐、南田何以解嘲？冬十月，南田恽格又题。

乙未秋杪，先府君麓台公病剧，出兹图示謩曰："此余数年前，许赠毗陵庄君《草堂图》也，每一举笔，辄为他务所尼，虽十已八九，尚未毕业。余身后可携往虞山，属石谷成之，以遗庄君，亦余生平一未了事也。"小子泣而受命，丙申秋日南归，倩石谷补成，敬跋数言，以呈云翁年丈，因泫然流涕而书之。（娄东王謩识）余在京师时，与

二二

眉文：

元人墨花真趣悠然，神韵可师，觉白石、白阳，犹有隔尘之论。

子久画未始不从董、巨来，人见其笔墨之疏，而不知其中理尤密也。所谓门庭各异，堂奥实同。元镇、叔明，皆用此法。是幅圆厚之处，似觉得僧巨（然）之力居多。

思翁诗文书画少而工，老而淡，淡胜工，不工亦何能淡。偶观石谷画漫题。

格文：

同年荪服、孝澂常过从。每见荪服索画于麓台，年伯处以为其令叔云涛先生，所作《草堂图》，而未得也。丁酉之秋，余从江宁试事毕，过访荪服于“双梧草堂”。则见此图悬壁间，即向所索而有者。因细观孝澂题语，念绘画虽细事，然诺不苟如此。而能使麓台年伯，拳拳不忘——即云涛先生，可知矣。古人风范何可多得，因识数语于后。（《锦田林之涉》石谷王翚补远山一角）

石谷画松之次夕，北郭诸友，携酒相乐。石谷连浮数十觞，余亦醉矣。秉烛谈绘事甚快，急索纸，属余扫一石，以赠千秋。抽豪如风，墨精磊磊，从空而坠，图成戏石谷曰：“此醉

二三

格文：

星石也，凿取娲皇一片光气，欲令真宰妬我，他日客馆索寞，用以贳酒何如?”（南田）

画须适意，不在矜持，此天语也。原祁簪笔入直十有余年，感激寻绎，忽似有会心处，果能同符妙义，方与古人三昧无间然矣！应制之作，起敬起畏，未免拘牵，兹以供奉之暇，兴到辄画，濡毫吮墨，得十

二帧，转觉天真烂熳，留以质之同好，或有以教我。（康熙己丑小春月，抄集写意画并题。娄东王原祁，仿云林）

宋人册中，见此本题为巨然，或疑是江贯道。观其用笔虚和，不为雄劲。真巨公风韵，非他人所能企及也。

二四

眉文：

戊申春，予渡钱塘，游山阴，泛舟镜湖、探禹穴。其上有古柏盘曲，夭矫离奇，霜皮雪干，阅数百千年。因叹阳羡善卷偃柏，已不可见。武祠黛色参天，未与巫峡雪山犹能同峙否？戏图此本，以发奇状。

黄子久《富春大岭图》，沈启南家藏物也，锡山谈参军得之，后归周台幕。友人华中翰为予购之，尚有启南拟作一卷，在锡山吴太学家，因临其位置识之。

格文：

春入寒枝未着花，湿云霡雨罨平沙。天公自合襄阳戏，我画烟山不较差。偶在峰西阁，得米襄阳墨戏，谛观良久，烟云万态，咫尺千里，洵墨林胜赏也。喜为模此，更系以诗，以写惓惓之意，藏者珍之。（寿平）

董宗伯云："画家当以天地为师，又以古人为师，故有天闲万马。今余困坐斗室，无惊心洞目之观，安能与古人抗衡也。"

此余某年为某戏图，久置箧衍忘之矣。他日见此，复加润色，考其时已三易草木，验余绘事无异往年，正如里妇对镜，自憎其貌也。

一结山居数十秋，水云烟月尽相求。寻常甲子何须问，海上新添第一筹。

二五

眉文：

无情有恨何人见，露压烟梢千万枝。李长吉语，真得画竹之意。

余此竹学坡翁，取其笔墨零落，飘潇有逸气。正如倪迂画竹，以似为刻画，不似为入神。此语非庸史所知也。

从维扬郭外，同温老醉友人斋，乘兴秉烛作此。

格文：

《溪山无尽长卷》，此余癸巳年作也。时客都门“宣武坊”寄寓，唐西园给谏家——即宛平相国之故第。林石映带，颇饶幽趣，杜门谢客，日与楮生玄友相周旋，以销溽暑。是秋，需次乐乡，供蠹鱼饱。乙未仲春，马讷斋自晋阳过访索画，检得此纸，命工装潢，勉强率责，毫无惬意处。适研友焦麓见而欣赏，并为润色，庶几点铁成金乎！因志数语，以当缟纻之赠。

二六

眉文：

关仝

《夏雨初晴》《秋峰耸秀》《奇峰高士》《啸傲烟霞》《群峰秋色》《秋晚烟岚》《春山萧寺》《江山渔艇》

黄筌

《冒雪疏篁》《秋山诗意》《湖滩水石》《江山密雪》《春云出岫》《竹林高士》《秋山平远》

董源

《江堤晚景》《重溪烟霭》《万木奇峰》《密雪渔归》《寒塘宿雁》《雪浦待渡》《群峰霁雪》《亭泉松石》

李成(营丘)

《重峦春晓》《夏云出谷》《秋山静钓》《夏景晴岚》《山锁秋云》《远浦遥岑》《烟波渔艇》《仙山楼观》《古木遥岑》《乔林萧寺》《晴江列岫》《巨石寒林》

格文：

竹树交横,坡石映带。我思古人,悠然林下。冷风相荡,苍以天籁。于此盘游,岑寂之野。

散帙落空翠,钩帘见岚岭。石径翳苔花,天窗逼云影。孤琴如有期,兴入烟萝顶。

花溪过残雨，青嶂多白云。林亭透水木，清晖长在君。惟应采真者，相期投鹤群。（陈全题山水）

隐隐见危阁，隔河映秋林。水田有雁下，山寺暮钟深。寂寞群动息，风泉清道心。（晚景）

荒荒野日低，漠漠江云冷。乔水延暮光，澄波浴秋影。高人千载怀，乾坤一渔艇。

二七

眉文：

范宽（华原）

《春山平远》《夏山烟霭》《烟岚秋晚》《九峰积雪》《江山归雁》《溪山风雨》《夏云欲雨》《春山行旅》《春岚晓霭》《大寒林》《小寒林》

《江山萧散》《潇湘秋晚》《秋江归棹》《双松列岫》《松峰积雪》《欲雨寒林》《疏林晚照》

《松路入仙山》《渔乡曝网》《柳溪渔浦》《幽谷春归》《烟江叠嶂》《千里江山》《潇湘竹趣》《桃源觅渡》《松风水阁》

格文：

碧柳丝丝拂钓舟，溶溶水面一群鸥。不知谁在茅堂住，坐看青山到白头。

空江秋雨又秋风，疑煞前山路不通。多少黄陵莎草恨，尽情歌在竹枝中。（题《万竿烟雨》诗）

洲堂秋水浴双鹅，草软沙平奈尔何。笼得一群黄似酒，杏花梁上落红多。

桃源不是武陵春，多事花溪远问津。知道于今无隐士，青蓑白笠是何人。

秋塘晓浴双雪羽，爱煞风流王右军。何不当时笼换帖，尚留尘世扰纷纷。

联翩飞处影横斜，暝色和烟暗荻花。远水微茫秋万里，不妨随意落平沙。

青山重叠水潺湲，云树微茫径曲蟠。卜隐此中尘事少，相从麋鹿有余欢。

烟中信有无根树，雨后尤多没骨山。此景含糊人未识，我曾蓑笠到其间。

二八

眉文：

巨然

《九夏松峰》《溪山兰若》《秋江晚渡》《溪桥高隐》《山溪水阁》《烟浮远岫》《松下茅亭》《江山旅店》《江山远兴》《云

横秀岭》《林石小景》《山林归路》《松岩萧寺》《万壑松风》《翠竹新凉》《春江落雁》《寒汀雪雁》《湘乡小景》

崔子西

《落花流水》《秋塘双鸭》

赵大年

《寒滩密雪》《溪山春色》《怪石苍筠》《柳溪新霁》《古木修筠》《山窗觅句》《匡庐瀑布》《幽涧鸣泉》《千岩竞秀》《白蘋洲》《杏林春燕》《千嶂夏木》

格文：

灵邱风雾晓含清，墨雨元池洗翠尘。吹罢风笙云外听，满堂潇飒报秋声。(题《竹石平泉》)

竹影满窗凉似水，断崖疏雨数竿秋。丹崖矗(□)烟霄花，潭下澄碧苍茫洒。灵雨冷风动松柏，忽见鸿蒙开，居然造化役。弦琴振川林，空翠满四壁。(题一峰《天池石壁图》)

茅屋连松冈，翠微下亏蔽。蹬道盘回溪，云顶上无际。

竹雨溪上来，松风衣畔过。中有读书人，横琴面山坐。

天机登静趣，灵境出无心。停弦听天籁，声不在瑶琴。

山色入空蒙，江声贯苍翠。悠然游云来，与我若相待。

青崖逼天起，花潭下澄碧。云梯上千仞，空翠落四壁。

虚堂晚气清，点拂墨花轻。竹梢时带雨，枝上两三声。

上有深树林，下有读书屋。静抚无弦琴，一奏高山曲。

落落风霜节，巍巍太古姿。白头江海客，心事外人知。

猿鹤听夜吟，山灵齐起舞。层峦欲断处，还借白云补。

清辉满空毫，翠微澹高树。奇思如波涛，墨华若云雾。

秋风清，秋水平，秋泉鸣，秋堂研墨写秋声。

二九

眉文：

《高士听松》《石涧横琴》

东坡

《湖石新篁》《枫江芦竹》

元章

《松林寒翠》《云山墨戏》

补之

《苍松怪石》《春原草树》《古壁垂藤》《黄叶村庄》《雪滩落雁》《秋林落照》《疏林巨石》《修竹含烟》

宋子房

《秋窗晓读》《江皋秋色》《杏梁归燕》《空谷幽兰》《蜀江春涨》《暮山凝紫》《秋水蒹葭》《秋云欲雨》《春山霁霭》《雪霁归舟》《雨余春晓》《霜秋渔浦》《柳塘蓼岸》《绿杨春雨》

《万松寒翠》《风雨荷蓑》

格文：

平湖秋水浸寒空，古木霜飞落叶红。石径小桥人迹断，一庵深锁白云中。

日夜烟霞护翠微，相将猿鹤待忘机。青山莫道间无主，自是闲人不肯归。

溪边野竹映寒沙，茅屋青山处士家。燕子归来寒食雨，春风开遍野棠花。（以上二十四首，南田题画诗。）

瑶岛不为霜，神渊发灵柯。紫凤游其颠，仙人戏其阿。涛生泰岱雨，斑鳞寒嵯峨。沐浴古雪餐太和，后来日月何其多。（南田翁画《古松仙峤图》）

三十

眉文：

《松下逍遥》《函谷秋烟》《终南积雪》《溪云酿雨》《浯溪春树》

夕寒山翠重，秋尽雁行高。

烟暝云迷渡，林秋叶正飞。（思翁画）

万壑树声满，千崖秋气高。（石谷）

天地一沙鸥。（李鱓）

格文：

危干寒欹半壑风，浸天香气透晴空。开时不许千花并，独领春烟古雪中。（南田）一片寒香过瘦岭，春风不向笛中来。

梧叶已报秋，薇花弄新艳。花西弦月上，渐觉星河敛。窗间绿云合，树外香风占。（新秋，瓯香馆戏图。寿平作《梧桐紫薇竹石》）

松阴满院，秋苔三两。幽人往来，坐对茅檐。无事鸣泉，听静山隈。

琅玕云外绿，解箨破苔茵。王猷曾独往，吟啸不惊人。（寿平画竹）

甘香得自淡之余，玉釜官厨自不如。他日闲居歌十亩，掩关常读老农书。（白菜）

已分长挽老此生，翛然不羡五侯鲭。朝寻水上雕胡饭，夜掘山中玉糁羹。（芋头、茨菇、茭白）

粉墨图来露气香，引梢舒萼在山房。从来幼妇宜黄绢，莫认风流着道妆。

为数名花三两枝，销魂彩笔落迟迟。他年记得家园里，满架烟笼月上时。（二粉团）

斗室围炉暖似春，陶匏器用想先民。年来不画凡花木，庾岭高人洛水神。（写意梅花、水仙、茶炉。以上五首见李觯）

三一

眉文：

《龙洞云归》（宋石门）

格文：

池塘四五尺深水，篱落两三般样花。过客不须频问姓，读书声里是吾家。

数株杨柳绿依依，深巷斜阳暮鸟飞。门前雪满无人迹，应是先生出未归。

源向春城花几重，江明深翠引诸峰。与君醉入松溪路，山馆寥寥闻暝钟。

峰峦曲密松杉暗，台殿高低紫翠迷。游骑到门清梵歇，杉鸡飞上树头啼。（仿李晞古）

木末惊风吹鬓毛，雪花簌簌洒征袍。不知诗思留清骨，要夺诗人灞上豪。

乱山天半与云平，深树桥横溆浦明。并刀剪取吴江水，散入空蒙作雨声。

湿云散灵雨，一洗华阴碧。山心悦鬼斧，彩翠闪空壁。蛇盘上岭半，鸟道去天尺。其下有沧浪，悠哉吟风客。戏临北苑，能免画虎之讥否？

三二

眉文：

吟诗坐隐青溪石，竹里长看竹外山。

急流下山麓，松吟声谡谡。

白云通我梦，流水入我琴。闲游川岑趣，因见静者心。《玉灵仙洞》。（黄鹤山人王蒙画）

仙子吹箫月满台，仙人门户昼常开。世间近日无刘阮，莫放桃花出洞来。（钱伯行）

洞门春老碧桃开，春草重重琐碧苔。丹灶石羊今尚在，仙人何事不归

格文：

白石横古苔，绿云乱新筱。墨华留胜风，逸兴自高妙。（竹石）

著我春江卧绿烟，垂杨堤外水如天。临波度得参差玉，吹起春风满钓船。

琉璃研匣冷金池，雪压松窗独坐时。只有东风怜寂寞，墨华疏影缀南枝。（王元章《寒香铁干》戏临一角）

闲写江南雨后山，半林远浦接荒湾。凭谁寄与卢鸿乙，为我草堂添数间。

晴烟春暗采香泾，花外湖光望洞庭。吹遍好风千树雪，晓来失却万山青。

方壶老树云西石，竹似丹丘雪村笔。莫笑披离点

三三

眉文：

来。（张克明）

神仙遗旧宅，地迥绝纤尘。丹井云封古，青山雨洗新。桃香岩洞雨，芝老石田春。近日来游者，多非避俗人。（雪川钱逵）

露华浓淡秋深浅，日日登楼与较量。静波曾画此景，偶追仿之。

格文：

墨浓，天真幽澹无人识。（方壶画树石，全不似树，略得其景象耳。画石亦然。余犹拘于形似，未能尽忘法度也。未识鉴者，以为何如？南田题《竹石画》并跋）

曾造幽人幽竹居，萧萧寒绿映窗虚。清秋展轴看图画，俨向高斋阅道书。

森森修竹万竿斜，不是寻常子敬家。曾在石湖三载住，绿阴新昼煮新茶。

轻舟南垞去，北垞淼难接。隔浦望人家，遥遥不相识。

檀乐映空曲，青翠漾涟漪。暗入商山路，樵人不可知。

草堂好是傍山开，竹树浓阴覆绿苔。手把一编间坐久，人携琴鹤隔溪立。

蕙领光风来席砚，梅分香雪到庭除。（觅真本耶，以意取耳）

白云休道本无心，随我迢迢度远岑。拦路野风忽吹断，又穿曲径候前林。王阳明先生句，陆包山作《云林小景》，录之。

三四

眉文：

米家墨戏，妙在意兴豪宕。若拘守法度，去之转远。

千崖壁立雾漫漫，树杪微开路百盘。忆着故山听水处，一时吟骨不胜寒。

剪蔬曾等故人邀，翠甲肥甘带露烧。我已久忘粱肉味，不须三月待闻韶。（南田）

松竹成三径，图书傲四邻。阶前双鹤舞，长伴太平人。戏墨《贺子鹤移居》。（江上笪重光）

夜饮醉归，残灯了然，颓笔垢砚，略为伸纸，莫作画观。（南田）

格文：

如此溪山未可游，泉声不断雨初收。何时著屐观云海，直到丹梯最上头。（南田）

深山昨夜雨初歇，晓烟未泮山犹湿。一片空蒙杳霭中，幽人独向千峰入。（石谷仿北苑）

山水高深树石幽，翛然兴趣起沧洲。无因坐我衡茅下，闲看白云

真自由。(赵仲穆)

圃花闲更好,露甲晓逾青。长教无菓色,原不羡信鲭。(抱瓮客寿平)

雪满空山行路难,何人联骑犯风寒。不知林下开虚阁,已被幽人冷眼看。(文待诏句)

二月春游兴未孤,轻舟结伴下姑苏。最怜花里归来

三五

眉文:

无云石逾峭,得雨山更湿。丛丛烟翠中,一片春涛白。

烟滩石脚树高低,中有幽人仿竹西。满地秋阴新雨过,好山青似若耶溪。

石漱寒生苦竹林,冷烟荒路过溪深。秋声一片潇湘雨,都入山楼静夜琴。

格文:

客,为补溪山雪后图。良士泛舟,邓尉看梅,半月而返。兴良□逸(兴甚高逸),归时出此扇索画,乃作《看花图》。

郭家亭子夹松篁,把酒临池幽兴长。人在千山秋色里,不知云气满衣裳。

落叶无声秋影空,碧云吹坠半岩风。吟诗梦入红林路,展卷身疑

在梦中。(《落叶无声图》)

柳　灞岸千丝空有无,隋河旧绿已全芜。含毫初染眠烟势,无力因难到画图。

梅　谁写孤山伴雀枝,早春窗下索新诗。今朝风景偏相似,是我寻君雪下时。

竹　笔底霜丛三四竿,惊雷解箨几千年。修蛇拔尾当黄石,小凤疏翎在洞天。

怪石初移破墨句,吴钱半幅剪霜筠。长空五尺青鸾尾,一半斜封在白云。

长笺霸色卷秋涛,倒扫青蛇挂一梢。应有断崖藏半截,苍藤翠藓傸天高。

五寸珊瑚珠一囊,秋风吹老海榴黄。夜来消渴真无奈,曾取金刀劈玉浆。(石榴)

略染胭脂与墨丝,蛟泽锦蚌倩谁移。山深秋老无人摘,自迸明珠打雀儿。(石榴)

三六

眉文:

香风夜不歇,秋云昼不开。虚堂赋招隐,人在小山隈。(南田《桂花》)

对此萱草，可以忘忧。持赠同心，聊供胜赏。

远山望去如横黛，红叶吹来似落花。最爱图中秋色好，霜毫能起赤城霞。元人用笔，如燕舞飞花，揣摸不得。又如美人，横波潋盼，光彩回射，观者神惊意丧，不知其所以然也。

格文：

最是桐窗夜雨边，舞衣零落补寒烟。抽毫忽忆秋前梦，曾剪青萝覆鹿眠。

余以栖遁深山，与石谷别，忽忽七载矣，云树相思，时切梦寐。前过吴门，得览此册，玩其笔墨雄浑，意致萧澹，有同觌面，亦此游快事也。（江上外史）

笔墨简洁处，用意最微。运其神气，于人所不见之地，尤为惨淡，此惟悬解能得之。石谷临柯敬仲竹石，真有出蓝之美。（寿平）

妙在平澹，而奇变不能过也。妙在一树一石，而千崖万壑不能过也。南田客在藤花阁，展玩再题。

元人用笔，如燕舞花飞，揣摸不得。又如美人，横波潋盼，光彩回射，观者神惊意丧，不知其所以然也。

三七

眉文：

带烟笼雾自生香，薄粉浓铅不用妆。莫以轻盈窥宋玉，凭将淡白恼何郎。

格文：

梨花四首

带烟笼雾自生香，薄粉浓铅不用妆。莫以轻盈窥宋玉，凭将淡白恼何郎。

春雨春风有几宵，吹香落粉湿还飘。朝来试看琼枝上，朵朵寒酥未肯消。

早起春晴香雪肥，独依残月出林扉。洛妃仙子波中立，虢国夫人马上归。

粉晕微消墨一丝，春风春雨未来时。张公大谷应无比，知是齐王第几枝。

三八

眉文：

清冬岚气收，石色益苍翠。想见山阿人，高歌和朔吹。

家寄烟村曲水滨，夜来时雨一犁新。城鸦起处骑牛出，爱煞芳泥陇上春。

川江舟行，自泸州以下，此景最多。每值绝壁奇峭者，坐卧移时。

烟汀集鹭，欲写清旷之致。必如是用笔，方脱去画家畦畛。

平林落日迥，野馆风烟秋。尽日无人到，闲情付渚鸥。

格文：

秋崖苍茫涧路深，茅亭石濑泉声过。风潭百顷青琅玕，碧雨泠然展书坐。《白云溪隐渔》寿平抚黄鹤山樵，石谷王翚补溪亭、远山，并为润色。

王叔明作《修竹远山》，尝称："文湖州《暮霭横看卷》，笔力不在郭熙之下。于树石间写丛竹，乃自其肺腑中流出，不可以笔墨畦径观也。"南田此图，真能与古人把臂同行，但属余缀补数笔，欲如一峰、黄鹤合作《竹趣图》。余笔不逮古，何能使绘苑传称胜事耶？（丙寅腊月望后三日，王翚又识）

曹知白学宋人雪图，去刻画而趋清润。树石、峰峦，别具高寒之致，撮放大意，以助赏音。

三九

眉文：

《伍洲烟雨》拟米友仁法，兴会颇合。

格文：

连山积雪入层林，满地樵歌隔叶岑。高阁倚空僧欲定，一方钟梵散花音。（乙酉夏五，画于澄怀馆，耕烟散人）

嵇叔夜被酒，天真自现；阮嗣宗踑踞，骨相独存。此家笔意，正复不减。冬夜微醉挑灯，如有所得，晨起展看，亦不畏人揶揄。或曰，只

可自怡悦，不堪持赠君耳。（恽道生）

四十

眉文：

宋人写树如屈铁，自北苑始，以森梢直干为宗，此李成、董源之分也。（思翁）

格文：

虚槛列云岫，闲阶响石淙。若添千顷竹，又领渭川封。（思翁）

云海荡吾胸，笔意随所到。犹如剡溪船，何必见安道。（思翁）

瓒比承命，俾画陈子桱《剡源图》，敢不承命，唯谨自在城中汩，汩略无少清思。今日出城外，闲静处始得读《剡源事迹图》。写景物曲折，能尽状其妙趣。盖我则不能云，若草草点染，遗其骊黄牝牡之形色，则又非所以为图之意。仆之所谓，画者不过逸笔草草，不求形似，聊以自娱耳。近来城邑索画者，必欲依彼所指授，又欲应时而得，

四一

格文：

鄙辱怒骂，无所不有冤矣乎！讵可责寺人以不髯也，是亦仆自有以取之耶。

《送定宇侄南归》

三千归路渺愁予，门外初回阿买车。室剩药炉空莌匣，业无葱肆废芸书。乡音存没惊抛泪，投老风尘悔绝裾。此去好传亲串语，迩来宦味总萧疏。

四二

眉、格、注文不分：

人间乐事足茅扉，浦岭重重柳色围。门外任淀流水去，锄头悉带晚霞归。（山农春耕乐事，太平景象）

春山如浪水如山，水阔山遥树几湾。隔岸人家能熟否，看余不用鸭船还。（《放鸭图》）

山气直来水底，树头硬到云间。此中只许响流泉，来往人来请便。　欲问“仙居何处”？儿童指点殊难。引牛归去路非难，牛说坡头堪恋。（《西江月》调）

水潆山结是天然，到此神奇在笔先。尺幅精神千里地，一团浑厚不知年。（画家自题自鸣得，不为自负也）

古寺鸣远钟，惊来满山雨。雨骤林屋喧，钟声何处取（听）。

来从伊洛间，一径入松杉。俯仰岭如语，平冈出古递。

浩然写草堂，谁肯从兹还。王子拾遗记，嵩山复嵩山。

流水曲阑回护，碧梧翠竹萧疏。尤是尔人秋夜，清空独上蟾蜍。

最是山行苦，村林爱郁苍。山中行迹少，辜负酒旗扬。（以上题焦麓画）

偶忆少陵“万壑欹疏林，积阴带奔涛”之句，用写其意。

萧散之笔，元人余韵。檀园居士，往往得之青藤道人，亦复尔尔！

四三

眉文：

黄子久《僦舍图》简澹中出浑厚华滋之趣，盖全乎天者也！此幅偶得形似，其苍莽闲逸，神机变化，何从窺见之宗苍。

格文：

石田自题《秦坡观瀑图》。一峰老人用笔如珠走盘，宛转横斜，不可端倪，非脱略董、巨，便乃驱役荆、关。或浓或淡，或庄或逸，皆入神妙。盖老人家于乌目，深得山川之助耳。余性爱虞山山水。每从相城里，扁舟而至，汲泉涤茗，流连旬日，放歌而还。偶当落霞晚照，由尚父湖南至秦坡脚下，观瀑布、听松涛，欣然命笔作《秦坡观瀑图》。撅拙粗笨，殊无一峰逸韵。及归吴门，杨、祝诸公扣我游囊，出以示之，共为一笑。

研底呼云云不开，闲将秃笔扫风雷。悬崖倒挂苍虬影，分得枯槎一半来。秋雨未歇，在高澹游书斋，观宋元名迹，乐既久之，因临粉本。

四四

眉文：

破屋秋风补白云，碧桃花绕，樵云古屋，翠微十里无人到，时过庵西闻读书。

度水望山寻绝壁，白云深处洞天开。唐人此语，诗中画也。（思翁）

董源《溪山行旅》，宣和谱载有二幅。予家收其一，墨黯绢裂，然奇杰之气，耿耿烛斗间也。（思）

杜子美云："今朝腊日（月）春意动，云安县前□（江）可怜。"江建溪忆此语，遂图之。（思）

女萝绣石壁，溪水青蒙蒙。此图似之。（思）烟暝云迷渡，林秋叶正飞。

格文：

吴兴野老笔嶙峋，何似梅花庵主人。傍岭丹枫浑不染，绿溪水阁迥无尘。仿梅花道人《重江叠嶂图》。

董文敏云："尝见痴翁画甚多，然皆老笔漫兴。此帧无一笔不师董源，几欲夺真，冰寒于水非虚语矣。北苑画绝不多得之，此可接北苑正派，不可以元画目之。"

垂钓有深意，望山多远情。（仿江贯道）

此学唐半园所藏倪迂真本，全取幽峭，殊觉逸气动人。（乔柯

修竹)

典国山河日已斜,归来栗里问桑麻。生平心事南山在,不为东篱看菊花。(邵弥题《渊明图》)。

桂树及冬荣,瑶草待春发。惟闻鸾鹤音,寥寥上烟月。(思)

松暗水涓涓,夜凉人未眠。西峰月犹在,遥忆草堂前。(思)

野色散遥岑,繁阴带平楚。大痴未是痴,老我仍学我。(思)

一个钓船千顷月,两株松树万山秋。只今老作江南客,水国渔村到处留。(石谷)

四五

眉、格、注文不分:

子久山水出自北苑,而气韵奇峻,一洗宋人院本之习,遂为胜国名家。真迹流人间者,已若晨星。董宗伯最嗜子久画,所藏独多。其法一本子久,此帧岗陵、林石,平远幽曲,而一种生秀之气,直为子久传神,必子久曾有此图,而宗伯仿之者也。友人持宗伯画示余,展玩殊不忍去手,漫为效颦,恐一蟹不如一蟹矣。识此博笑。

用古语写新意,远惭海岳,近愧云间。落落荒荒,遂入平淡,盖将游于彀中,犹未妙于象外。

蒸云激风,浮紫积黛,灵气吹蕴,千古犹湿。此殆得于天者耶?孛玄珠于冈象,能事遂废,从此将焚笔砚矣。

审其解衣磅礴时，胸中且不知有董，无论倪、黄，从笔游行，直追其意之所在而止。撰者，或以古人字法相问，便请从此搁笔。

斫底呼云云不开，闲将秃笔扫风雷。悬崖倒援苍虬影，分得枯槎一半来。秋雨未歇，在高澹游书斋观宋元名迹，乐既久之，因临粉本。

高山为黛，大溪如带，杉篁飒飒有声，此仿南宋刘松年也。濯足清流，殊合人发沧洲之想。

赋色象影，发意揽趣。若研丹吮粉，如近人写生，刻画形似以求工者，我则遗之矣。

黄鹤已远，孟公安在，补缀造化，悦我天倪，一奏山水之音，令人忘老。破此岚晖，捃掇烟翠，为我同心发云泉之赏。

四六

眉、格、注文不分：

春游曾记水仙祠，人面风轻拂几枝。可有燕来寻旧梦，画楼应惜啄香时。

涧谷幽人冰雪情，小窗寂寂绿苔生。清谈尽日维摩榻，满院桐阴鹤一声。（毕焦麓句）

房仲最爱余画，是日秋蕉、雨梧，风虚堂遂有爽气。研墨吮笔，顷刻成此，觉纸上飒然有声。（刘枫亭行四）

短毂同牵郭外箱，招寻佛国到河梁。水宜澹沲新回篆，花惜飘零尚敛房。蜡屐此生凡几两，衔杯一笑抵千场。今年上冢风光好，输与闲官细较量。

四七

眉、格、注文不分：

廿廿明霞剪万重，插天一朵白云封。何人萧寺拖筇去，满路横遮涧底松。

咫尺江山万里宽，河阳粉本与人看。着蓑风味君□得，只想披图此行寒。

滚滚东华十丈尘，富春空自隐仙真。密林陡壑知难到，入世原无出世人。

瑶岛何从问玉颜，烟云亦足伴清闲。鹊华无限江南思，留得王孙着色山。

苍松碧涧通樵径，一道泉分佛望青。荷担有人应拍手，行年底事觅猪苓。

乱柳低垂绿漫门，门前田□趁风翻。靠天衣食难偿愿，辜负江乡罢亚村。

百步洪回雪溅衣，纸窗竹屋一灯微。春宵洵是千金值，坐待朝鸦绕树飞。

指点秋光数笔间，一丘一壑小尘□。乡园乌桕初浓候，劈纸追摹浅绛山。萧然破屋补秋风，荒径归来略彴通。江上愁心不可极，却辞清境住尘中。写秋山小景，题赠昌黎王蒿田明府。

塞垣风压树头低，落叶纷飞度雁溪。恰值餐英好时节，红螺山寺待招携。三年秔稻喜秋成，如水铃斋竟日清。苍翠扑檐琴荐冷，谁云冠盖少山情。题赠怀柔夏香岩明府。

四八

眉、格、注文不分：

诗题

庭月、归鸦、松风、柳芽、风门、暖炕、苇帘、火锅、纸窗、砚毡，一片黏天何处飞，春如短梦去依稀。生来总是多情物，团作轻绵裹客衣。

秋窗研底欲呼云，飞出青鸾尾半分。莫道官无食肉相，不妨牙齿袭清芬。

松声竹影绕庭除，岸帻闲身委簿书。昨夜听风朝听雨，冷□事业付清虚。

满庭瘦影抱秋柯，石底罗生竹一窠。今夜蟾蜍知更好，碎金苍玉□然多。

春游曾记山仙祠，人面风轻拂翠丝。可有燕来寻旧梦，画楼应惜啄幽时。（杨柳、桃花）

薇花新艳展秋光，金粟□□鼻观香。辜负小山招隐意，一枝偏命风池傍。（紫薇、桂花）

里外湖是□□环，霜花浅淡写秋颜。采菱唱罢船归去，相对寒芦新苇间。（拒霜）

蟋蟀庭阶点翠茎，梦牵凉夜月华生。谁言不比春葩艳，只有西风似薄情。（秋色）

四九

眉文：

白石翁寄赠烟谷句："老来转觉笔头痴，作画如同写草书。夜半烧灯神气爽，唤和残墨学倪迂。"

余己卯岁，为石尤所阻，泊舟南康，将游香炉峰。适风利开舟，不四十里，又风阻青山下三日，似为山灵所拒。闷极曾写此幅，作诗以记之："江上沙汀暮鸟还，孤篷镇日守风闲。如何身到庐峰下，不见全山见半山。"

皴染腾挪，峰峦深秀。四家中，山樵有扛鼎之力，兹以简笔出之，亦有平淡之致。己丑呵冻作。

格文：

唐

吴道玄，更名道子，阳翟人。少贫困游洛阳，学书于张颠、贺知章，不成，弃而学画，遂造精微。百代以下称“画圣”云。

李思训，宗室也。早岁以才艺称，一家五人，并善丹青，为当时之冠。官至左武卫大将军。

李思诲，思训之弟。

李昭道，思训之子。传其父法，虽格变而精妙过之。因其父，而人称“小李将军”。

郑虔，荥阳高士也，墨气清远。

曹霸，魏高贵乡公之后。开元中著名。天宝末，官至左武卫。笔墨沉着，神采生动。

韩幹，大梁人。

王维，字摩诘，太原人。历官尚书、右丞。思致高远，迥别时流，笔墨出于天性。

王宰，家于蜀中。

顾况，字逋翁，吴兴人。

周昉，字景元，一字仲朗，长安贵公子。善人物、士女。官至宣州长史。

戴嵩、戴峄，弟兄也。

张志和，字子同，会稽人。性高迈，自号烟波钓徒，又名玄真子。

项容，师王默，作《松风泉石图》。

王洽，能泼墨成画。

荆浩，河内人，自号洪谷子。常语人曰："吴道子有笔无墨，项容有墨无笔，关全北面事之。"

五代

关全，长安人。山水师洪谷，晚年胜于荆。笔简气壮，景少意长。

黄筌，成都人，字要叔。山水师李昇。次，子居宝、居实、居亮，俱善师其父。

五十

眉文：

丙戌长夏，海淀寓直，乘凉写此。时观画者吴西斋、王耳。溪雨给谏，同顾子、天山蒋子树存、徐子亮直，来较订书画谱也。（松雪）

银河落九天，奔迅不可迩。欲觅采芝人，入山探石髓。余见华亭宗伯，仿北苑册，曾有此图，因写其大意。（麓台）

云西片石竹树，饶有风致，加以寒烟渲染，似有营丘气势，此元人兼宋法也。

庵主巨幅《重冈叠嶂》如：《溪山无尽》、《关山秋霁》是也，不可无戏笔以出。

格文：

僧.贯休，俗姓姜，婺州兰溪人。精于诗画。号禅月大师，善画像。

宋

仁宗、徽宗、钦宗。

钱易，字希白。钱昆，字裕之。

李公麟，字伯时，舒城人。自号龙眠居士。画不设色，用澄心堂纸，笔法行云流水，宋画第一。

郭忠恕，字恕先，洛阳人。

董源，江南人，山水之宗。天真烂熳，意趣高古。水墨类王维，着色如李思训，山石作麻皮。

李成，字咸熙，本唐宗室，避地营丘。专师关仝。画品目为第一。

范宽，字中立，华原人。初师荆浩，继师李成。晚年笔益奇伟。

高克明，绛州人，仁宗朝为待诏。

郭熙，河阳温县人。善画山水、寒林，宗营丘法。晚年气韵兼美。其子思，善杂画。

赵幹，江南人。

燕肃，字穆之，家本蓟门，徙居阳翟。

王诜，字晋卿，太原人。

僧.巨然，钟陵（金陵）人。善山水，秀润可爱，得董源之正传。

黄居宷，字伯鸾，筌之幼子。

徐熙，钟陵人。花卉得名。熙之孙，名崇嗣，绰有祖风。

赵昌，字昌之，广汉人。亦以花木传名。

崔白，字子西，濠梁人。工花竹、翎毛。

赵令穰，字大年，宗室也。

文同，字与可，梓橦（潼）永泰人。

五一

眉文：

燕文贵真本，余未之见。据名家议论云："用浅绛色破墨，白云滃郁，斐亹有致，以其意为之，亦自可喜。"

米老高风谁作伴，宿雨初收云乍暖。一家更有虎儿传，笔墨精深非放诞。己丑夏日，雨后望西山作并题。

思翁学大痴，以北苑为宗，仍带荆、关笔法。画家谓"云间画法如此"，不知本源，无怪谬种流传也。

余见江贯道长卷，笔墨奔放幽峭，有李、范之势，兼巨然之韵。点缀处，略有南宋气，时会使然也。石谷临本最佳，兹截取一角。

格文：

燕文贵，吴兴人。善人物、舟车。

苏轼，字子瞻，号东坡居士。经济文章之外，游戏翰墨，枝干虬屈，天才仙骨。

米芾，字元章，世居太原，后徙吴中。笔法高古，不使一笔入前人窠臼。每与伯时论画，信笔写去，多取烟云蓬勃，树木蓊郁，而不尚细密。初为太常博士，后礼部员外。

晁补之，字无咎，济北人。

苏过，字叔党，坡老季子。善作怪石蘩筱，绰有父风。以焦墨为水纹，岩屋最奇。

张舜民，字芸叟，自号浮休居士。

赵伯驹，字千里，尤长人物，神韵清逸。其弟伯骕，字希远，长于花鸟。

赵孟坚，字子固，号彝斋，海盐人。比之米南宫，有书画船。

米友仁，字元晖，南宫米芾之子。天机超逸，不事绳墨，草草命笔有奇趣，自题曰“墨戏”。历官工部侍郎。年八十，禄位、名寿，殆过于父矣。吴中即襄阳也。

杨补之，字无咎，自号逃禅老人，南昌人也。人物学伯时。晚年名益重。

江参，字贯道，江南人。形貌清癯。工山水，师董、巨。卜居雪川。下笔清旷，有咫尺千里之势。

僧.超然，与巨然画绝不相类。画学郭熙。

李唐，字晞古，河阳三城人。年八十余，可比大李将军。

刘松年，钱塘人。居清波门外，人呼为“刘清波”。

马远，为宁、理朝待诏。其弟名逵。

夏珪，字禹玉，钱塘人。笔法苍秀，柔中有骨。雪景全学范宽。

自李唐而下，无以逾珪者。

辽

王庭筠，字子端，号黄华道人。胸次落落，不减元章。

五二

眉文：

张伯雨评云："峰峦浑厚，草木华滋。以画法论，大痴非痴。岂精进头陀，而以释巨然为师者耶!"不虚也，录董宗伯跋。

盛暑郁蒸，喜作《营丘江山积雪图》，粉墨零乱，使溪山凌兢之色长在，怀袖以销烦襟。正不必赤足立层冰，然后快也。

抚松盘桓，悠然把菊，紫桑标致，可想南田草衣。有诗云："吟诗几度见南山，心在青松白石间。笑问秋风篱下酒，有谁长对菊花间。"

《天涯归客图》，见营丘有此本，遂摹此。

格文：

元

赵孟頫，字子昂，自号松雪道人。本宋宗室，寓居吴兴。画法晋、唐，俱入神品。谥文敏。

赵仲穆，文敏子，名雍。山水师董源。其子二，一名凤，字允文；一名麟，字彦徽。工兰竹。

柯九思，字敬仲，台州人。墨竹师文湖州。官奎章阁鉴书博士。

钱选，字舜举，号玉潭，霅川人。花木、翎毛师赵昌，山水师千里，尤工折枝。

王渊，字若水，号澹轩，杭州人。文敏之徒也。

曹知白，字真洁（贞素），号云西，华亭人。笔墨清润可喜。

黄公望，字子久，号一峰，又号大痴道人。山水专师董源，晚年变其法，自成一家。笔法雄健，董源而后一人而已。

吴镇，字仲圭，自号梅花道人，嘉兴魏塘人。专师巨然。

倪瓒，字元镇，号云林，无锡人。天资高妙，赋性孤介。所居清闷阁珍藏真迹，晨夕临摹。参综诸家，而为一代妙笔。先字泰宇，有子二，曰孟羽，字腾霄，号碧落；曰季民，字国珍，号耕逸。东海倪瓒，或曰懒瓒，变姓名曰奚玄朗，或曰玄暎，又曰荆蛮民、淨名居士、朱阳馆主、萧闲乡云林子、沧浪漫士、净明庵主，又曰幻霞。

盛懋，字子昭，嘉兴魏塘人。父洪甫善画，子昭自幼学之。

王蒙，字叔明，吴兴人，赵文敏之甥。山水师巨然，而有神韵。自号黄鹤山樵。

赵元，字善长，山东人。画师董源。

高克恭，字彦敬，号房山。其先西域人，后居燕京。始师“二米”，后学董源。

道士. 方从义，字方壶。

僧. 道隐，字仲孺，号月涧禅师。兰竹得名。

五三

眉文：

此余十年前作，是时精力已衰，囊笔椟砚，久疏盘礴。适逢风日清美，兴会偶属，临仿诸家小景，不过游戏点染。若论古人笔墨，全未梦见，比来癃笃倍甚，目昏腕弱，更非昔日，并此数笔，亦不能黾勉矣。兹者豚儿撰趋，谒天翁老祖台，欲持此奉献，强余题识数语，以为利见之资。固知入大方之目，只供抚掌一笑，惟谅其伎俩止此，不以唐突为罪，则幸甚矣。（王奉常跋）

凡画花卉，须极生动之致，向背欹正，烘日迎风挹露，各尽其变。但觉清芬拂拂，从纸间写出，乃佳耳！自有霓裳翻夜

格文：

明

宣宗，御笔有人物、花果、禽鸟、草虫。上著年、月，及赐臣名。用宝不一，有“广运之宝”、“武英殿”等宝，或“雍熙人世”等图书。

郭文通，永嘉人。有言马远、夏珪者，辄斥之曰：“残山剩水，南宋偏安之物，亦何足尚其俊爽如此。”

王绂，字孟端，一字友石，又号九龙山人，毗陵人。高介绝俗。官至中书舍人。

戴进，字文进，号静庵，又号玉泉山人，钱塘人。

夏芷，字廷芳，钱塘人。

夏昶，字仲昭，东吴人。初姓朱，历官太常卿。喜画竹石，笔致高远。

谢宇，字伯宽，号容庵，湖南衡阳人。其子汝明，字晦卿，亦善山水。

张益，字士谦。

陈嗣初，俱善竹。

任道逊，字克诚，瑞安人。工梅花。

夏衡，字以平。

金文鼎，俱专师子久山水。金之子钝，汝砺；锐，汝潜，画亦善。

金湜，四明人，字本清，自号朽木居士。工画竹，勾勒甚精。

陈谦，字士谦，号讷庵逸人。学松雪。

丁文暹，号竹坡。工山水、翎毛。

陈叔谦，武陵人。画学云林。

王商贤，梅溪人。善墨戏人物。

姚绶，字公绶，自号云东逸史，浙江人。学仲圭。

孙隆，毗陵人，号都痴。写翎毛、草虫。用没骨法。

张佑，字天吉，凤阳人。工于梅花。

王谦，字牧之，号冰壶道人。

陈宪章，会稽人。俱工画梅。

张绪，字廷端，海虞人。

吴处诚，东吴人。并工竹石，与夏昶同时。

毛良，字舜臣，号雨山居士，北平人。画师米元章。

石锐，字以明，钱塘人。

丁玉川，江西人。精山水。

林良，字以善，广东人。精花果翎毛。

顾宗，字学渊，画学子久。广州人。

黄灿，字蕴苏。

柳楷，字文范，俱永嘉人。

姜立纲，字廷宪，号东溪，亦永嘉人。精于子久法。

范暹，字起东，号苇斋，东吴人。花竹、翎毛。

陈复，字启阳，号坦坦居士。其弟名俊，字启先。

五四

眉文：

景，又垂红袖动春烟。于今溱洧原无此，转笑风人赠芍年。

迂翁有《师林图》，自言得荆、关遗意。余以关家笔，写元镇山，恨古人不见吾耳。

云林画，江南以“有”“无”为清、俗。胜国时已有此语，今益寥寥，如珊瑚木难。漫拈此图，为赝笔解嘲。

格文：

刘志寿，字伯龄，密县人。颖悟能诗。善翎毛，落笔有意趣。

李昶，字光远，号柯耕，衢州西安人。善松、竹。

朱孔阳，华亭人。真作家而具名士风流之致。

杜堇，字惧男，号柽居，亦号古狂，又称青霞亭长。

沈周，字启南，号石田，苏州人。博学有奇思。画学大痴，晚年求者日众，子弟摹写以应，真笔甚少。诗极清新，不拾齿牙余慧。字亦古拙，遂卓然成家。

陶成，字孟学，自号云湖山人，家宝应。山水多青绿，尤喜作勾勒竹。

蒋子成，江东人。工神像。

王田，字舜耕，山东济南人。山水学高房山。

阮福，北海人。笔法亚于子成，人物亦工。

何澄，号竹鹤老人，家毗陵。善山水。

赵丹林。

林广，维扬人。山水、人物，师李在。

黄蒙，字养正，永嘉人。得子久佳处。

过庭璋，无锡人。长于写松。

杨埙，字景和。用彩漆作屏风、器物，极山水之妙。

沈政，字以政，福建人。

伍槩，字廷节，临川人。俱精于翎毛。

苏致中，四川人。山水师郭熙。

徐柱，字梦节，吴门人。善写葡萄。

彭立中、沈明远、张复阳，三人皆弘正间道士。善画。

倪端，工画人物、山水。

周全，工画马。

李福智，工画佛像。

汪质，字孟文，金陵人。工山水。

朱应祥，字岐凤，自号玉华外史，松江人。

张翚，太仓人。工山水。

俞泰，字国昌，号正斋，无锡人。山水绝类子久，兼学叔明。

许尚文，句容人。

盛行之，江东人。善写梅花，笔力苍秀。

史廷直，号痴翁。晚复姓名为徐端。工山水。

陈大章，字明之，号月陇。

袁璘，字庭器。工人物、翎毛、花卉。

刘俊，字庭伟。工山水、人物。

吴伟，字士英，更字次翁，号小仙，江夏人。笔力矫健，白描更佳，非世俗艺流也。

吕纪，字廷振，宁波人。山水、人物俱工，翎毛更得名。

钟钦礼，号南越山人。工山水。

虞谦，自号玉雪斋主人。

杨瑗，当涂人。善画菜。

程南云，号清轩。善雪梅、雪竹。

五五

眉文：

至正十四年二月廿五日，郑君《九成赋绝句》云："次倪迂韵：'我别故人无十日，冲烟艇子又重来。门前积雨生幽草，墙上春云覆绿苔。断送一生棋局里，破除万事酒杯中。清虚事业无人解，听雨移时又听风。没径春泥不出门，山烟江雾昼长昏。槽床声杂茅檐雨，破却春寒酒自温。'"并写《春林远岫图》，诗画成漏下三刻矣。南田跋。

格文：

唐寅，字子畏，一字伯虎，吴郡人。山水不专师前人，随事布置，俱能融会。后用"南京解元"印记。

叶澄，字原静，吴郡人。画学戴文进。

周臣，字舜臣，吴郡人。工山水、人物。

陈道复，字复甫，号白阳，吴县人。善花卉，醉中运笔，倍有精彩。

孔福禧，曲阜人。工山水。

王问，字子裕，号仲山，无锡人。

徐陵，字子仁，号髯仙，金陵人。取法王叔明。

姚沾，字惟思，号墨仙，余姚人。工兰石、竹木。

蒋贵，号青山。

王彦，字存拙，沔阳人。善画梅。

高松，字守之，号我山，又号南崖子，文安人。善勾勒竹。

张路，字天驰，大梁人。

汪肇，号海云，休宁人。画师范宽，翎毛、花卉则自成一家。

张秋，浙江人。工花卉。

韩方，字中直，号月川，含山人。山水笔致遒劲，墨气清远，出入高房山、何澄之间。

孙天佑，安国公之孙。翎毛、兰竹清真简贵。

张济，浮梁人，流寓蜀中。山水无墨痕，烟云最奇。

张钦，字士敬，号震斋，祥符人，宁阳恭靖王之长子。画山水、花竹。

王世昌，号历山，山东人。工山水、人物。

朱鉴，字文藻，号墨壶。其兄朱铨，字文衡，号樗仙，俱长沙人。

僧.照庵，浙江人。学云林。

王孟仁，金陵人。善小景山水。

僧.日章，成都人。山水学唐子华。

姜隐，字周佑，山东人。工仕女。

杜君泽，号小痴，吴郡人。善山水。

马稷，字舜举，号醉狂，江南人。

李著，字潜夫，金陵人。工人物、山水、花竹、翎毛。

僧.草庵，嘉禾三塔寺住持。善画。

蒋三松，金陵人。善山水。

朱端，字克正。人物、山水学子昭，墨竹师夏昶。画后用御赐“一樵”图章。

文徵明，字徵仲，号衡山，吴郡人。为翰林待诏。平生以名节自励。写竹得夏昶，山水得石田。其子文彭，字寿承。文嘉，字休承。文伯仁字五峰，衡山之侄。

仇英，字实甫，号十洲，太仓人，移居吴郡。子求，亦以人物名。其女杜陵内史，颇有父风。

周之冕，善花卉，号少谷，吴郡人。

吴历，字渔山，号墨井道人。

莫是龙，字云卿，更字廷韩，号后用，又号秋水，华亭人。

冷谦，字起敬，武陵人。

五六

眉文：

学元人小景，萧散慵澹，竹石乱泉，不作丛莽穴杂，清韵自足。

溪柳新丛，湖庄烟舍，余家密迩其间。与高居风景，似一非二，对此怀君，仿佛呼之欲出。

《山楼夏寒图》如此山川，乃不能与天序、蒋君诸人，吟啸其中，散发饮涧，迎快风销暑，得毋令山灵笑人耶！国山善卷之游，秋以为期，幸为我先告语于叶公弟五也。东园樵客恽寿平，用李唐笔法，写阳羡山色，以当缟纻之赠。

格文：

本朝

王时敏，字逊之，号烟客。仕至太常。另有《画徵录》。

王鉴，字圆照。

王原祁，字茂京，号麓台，又号石师道人。仕司农。

王翚，字子羽，号石谷，又号耕烟散人，海虞人。

恽格，字正叔，号南田，又号寿平，毗陵人。

杨晋，字子岳，海虞人。

明

项元汴，字子京，号墨林。

项奎，字东井。

项轸，字楚侯。

项孔彰，俱嘉兴人。

高简，字澹游。

五七

格文：

唐　吴道子，阳翟人，为兖州瑕丘[县]尉，召入供奉。

春柳词

步屧寻春二月时，园桃园杏一枝枝。多情惟有堤边柳，不斗红颜斗画眉。

纰缦些些起又眠，浅笼溪水淡笼烟。金銮坡上移阴去，便有风光到日边。

光添星宿意分明，学小蛮腰太瘦生。倦舞终朝人不省，断肠枝里一声莺。

妆楼舞榭占年华，也扑春旗向酒家。莫道相宜风日好，眼看飞絮落平沙。

纤纤螺子绿初匀，记得眉梢旧日春。珍重东风吹莫散，好留新样付时人。

江北江南数驿程，垂杨垂柳欲倾城。莺花会得伤春意，一片浓阴喜弄晴。

千丝万缕柳条柔，不绾芳华只绾愁。咽露啼烟销永日，春闺从此怯登楼。

藏乌阴好翠成堆，种已经年眼倦开。曾向西风怨攀折，怕人走马赋章台。

同磊轩南塘看桃花，得四绝句。

数年不到南塘路，红雨红霞照眼新。取次东风连片起，蟠桃迟发却输春。

最无人处见花开，寂寂红英上绿苔。只向东风索花笑，不妨崔护又重来。（磊轩去年曾至花下）

沧桑几度见尘扬，此地花传仙种香。安得麻姑到东海，劝栽桃树莫栽桑。（磊轩花下微吟云："劝栽桃树莫栽桑。"戏足成之。）

折得长枝又短枝，披风拂露仗红儿。桃花扇比蒲葵扇，也记南塘移树时。（磊轩改用义山句，因忆义山有诗云："何人书破蒲葵扇，记着南塘移树时。"亦借其语，点缀南塘。）

题沈蓼村（天基）画：

山亭半白云，此境最清绝。古松老更苍，无妨盖残雪。

吟怀出芙蓉，挥洒剩诗笔。我下初阳台，玲珑见朝日。

五八

格文：

登虎头岩，和看云韵。

虎头高突兀，理策上层崖。径逐斜阳转，心随翥鸟偕。溪山依杖屦，江海入胸怀。点缀僧繇笔，寒风起夜斋。（看云即景，为文木画扇）

后 记

著书者，常以一时采辑未广，久而又丰于见闻，乃添补、续、馀、闰之属。然余之所出者，于情相左甚焉，皆为素日随笔，不免扣盘扪龠，虽曰增裁整集，然倾力不及旬日。庚子奉稿，毫素未涸，奚囊不济，几赘覆瓿。愤悱失于沉潜，每阅一过，黯然不怡者数日。

书无一致，人无二同。加持思评论迹，法门八万四千。辨章学术，考镜源流，余虽力有不逮，秉以传承自勖，甄采稗笈，持之鄙见，谨抉数例，为畀同好。盖一人之所知，不如千人之共识，再征信乎觌面兮，谓之炯然而不惑。

我本无羁之人，廓然无累久矣，今为"馀舫"脉息，挈以镂版之绊。人生碌碌，好景娱闲，一岁不过几日耳！遥想己丑三月，钱君道明访于琴园，秉烛夜谈，兴甚致极，于是驱舆夜探地穴；同岁十月，与刘君文杰谒太白、祭项羽、游褒禅，竟作一日谈；庚寅初夏，与二友会于金陵，谈笑间驾车于无往行中，遂无顾及以趋驰，朝辞应天府，夕至西凉境，翌日抵敦煌；亦有涉珠穆云巅之险、横穿罗布泊之举。回首感慨莫出于此，真快事也！

景岁幻浮年，太虚真慎独。余恨少时贪，如蠹鱼恋帙；而后嗔，阑入黄白吃；于今痴，溺在天津桥。

仆以敝帚自珍之娱，蠡酌管窥之见，叚“上海三联”汉牛充栋之府库，实感辱于辟雍之尊，愧于庠序之教。幸得杜鹃女士及茅子良先生不辞辛劳，纠判谬误、补苴罅漏，拙作才得以顺利付梓。四年前，研墨于家君左右之《秦良玉与石头记》一书在上海三联书店出版。此次拙稿又得三联书店鼎力支持，感激之情，非笔墨之妍可达也！

行百里者半九十，而吾卮言未及半之又半焉！个中之阙，或纰漏，亦或瑕疵之地，即我才疏学浅之处，愿供哂笑之资。唯恐靡不有初，鲜克有终，所恃者实为“馀舫”伴读耳，此亦祈宽宥之由也！若詧毫端鄙陋置于案头，或可步屧于五百年后矣！苏子云：“盈虚者如彼，而卒莫消长也。盖将自其变者而观之，则天地曾不能以一瞬；自其不变而观之，则物与我皆无尽也。”是谓其理乎？睎贤者教我！辛丑，孙翼呵冻于听琴园。

图书在版编目(CIP)数据

听琴随笔/孙翼著. —上海:上海三联书店,2022.3
ISBN 978-7-5426-7689-4

Ⅰ.①听… Ⅱ.①孙… Ⅲ.①随笔-作品集-中国-当代
Ⅳ.①I267.1

中国版本图书馆 CIP 数据核字(2022)第 038016 号

听琴随笔

著　　者 / 孙　翼

责任编辑 / 杜　鹃
特约编辑 / 茅子良
装帧设计 / 一本好书
监　　制 / 姚　军
责任校对 / 王凌霄

出版发行 / 上海三联书店
(200030)中国上海市漕溪北路 331 号 A 座 6 楼
邮　　箱 / sdxsanlian@sina.com
邮购电话 / 021-22895540
印　　刷 / 上海南朝印刷有限公司

版　　次 / 2022 年 3 月第 1 版
印　　次 / 2022 年 3 月第 1 次印刷
开　　本 / 710 mm×1000 mm　1/16
字　　数 / 220 千字
印　　张 / 22.75
书　　号 / ISBN 978-7-5426-7689-4/I·1761
定　　价 / 98.00 元

敬启读者,如发现本书有印装质量问题,请与印刷厂联系 021-62213990